放哉と山頭火

死を生きる

渡辺利夫

筑摩書房

目次

尾崎放哉

放哉と山頭火——死を生きる

尾崎放哉

コスモスの花に血の気なく

　大正一二年の一〇月、尾崎放哉《ほうさい》と妻の馨《かおる》は、大連発長崎行きの大阪商船の連絡船の中にいた。客室は閑散としていた。冷え込みが厳しく、二人は毛布にくるまって無言だった。船は大連湾の桟橋を離れ、渤海海峡を左手に臨んで黄海に入る。放哉は小さく咳き込む。咳を繰り返すうちに胸の底に鈍い痛みが広がる。少しすると咳と痛みは収まり眠ろうとするのだが、頭は冴え冴えとしてくる。放哉は過ぐる一年半が自分にとって何だったのかを振り返っていた。京城に一年二カ月、満州に渡り長春とハルビンで三カ月、この間、自分の思い通りに進んだものは何一つなかった。

　朝鮮火災海上保険株式会社の支配人として放哉が京城に赴任したのは、大正一一年の四月だった。明治四二年に中央官僚の育成を担う東京帝国大学法学部を卒業、揺籃期の保険業界の一つ、東洋生命保険株式会社に入った。エリート社員として嘱望されての入社だった。放哉にも当初はそれなりの自負はあったが、生来が組織というものに肌が合わない。さりとて働かないという選択肢はない。人間関係の煩わしさに厭世的な気分を募らせ、憂さをアルコールで晴らしながら、一一年を勤めた。

この間に、抜き差しならないアルコール依存症に陥り、時に奇矯な行動がこれにともない、放哉に向けられる社内の空気は冷え冷えとしたものに変わっていった。結局のところ、大正一〇年一〇月の人事異動で降格を言い渡され、辞表提出の止むなきにいたった。離職だけはやめてほしいという妻の必死の願いも、放哉の心に棲み着いた厭世の思いを変えることはできなかった。

「最早社会ニ身ヲ置クノ愚ヲ知リ、小生ノ如キ正直ノ馬鹿者ハ社会ト離レテ孤独ヲ守ルニ如《し》カズト決心セシナリ」

すでに三六歳となっていた帝大出の人物に、新しい仕事などおいそれとはない。故郷の鳥取に帰るより他なかった。鳥取に帰っても居住まいは悪い。信頼を裏切られた父信三の剣呑《けんのん》な顔に放哉の身はすくむ。鳥取で耳鼻咽喉科の医院を開業している姉並《なみ》の夫婦の家の二階に住まわせてもらったが、肩身が狭い。東洋生命保険の退職金をもって、鳥取市郊外の吉岡温泉の見知った酒場で深酒の日々を過ごした。

無為の生活の最中《さなか》に、友人の難波誠四郎から電報が入った。京城に新たに設立される朝鮮火災海上保険株式会社で、保険業務に精通する高学歴の人物を求めている。希望があれば貴兄を推薦するので、急ぎ上京されたい、とのことだった。難波は大学時代の同窓で下宿を共にし、同業の太陽生命保険株式会社に勤務している。

東洋生命保険での蹉跌《さてつ》の日々を振り返り、自分に朝鮮でそんな仕事がまっとうできるものか、不安は拭えない。しかし、東洋生命保険の退職金も残り少ない。妻は再就職を促す。仕事に就かず、このまま姉夫婦宅での寄寓をつづけることも無理だ。難波に会って仕事の内容を聞いてみようと、放哉は少し前を向いた。

上京して難波の勤める太陽生命保険の清水専務取締役のところを訪れた。辣腕《らつわん》の清水は、朝鮮火災海上保険設立の起案を委ねられている人物である。難波はその部下だった。朝鮮での事業内容についての仔細を聞いた放哉は、積極的にはなれなかったものの、入社を乞うた。

面談の折に清水と難波の二人から求められたのは、禁酒である。放哉の酒癖の悪さを難波はよく知っていた。いくら放哉でも新会社への入社の誓約である、今度こそは酒を断ってくれるだろうと思った。清水からは、もし禁酒の約束が破られれば直ちに退職を勧告する旨を、朝鮮火災海上保険の社長となる予定の河内山楽三に伝えておく、と釘を刺された。放哉は本心では自信はなかったが、その場では飲んだら身を引きます、といわざるをえなかった。

朝鮮火災海上保険もこの九月に設立される。設立準備に目下は繁忙をきわめている、京城にはできるだけ早く着任してほしい、という要望を受けた。放哉は急ぎ鳥取に戻り、旅の支度を整え、後日、住所を知らせるので京城にきてほしいと妻には伝え、呆気に取られる家族を後に、再度上京した。渡鮮費用の捻出のための上京だった。東洋生命保険の在職時に住んでいた下渋谷の家を処分して資金を得るや、東海道線、山陽線を乗り継いで、関釜連絡船の発着港の下関へと下った。夜半に下関で新しく就航した「景福丸」に乗船、翌日の夜明けに釜山港に到着、休む間もなく京義線に乗車、午前中に京城駅に降り立った。

難波からの電報が鳥取に届いて以来、放哉には休息の時間がまったくなかった。関釜連絡船では体が深い眠りを誘って熟睡を得た。対馬海峡を渡ったはずだが、記憶がまるでない。釜山発の京義線でも、広軌鉄道の車内でくつろいだ。京城駅に降りた時には、大陸の乾燥した初夏の空気に、気分は久方ぶりに爽快だった。

京城府庁前の広場に向けて玄関を構える朝鮮ホテルにチェックイン、日本間の部屋を予約して荷物を預けた。ホテルから東方へ向かう黄金町通りを歩いて二〇分ほどのところに、朝鮮火災海上保険の設立準備事務所がある。放哉はそこで河内山に初めて会った。九月一八日に設立総会があり、それまでは多忙な毎日となる。今日から二、三日は京城を楽しんでおくように、という河内山の配慮に放哉は心温まるものを感じた。翌日から京城を見物し、道すがら会社が借りあげてくれる新町四番地の住宅にも寄ってみた。瀟洒なたたずまいが気に入った。これなら間もなくやってくる妻も満足するだろう。

放哉が京城に赴任したのは、大正一一年である。この時期、日本の朝鮮統治は完成期を迎えていた。明治二七年の日清戦争での勝利により、日本はみずからの「生命線」と定める朝鮮半島を、清国の影響圏から離脱させることに成功した。勝利の直後、下関での日清講和会議で締結された条約の第一条には、「清国ハ朝鮮国ノ完全無欠ナル独立自主ノ国タルコトヲ確認ス」とうたわれた。

清国を宗主国とし朝鮮を属国とする「清韓宗属関係」を断ち、旅順、大連を擁する遼東半島南端部の割譲を日本は清国から受けた。さらに、台湾、澎湖諸島などをも手にした。しかし、直後にロシアがドイツ、フランスを誘って三国干渉を強要するや、日清戦争で戦力を蕩尽《とうじん》した日本は、遼東半島の清国還付という屈辱に甘んじざるをえなかった。三国干渉後、ロシアは南下政策を強引に進め、満州に地歩を固めた。鴨緑江を一つ越えれば、日本の生命線の朝鮮である。ここが侵されることを日本の指導者は恐怖した。戦力の劣勢は明らかだったが、緒戦での勝利によりロシアの戦意を一気に消沈させれば勝機ありとの判断の下、日本は日露戦争に打って出た。甚大な犠牲を払いながらも、日本はこれにも勝利した。

日露戦争の講和会議が、アメリカ大統領のセオドア・ルーズベルトの仲介によって開かれた。ポーツマス会議である。講和会議の第一条は、「日本の朝鮮半島に於ける優越を認める」であった。この条約によって日本はロシアの軍勢を半島から満州へと押し戻した。明治四三年八月には、「韓国併合ニ関スル条約」を締結、「韓国皇帝陛下ハ韓国全部ニ関スル一切ノ統治権ヲ完全且《カツ》永久ニ日本国皇帝陛下ニ譲与ス」とされた。朝鮮半島の全域が大日本帝国の版図となったのである。

韓国併合により、朝鮮は過去の歴史に例をみない発展基盤を整えた。鉄道、道路、港湾などの物的インフラはもとより、政府組織や法制度の整備も相次いだ。朝鮮の文明開化の幕が切って下ろされたのである。朝鮮における初の「知の殿堂」たる京城帝国大学が、放哉の滞在中に建設されていた。大阪帝国大学や名古屋帝国大学の建設に先んじての壮図であった。

花崗岩の岩肌を剝き出しにした北岳山が、ホテルの部屋の北方にみえる。まだ浅く残る朝焼けの空を背に黒く聳える北岳山に、放哉は神々しいものを感じた。京城を睥睨《へいげい》する朝鮮総督府の、ネオルネサンス様式の威圧的な建築物が光化門の後ろに構える。朝鮮総督府は、李朝にかわって日本がこの地の新たな統治者であることを無言で語っていた。朝鮮部屋の南窓に目をやると、東西に翼を広げたように南山が連なる。南山の中腹には完成間近い神社がみえる。放哉は朝食を摂って散歩に出かけた。地図を片手に南大門を通り過ぎ、しばらくしてやや急な坂道に入り、城壁の西端部に位置する神社に辿り着く。京城一望である。

日本でみた京城の写真では、南大門周辺の民家のほとんどは分厚い藁屋根を背負って、今にも倒壊しそうな格好で軒を寄せ、あたりを汚れたチョゴリを着た人々が蠢《うごめ》いていた。しかし、南山から見下ろした京城の姿は、かつて放哉がみた併合以前の写真とは異なっていた。人々のチョゴリは相変わらず白一色だが、こざっぱりしている。南大門のぐるりを取り巻いてひしめく民家は、ほとんどが瓦屋根に変わっていた。屋根のすべてが穏やかに曲線を描き、南大門に向かって家々の小さな波濤が押し寄せる。一戸一戸が小さな波となって、大海を漂っているようだった。

日本人街は、南大門に発し、筆洞《ピルトン》にいたる南山の南麓地域に集中していた。本町通りは「京城の銀座」と呼ばれる日本人街の中心である。その東隣に新町があって、南山の城壁に近い。会社が放哉夫婦のために借りあげてくれた新居は、新町の四番地にあった。朝鮮火災海上保険の設立準備事務所は、新居から本町の小道を通り抜けるとあらわれる黄金町の大通りに面している。市電や人力車を使うまでもない。徒歩で二〇分ほどだ。

新居が定まったところに、妻の馨が約束通りに京城駅に到着、放哉は駅まで歩き、人力車に馨を乗せて連れ帰った。長旅で疲労していたはずだが、京城生まれの妻には、それほど違和感はないようだった。

設立準備事務所で仕事の手順についてあれやこれやと指示を受けながら、あっという間に一週間が過ぎた。この多忙の最中に、母仲《なか》の死去の電報が鳥取から入った。一瞬、胸を衝かれたが、設立準備の奔走中である。帰郷するわけにはいかない。それに、東洋生命保険退職後、帰郷した放哉とは目を合わせようともしなかった父の顔を思い浮かべ、母の葬儀とはいえ、帰郷へと心は動かない。妻にかわりを頼んだ。一週間後に京城に戻ってきた妻は、放哉がこなかったことに父は激しい怒りを露わにしていたと告げられ、放哉の心は深く痛んだ。

忙しい仕事を放哉は何とかこなし、朝鮮火災海上保険の設立総会を予定通り九月一八日に開くことができた。順調なスタートだった。代理店として朝鮮殖産銀行、朝鮮金融組合、倉庫会社、穀物組合、それぞれの支店を含めて朝鮮内だけで一五〇カ所、さらに満州における朝鮮銀行の支店のほとんどとも契約を結ぶことに成功、営業開始から二カ月足らずで予想を超える契約額を達成した。放哉もこの実績に満足感を抱かずにはいられなかった。

東京帝国大学の一年先輩に、自由律句の提唱者として名高い荻原井泉水《おぎわらせいせんすい》がいた。放哉は卒業後も自由律句の魅力に引き寄せられ、時に井泉水の主宰する句誌『層雲』に投句し、これが採用されることもあった。頻繁な手紙の往復を通じて、放哉は井泉水に心通い合うものを感じていた。井泉水宛の手紙に次のように記した。

「京城は小生の死に場所としてやってきました。……毎日、愉快に仕事をして居ります。毎日、白い服を衣《き》た鮮人に、たくさん遭ふのも嬉しく、青天の多いのもうれしく感じます……会社の事業はこれからで有りまして、小生ノ后半生を打ち込んでかゝりました支配人としてイクラか自由な計画が出来ますから、ウンと腰をすゑてヤル考で居ります」

しかし、放哉の現実の生活は酒と無縁ではなかった。無縁でないどころか、アルコールへの渇望はやみがたく、深浅の度があるとはいえ、酒を欠かす日はなかった。京城という新地に職を得、仕事も順調に進み、「ウンと腰をすゑてヤル」決意も嘘ではなかったが、それだけでは埋めきれない空漠を放哉は抱えていた。

京城に到着して朝鮮ホテルにチェックインし、設立事務所を訪れ、ホテルに帰ってレストランで一人就任の祝い酒を飲み、部屋に戻って句を書き留める。

火ばしさす火の無き灰の中ふかく

新町四番地の借家で妻と毎日を過ごす。京城の夏は短く、早くも秋に入る。大陸の秋の青天が高い。一〇月になると、庭にコスモスが咲き、一一月に入って平均気温は三度を下回る。零下になる日もしばしばだった。

晴れつゞけばコスモスの花に血の気無く

新町の借家も、オンドルを焚かねば身のおきどころがないほどに冷え込む。寝床にもぐって雑誌を広げていると、体に弱い熱を感じる。急に咳き込み、こらえると胸の底に鈍い痛みが居座る。大学時代に肋膜炎を患い、医師からは十分な安静と滋養のある食餌に心掛ければ治癒する、という診断を与えられたことがあった。二、三日下宿で横になっているうちに熱も咳もなくなり、それきり病気のことを放哉は忘れていた。

かつて経験したことのない京城の鋭い冷気に耐えられず、肋膜炎が再発したのではないか、という不安が胸に迫《せ》りあがる。夜中ではあったが、もう閉まっていた新町の医院のドアを叩いた。以前に肋膜炎と診断されたことはなかったかと医師に問われ、確か大学四年の時に一度そういわれたことがある、と放哉は答える。肋膜炎にはこの寒さが一番の毒だ、安静と滋養の摂取以外に治癒の手段はない。しかし、それを厳守すれば、体の免疫機能が働いて健常に戻ると医師からいわれる。放哉はひとまずの安堵を得た。

深まりゆく秋の深更の空にはもう輝きが失せ、いくつかの星が凍てつく鈍色《にびいろ》の銅銭を撒いたように浮かんでいた。それにしても、一一月だというのにこの冷え込みである。真冬はどのくらいの寒さになるのか。翌朝、せめて一週間の休みを取るようにいう医師の薦めにしたがい、会社に欠勤の電話をかけた。布団を厚くして横たわるが、オンドルの暖かさが体に染みこまない。

台所のぞけば物皆の影と氷れる
氷れる硯《すずり》に筆なげて布団にもぐる

一週間後、事務所に通い始めた。勤務を終えて夜が忍び寄ると、酒がほしくなる。肋膜炎の増悪《ぞうあく》への不安も募る。飲むしかないか。本町通りの酒場に入る。酒場を出る頃には一〇時を回っていた。足どりは危ういが、頭の覚醒は盃を重ねるごとに著しい。俺は酒でも酔えないのかと呟き、もう一軒の酒場に入る。

知り合いの少ない京城で、唯一頼りの丸山鶴吉のところにいってみるか。第一高等学校時代の同窓生で、同じ廻漕部に属してペアを組んだこともある友だった。朝鮮総督府の政務総監として京城に赴任している丸山は、新町の放哉の自宅から徒歩で一〇分ほどの倭城台《ウエソンデ》町の総督官府官舎に住まっていた。放哉が着任の挨拶のために総督官邸に顔を出し、以来三度ほど高校や大学時代の四方山話で酒を酌み交わした。丸山の酒の飲みっぷりはみごとで、放哉のような湿っぽい長酒ではない。一時間ほど二人で酌をし合うと、最後にコップで酒を一飲みし、それではこれで、と帰り鮮やかな男だった。

丸山の官舎の玄関に辿り着いた放哉は、今晩はあ、放哉だぞお、と叫んだものの、丸山はまだ帰宅していなかった。今夜は別に宴会があって帰るのは遅い時間になる、と夫人がいう。放哉は突然、親友に居留守を使うとは無礼ではないか、家捜《やさが》しをさせてもらう、と官舎の部屋の一つ一つをよろめく足で確かめ回った。夫人は玄関につづく応接間のソファーに座って、奇矯な放哉を茫然とみつめるだけである。最後に、丸山が帰ってきたら放哉が参上したといっておいて下さい、と悪びれたふうもなくいって立ち去った。放哉は翌日にはもうそのことは忘れていた。

大正一二年の年が明け、京城は厳冬期に入った。道路は鋼鉄のように凍てつく。零下二〇度に体が痛く締めつけられる。

土運ぶ鮮人の群一人一人氷れる
氷れる路に頭を下げて引かるる馬よ

放哉の酒癖のことが、次第に設立事務所の人々にも知られるようになる。総督府政務総監の官舎での狂態の噂が河内山社長の耳に入った。朝鮮統治の中枢の人々にこんなことが知られれば、業務に悪影響が出かねない。放哉の酒癖はいくら厳重な注意を与えても収まるとは思えない。もっときわどい醜態が演じられたらどうなる、ここで引き取ってもらうしかない。聞きしにまさる放哉の酒癖にこれ以上付き合わされるのはごめんだ、河内山は放哉の免職を決意した。

禁酒の誓約が守られていないことを、河内山は太陽生命の清水専務と難波誠四郎に伝え、放哉を免職にしたいのだが同意を得られないかと電報で問うたところ、「ヤムヲエズ」との返信を得た。河内山は免職の意向を放哉にはっきりと伝えた。禁酒の誓約をこれほどまで明白に破った以上、辞表はみずから書いて提出せよ、さもなくば役員会での解職決議を待つのみだ、という河内山の決然たる対応に、放哉には発する言葉がなかった。

難波は放哉を朝鮮火災海上保険に推薦してくれたばかりではない。放哉が東洋生命保険に在職中、その金が酒に消えることは半ば知りつつも、難波は放哉の高利貸からの借金返済の連帯保証人として実印まで押していた。放哉が東洋生命保険を辞した時の退職金で返済されるものと期待したが、一銭の返済もなく京城に去ってしまった。高利貸の取り立てに応じきれない難波は、生活を切り詰め、なお不足する生活資金のために、妻に質屋通いをさせてもいた。

難波は何かの見返りを求めて放哉を援助したのではない。同窓の友の困窮をみるにみかねて助けてやった、無垢の友情だった。しかし、京城に赴任して以来、借金返済が滞っていることを詫びる一本の手紙もない。あげくは、禁酒の誓約が破られ放哉の免職に同意せざるをえなかった。放哉との縁もこれで終わりかと、難波は慚愧の思いだった。

層雲同人の佐藤呉天子宛の手紙に、免職の理由を認《したた》めた手紙が残されている。佐藤は東洋生命保険時代に放哉の部下として仕え、自由律句に深い関心を寄せていた人物である。

自分が悪かったことは事実だが、それでも天地に恥じることをやったとは思えない。要するに原因は、自分の「馬鹿正直」が祟《たた》って「人ノ悪イ連中ガ社長ニイロイロ吹キ込ミタル結果」だという。つづいて「東洋生命ニオケル時と同ジ。ツクヅクイヤニナツタ。然シ、何シロ、朝鮮ヲ永住ノ地トシテ働ク考ナリシ故、無資産ノ小生、友人達ニ少々ノ借金ヲシテオツタ。之《これ》ヲ返却スル道ナシ（突然ノ辞職故）、ソコデ満州ニ行ツタノデス」と記している。

組織人としてのみならず、友人関係においても破綻者であった。悪いことをしたのは事実だが、自分をそうさせたのは、自分というより「人ノ悪イ連中」のゆえだという。敗残者の自弁である。

借金の踏み倒しがいかに醜いことかは、放哉とてわかっていた。しかし、返済の当てがない。返済のための資金確保の道は、日本のフロンティアとしてますます栄えていると聞く満州にはあるかもしれない。淡い期待が放哉の胸をよぎる。

何もかも死に尽したる野面《のづら》にて我が足音

前途は不安ばかりだ。頼れるのはアルコールしかない。京城の酒場でどろどろに酔い、無益な息を吐くばかりだ。朝鮮火災海上保険の支配人の時のような、京城有数の料亭や待合が利用できるはずがない。本町付近の安酒場で酔いつぶれ、時に料理屋とみせかけて売春宿をもかねる曖昧屋に入り浸った。二日酔いの朝帰りを迎える妻の嫌悪の顔にも耐えねばならない。

妻を叱る無理と知りつゝ淋しく

京城はもう去らねばならないか。尾羽打ち枯らして鳥取に帰るわけにはいかない。七月末には、会社が借りあげてくれた住宅を空けるよう迫られてもいる。酒癖に身を持ち崩して朝鮮火災海上保険をやめた帝大出の人間に、京城での新しい仕事を斡旋してくれる者などいない。

あれこれ考えても出口はない。満州のハルビン事務所には、大学時代に親しかった同窓の二村光三がいる。難波誠四郎ともども大学近くに民家を借りて、ここを「鉄耕塾」と名付け、共同生活を送った友である。満鉄ハルビン事務所の住所を探し出し、そちらで働いてみたい、何でもやるので仕事があったら紹介してほしい旨の手紙を書いた。

長春で日本人学校の教師をしている小原楓《おわらかえで》のことに、妻の馨が気付く。住所も知っていた。放哉夫婦が下渋谷に住んでいた頃に東京女子師範学校に通い、放哉宅にしばしば遊びにきて親しかった知的な女性である。彼女にも長春で自分達ができる仕事があれば何でもするからみつけておいてくれないか、と馨が手紙を書く。長春からの楓の返事はすぐに届いた。喜んで到着を待つ、とのことだった。

その後、二村からの返事もきた。急な話でにわかには答えられないが、満鉄関連の仕事なら、職位と給料にこだわらなければ何とかする。ハルビンには貴兄が住まうに相応しい住居がすぐにはみつからないので、長春に当てがあるのなら、満州の空気に馴れるためにも、そこでしばらく滞在してみてはどうか。仕事の見通しがつけば長春宛に連絡するので住所が決まったら報せよ、という内容だった。

放哉も重い腰をようやくあげた。妻も京城から一日も早く退出したいようだった。別れの挨拶を交わす人とてなく、二人は京仁鉄道で京城を発ち、仁川港で降り、大連に向かう定期就航船に乗った。

日露戦争に勝利した日本は、旅順と大連をその先端部に擁する遼東半島の租借権を手にした。また、ハルビンから旅順にいたる東清鉄道南部支線のうち、長春から旅順までの鉄道利権の譲渡をも得た。

サンクトペテルブルクに発し、ユーラシア大陸を横断して黒竜江省に入り、この省を東南方向へ走ってウラジオストックにつながる、世界最長の鉄道がシベリア鉄道である。シベリア鉄道の黒竜江省部分が東清鉄道であり、その中心的な駅がハルビンである。ハルビンから遼東半島の旅順までの路線は、東清鉄道南部支線と呼ばれていた。長春・旅順間鉄道は、後に満鉄すなわち南満州鉄道株式会社の経営に移され、日本の満州統治の中枢的組織となった。

満鉄は、路線に併行する幅数十メートルの地域を鉄道付属地として確保した。主要駅の周辺はより広い地域を取得し、駅の周辺部に日本人街を造成した。日本人居留民の増加とともに、商店街や学校、病院、電力、上下水道などの生活空間が建設された。

満鉄は傘下にさまざまな関連会社を擁していた。撫順の石炭や鞍山の鉄鉱石の開発に当たり、港湾、航路、ガス、ホテルなどをもつ一大コングロマリットであった。明治末年には、鉄道守備隊として一万数千人の日本陸軍が満鉄付属地に駐屯した。鉄道守備隊は陸軍の外地派遣隊であり、後の関東軍の前身である。関東とは、長城の東端部に位置する山海関の東部地域のことだが、次第に満州全域が関東と呼ばれるようになった。

大連の埠頭に降り立った放哉と妻の馨は、長春に住まう小原楓に、これからそちらに向けて出発するとの電報を打ち、満鉄に乗り換え長春に向かった。

朝鮮火災海上保険は免職だったために、退職金をもらうことができなかった。会社の営業は順調に進み、自分もそれに多少の貢献はしたのだが、酒癖の悪さゆえの免職である。退職金のことを口にする勇気はなかった。しかし、朝鮮火災海上に入社した時に下渋谷の自宅を売却して購入した自社株の売却資金が手許にある。長春の小原家での仮寓に金銭的な厄介はかけないですみそうだった。

七月の末、満鉄の車窓には果てしない原野がつづく。地平線という言葉はもちろん知ってはいたが、これを眼前にしたのは初めてだった。真夏にもかかわらず、気温は二〇度を少し上回る程度、湿度は低く爽やかだった。

草原が地平線の奥深くに延々と広がり、雑草が生命力を競い合っていた。撫順を過ぎたあたりだろうか、さっきまで真っ青に透き通っていた空が淡い紅色に変じた。大連から長春までの旅程の半分が過ぎた。あと数時間だ。放哉と妻がまどろんでいるうちに、長春駅が間もないことを告げる車内放送が入る。

旅順が満鉄の基点であり、奉天を経て長春が終点である。長春以北のハルビンまで、さらに東清鉄道全体が日本の権益に入るのは、満州国が建国されて以降のことである。放哉が長春に着いた頃、ハルビンの権益を握っていたのはロシアだった。とはいえ、日本の影響力が次第に強まり、日本人居留民の数も増加し、長春はハルビンへの中継駅として栄えていた。

放哉と馨が長春に到着する少し前、さっきまで青天だった空がにわかに掻き曇り、草原に驟雨《しゅうう》が襲いかかった。長春駅に着いても、篠《しの》つく雨がプラットフォームの銀傘を叩いて轟音を打ち鳴らしていた。駅舎のベンチに腰掛け、雨の止むのを待つことにした。雨は三〇分足らずであがった。同時に、身を射るような太陽が降り注ぐ。真っ青な空を背に、まばゆい積乱雲が高く林立している。

青草限りなくのびたり夏の雲あばれり

駅舎を出て放哉は驚く。眼前に広がる円形広場は、日本ではみたこともない巨大さだった。円形広場の真ん中に、もう一つの円形の緑地帯があって、公園を形づくっている。円形広場から三本の大通りが放射状に走る。一本が南に垂直に延びる中央通り、東南に日本橋通り、西南に敷島通りである。日本橋通りと敷島通りには、数ブロックを下ると、駅前の円形広場よりやや小さい広場があり、これが円形の緑を中心とする環状交差点となっている。設計図にもとづいて計画通りに建設された新興都市の景観であった。

小原楓の家は、満鉄職員が住まう社宅が集中する敷島通りの日本人居留地の中にあった。番地通りに家が並ぶこの新興の町では、小原宅を探し出すのは簡単だった。楓はまだ独り身だが、間数をいくつかもつ一軒家に住んでいた。放哉夫婦は六畳間と八畳間の二つを供された。楓には、東京下渋谷に何度か訪れてきた時の面影が残っている。異国でなつかしいものに出会えて、放哉と馨は息をつく。ハルビンの二村からの手紙はまだ着いていなかった。二村には、小原宅で二間を与えられ、現金も当座はやっていける分を持ち合わせている、貴兄からの仕事の紹介があるまでここに逗留する、と書き送った。

中央通りの両側には、赤煉瓦造りの二階建ての洋館が建ち並ぶ。キリスト教会堂の高い建物がある。松屋旅館、林田写真館などといった看板を掲げる建物がみえる。日本橋通りの環状交差点の一角には朝鮮銀行の長春支店が構え、その右手には長春座という映画館まである。小原家の近くが吉野町である。ここは満州付属地の中でも最大の商店街だ。値段は少々高いものの、日本の商品なら大抵は手に入る。長春の満鉄付属地に居留する日本人は八千人ほどだが、中国人は二万人も住んでいるという。鉄道守備隊の駐屯する付属地を一歩外に出れば、そこは満州の原野である。原野には日本人は住んでいない。

孫文を指導者として辛亥革命がなり、国民党主導の中華民国が成立した。とはいえ、往時の中国は四分五裂であった。反国民党政府の主役が華北に跋扈《ばっこ》して競い合う軍閥である。満州で最大の軍勢を率いたのが、満州馬賊の頭目の張作霖であった。張作霖軍は国民党の北伐軍と衝突を繰り返していた。これに関東軍が加わって、満州での三者関係はもつれにもつれ、満州国建国にいたるまでの満州には、統治権力に中枢というものがなかった。さりとて、自治的な秩序が地方に形成されていたわけでもない、ひたすらの混乱だった。

放哉は、馬賊の演じる抗争や盗賊の跳梁《ちょうりょう》など、しばしば長春の日本語新聞に掲載される禍々《まがまが》しいニュースに嘆息させられた。井泉水に宛てた手紙にこう書いたのも、美しい街の周辺に漂う不穏な空気を感じていたからであろう。

「毎日広い空、広い野原を眺めて居ります。この辺では「夏草やつはものどもの夢のあと」という様な「センチメンタル」の感じは出て来ません。むしろ人殺しとか、強盗とかいふことは自然の事である様に思はれます。あたりまへの事の様に思はれます」

二村からの返事はまだこない。仕事はそう簡単にはみつからないのであろうと、落ち着かない。長春に滞在する間にも、放哉の体は衰弱していった。朝鮮で肋膜炎を診断され一週間伏せったものの、その後は特にこれといった症状もなく、最近では不安も消えていた。しかし、身中の肺結核は着々と増悪《ぞうあく》していた。こんこんと乾いた咳が時折り出る。夕方になると、微かな熱で体が重ったるい。楓からは、長春には満鉄付属地でも有数の優れた医師と最新の医療設備をもつ満鉄病院がある、知り合いに看護婦がいるから連絡してみる、そこで診察を受けたらどうかと薦められる。

肋膜炎の三度目の発症だとすれば命にかかわる、という当時の常識は放哉にもあった。しばらく安静をつづけたが、咳とともに胸の痛みが少しずつ深まっていく。満鉄病院の医師のところに出向かざるをえなかった。八月下旬には病室も空くので、その頃を見計らって入院し、治療に専念した方がいいと医師にいわれる。

井泉水宛の手紙には、異国での自分の病状を報せても詮方ないとも考えたが、友情にすがれる人は他にいない。手紙の終わりのところに、「落ち着きましたらまた手紙をしますが、左の肋膜が悪くて医者がぢつとして居れと申します」と記した。

肋膜炎とは、肺結核の当時の別名である。肋膜というのは、肺の外部を覆う胸膜のことである。これが空気や飛沫により体外から侵入する結核菌に感染し、炎症を起こして肋膜炎となる。もっとも、結核に感染しても直後に発症することは少ない。普通の生活を送っている健常者であれば、体内に備わる免疫機能が働いて結核菌の増殖は抑えられる。

しかし、この病気の厄介なところは、感染の症状が一度は治まっても、数年してから再発するという二次感染のリスクが高いことである。結核菌は、気管支の末端の肺胞を住処《すみか》として、しぶとい生命力をもって生きつづける。他の病にかかったり不摂生をして体力が衰えた時を狙うようにして、二度、三度と保菌者を襲う。現在では治療のための療法が確立され、結核は忘れられた病となっているが、放哉の青春時代には国内に広く拡散し、明治の末年から昭和一〇年代までは、日本人の死因の中で最大の病であった。

二次感染の及ぶところは体のいたるところである。放哉が診断された肋膜炎といわれる結核胸膜炎はもとより、腎結核、腸結核、リンパ節結核、脊椎カリエス、脳結核、咽喉結核と全身に及ぶ。放哉は大学時代に肋膜炎で最初の結核症状を言い渡されており、朝鮮火災海上保険に勤務していた京城時代には、二次感染の発病により一週間の仰臥《ぎょうが》を余儀なくされた。新会社設立のための繁忙とアルコール依存、零下二〇度にも達する厳寒により体力が落ち、免疫機能が劣化していたのであろう。

長春の満鉄病院の若い医師は、レントゲン写真をみつめては触診を繰り返し、あちこちの部位に聴診器を当てながら、左肺尖部に容易には排除できない結核菌が蔓延《はびこ》っていると診断した。自宅で絶対安静をつづけ、食事はできるだけ滋養のあるものを摂り、体力全体の回復を待つより他に治療方法はないという。残金も少なくなり、入院費用が捻出できるかどうか不安だが、三度目の発病である。死のことが頭をよぎる。自宅で安静と滋養といっても、この病身を手狭な小原宅に託しつづけるわけにはいかない。しかし、お金のことは何とかするから、ともかく入院してほしいと、妻はせっつく。入院も余儀なしと放哉も決意した。

長春満鉄病院は、長春駅から東南に延びる日本橋通りの環状交差点の南に位置する、大きな敷地をもつ三階建ての煉瓦造りの建物である。内科呼吸器系の病棟の三階から、日本橋通りの環状交差点がみえる。相部屋の病人は肺結核に罹患して入院をつづける者ばかりの数人だった。一〇代と思われる若者もいる。

効能のある薬剤があるわけではない。肺尖部が結核菌に侵されて滲み出た胸水が胸腹内に溜まると、咳が多発し胸痛を促す。たまに訪れる医師が胸水を抜き取って丸底のフラスコに採取し、その量を計って記録する。放哉は病床に横たわって天井を眺めるしかやることがない。再び外に出られるのか。

日本橋通りの環状交差点をまっすぐに進むと、いくつもの兵舎が並び、その向こうに鉄道守備隊の練兵場がある。銃撃戦の演習で叫ぶ兵士の声が聞こえる。時に三八銃の金属音の高く澄んだ銃声が交じる。

　わが胸からとつた黄色い水がフラスコで鳴る
　ここに死にかけた病人が居り演習の銃声をきく

　このまま死んでしまえば先の苦労はなくなる、としきりに思う。妻に一緒に死んでくれないかと、重く引きずり込むような声でいう。何をバカなことをいうのかとはねつけられ、妻への思いやりを忘れていた我執を思い知らされる。放哉は後に神戸の須磨寺の大師堂で働くことになるのだが、その時に層雲同人の佐藤呉天子に宛てた手紙の中で、満鉄病院入院時のことを次のように回想している。

「満州デ一働キシテ借金ヲ返サネバ死ヌニモ死ナレヌト考へ、長春辺迄モ遠ク画策ヲシタノダガ、寒気ニアテラレ、二度肋膜炎ニカヽル。満鉄病院長ノ言ニ肺尖甚《ハナハダ》弱クナツテ居ル、三度目ノ肋膜ハ最モ危シトノ事。天ナル哉命ナル哉。借金ヲ返ス事モ出来ズ、事業モ出来ヌ。此時、妻ト「死」ヲ相談致シタ。此ノ時ノ事ハ今想ヒ出シテモ悲壮ノ極也。人間「馬鹿正直」ニ生《ウマ》ルヽ、勿《ナカ》レ。馬鹿デモ不正直ニ生ルレバ、コンナ苦労ハ決シテセヌ也」

敗北者の告白である。「馬鹿デモ不正直ニ生ルレバ、コンナ苦労ハ決シテセヌ也」。もっといい生き方があったはずなのに、という放哉の悔恨が滲む。

大正一〇年には、西田天香の『懺悔の生活』が日本でベストセラーになった。思想遍歴を重ね、長期の断食座禅の果てに宗教的な転回をなし、みずからの思想を迷える者に伝えるために京都鹿ヶ谷《ししがたに》に一燈園を設立したという話は、放哉の耳にどこからともなく聞こえてきた。この機会に読んでみるかと思い立ち、妻に図書館から西田の本を借り出させた。

目から鱗とはこのことだと、今までに聞いたこともない言葉がそこには連ねられていた。前途に光明を見出すことができない自分に、これは実に相応しい思想ではないか。「死ね、今死ね。どうせ一度は死なねばならぬ。死んだはずの身体で、動けるあいだ奉仕をなさい」と書いてあるではないか。真理というものは案外手近なところにあるものだといって、こうも連ねてあった。「自然は平和なもので有り、落ち着いたもので、また悩みのないものです。たとえ疾風怒濤が来て樹木を倒したり、土をかすめることがあっても。……自分自身の姿をも自然の中に投げ入れて、消してしまって、それから無作《むさ》の愛、無為の慈悲が自然にあらわれてくるのが本当です」

ではどうすればいいか。西田は下座《げざ》せよという。下座というのが放哉にはよく理解できなかったが、要するに、俗世への執着を吹っ切って自然の中にみずからを投げ出し、自然に服従せよ、といった意味のように感じられた。西田のいうことが真実であれば、自分は真実から随分と遠いところにまできてしまった、と放哉は思わされた。「自他一体感よりすれば、一切の罪は自分の罪であることを、まず懺悔せよ」。今の自分が求めていることが、西田のこの言葉の中には確かにある。懺悔、懺悔と放哉は口ずさむ。一燈園で生活しようか、という思いが放哉の胸をかすめる。

入院の最中《さなか》に満鉄ハルビン事務所から、差出人二村光三とゴム印が捺された封書が届いた。体調は少し上向き、いつまでも入院生活をつづけるわけにもいかないという思いを強めていた頃であった。満鉄ハルビン事務所で英文を翻訳する人材が不足している、嘱託でよければ採用の可能性があるがどうか、という内容であった。給料については何も書かれていないが、これで何とか生き延びることができそうだ、他に当てのない放哉の心は動いた。

妻に話すと、今は二村さんにおすがりするより他ありませんよ、という。満鉄病院の医師にハルビンに発ちたいと告げると、日本に戻って温暖な地で穏やかな生活をするのが一番だ、秋を過ぎる頃からのハルビンの寒さは日本人には耐え難いものになるから、よほどの注意が必要だ、決して無茶なことをしてはいけない、酒は生活を乱すから控えるように、今度再発したら命は保証できない、といわれた。

放哉は頷《うなず》き、小原宅に戻り、まだ日本人学校から帰宅していない楓に、長いことお世話になった、この恩は生涯忘れない、これからハルビンにいって二村という大学時代の同窓の伝手《つて》で彼の地の満鉄事務所で働くことになったので、急遽発つ、と置き手紙を書いた。長春駅まで妻と二人で歩いた。

当時は、長春以北はまだ満鉄付属地ではなく、ロシアの利権のうちにあった。黒竜江省を横切る東清鉄道の中心駅がハルビンである。そこから東進すればウラジオストック、西進すればモンゴル北部のハイラルを経てサンクトペテルブルクにまでつづくシベリア鉄道である。

ハルビンに着いて駅前の広場に出る。日本人らしき人間はほとんどみかけない。中国人に加えて、ロシア人がやけに多い。ロシア革命によって追放された非ソヴィエト系のロシア人がハルビンに居住しており、彼らが白系ロシア人と呼ばれていることは放哉も知っていたが、これほどまでの多さか。

二村の手紙に印刷されている住所を、路上の看板地図で確かめながら事務所に着いた。放哉は妻を二村に紹介する。頭は禿げあがってはいたが、顔には大学時代の面影が残っている。二村は当時と同様に好人物だった。放哉の病気のことに気遣いをみせながら、穏やかに迎えてくれた。妻へも心配りの目をしばしば向ける。

放哉は二村に、確か貴兄は海軍に入ったと記憶しているが、どうして満鉄にいるのかと問う。二村は、籍は現在も海軍にある、海軍在職中に組織の生産管理方法についての最新の知識を習得するようイギリスとドイツへの留学を命じられ、それぞれ一年ずつを過ごした、という。その研究成果を実践の場で生かしたいとみずから申し出て、海軍籍のまま満鉄のフロンティアのハルビンで目下勤務中だという。明確な指針をもった二村の生き方を放哉は羨望する。劣等感を振りほどき、新しく紹介してくれるという仕事に付いて問う。

嘱託なので給料は本給に比べれば低い。仕事は英語圏の国々から取り寄せている日刊や週刊の英文紙誌を読み、ロシアの政治的・軍事的な情勢に関する、重要と思われるところを翻訳し、さらに時間があれば図書資料室にかなりの外国語書籍があるので、ロシア革命や革命政権の特質などを分析した著作を取り出し抄訳をしてほしい、というものだった。

放哉はハルビンでの住まいには当てがないのだがというと、二村はすでに満鉄ハルビン事務所の官舎に申し込んである、台所と手洗いが共同の単身者用住宅だが、取りあえずそこに入室してほしい。後日、家族用住宅が空けばそちらに移ったらどうかという。

事務所通いの日常が始まった。大学時代の英語の猛勉強の日々のことが思い起こされ、英文の理解力がこんなところで役に立つというのも妙なものだと思う。自分の机が与えられて一人静かに仕事ができるというのは望外のことだった。一日の仕事は五時で終わる。大陸の五時はまだ太陽が強く光を放っている。放哉はハルビンの街をぶらつく。長春のように計画的に造られた都市ではないので、少々乱雑である。中国人の住まうキタイスカヤにいってみたが、腐臭漂う喧噪の街だった。放哉はこんなところを歩いていると、肋膜炎の症状が悪化するのではないかと恐れた。中国人が三〇万人、ロシア人が一〇万人、日本人は一万人を下回っているそうだ。それでも、満州のこんな奥深いところに一万人に近い日本人が住まっていると聞かされて、放哉には意外だった。

ハルビン駅の南西部、駅から徒歩で二〇分くらいのところに位置する日本人居留地は、ヤポンスカヤと呼ばれていた。日本の洋服屋、雑貨屋、時計店、靴屋、書店など生活に必要な品々を商う商店が軒を並べる。和服を着た女性の姿も目に入る。ハルビンを生活の場とするか。嘱託ではあるが、能力をみせれば正規の社員になることも難しいことではないと二村もいっている。妻もハルビンでぜひ頑張ってほしいと放哉にしきりにいう。妻にも安住の地を与えてやらねばと、殊勝にも放哉は考える。

九月一日の午前一一時五八分に関東大震災が発生、東京が壊滅状態になったというラジオのニュースが伝えられ、ヤポンスカヤの日本人に衝撃が走った。二日、三日経つうちに、惨劇を伝える報道がハルビンにも詳しく入ってきた。四日ほど後れて届いた「大阪朝日新聞」を日本人居留民は奪い合うようにして読み、不安と恐怖に打ち震えた。同記事にはこうあった。

「東京市内は山の手よりも本所、深川、下谷、浅草方面の下町が最も被害多く、家屋は一軒として満足なものなく、あるいは倒壊し、市民は総《すべ》て戸外にあり、道路と総ての空地は避難民を以て満たされ通行し難く、激震十数回にて小止みとなりしも、一時間毎位に激震は引き続き、夜に入つて止み、震災に続いて火災が十数箇所におこり、折からの烈風に煽られ四方に延焼し、水道全く断絶して消防の方法なく、全く火の海の拡がり行くに任せるのみ」

東京の友はどうなっているのか、井泉水はどこでどうしているのか。帝都が崩落し、一〇万人を超える死者、行方不明者が関東の全域で阿鼻叫喚《あびきようかん》の中にいるのに、自分ははるかハルビンの地で、小さな己の生活と病に汲々としているだけか。自分がいかにも卑小な存在に感じられ、日本にはもう二度と帰ることができなくなったとさえ思わされた。

一〇月も下旬に入り、乾いた空気が急速に冷気を含み、温度は零下となる。官舎で英文紙の切り抜きを翻訳していた放哉は、体がひどい熱を放っていることに気付く。はっと思う間もなく、鋭い痛みが胸に這いあがってくる。つづいて咳がこみあげ、血痰が飛び散る。驚く妻は、官舎の前にたむろする人力車を呼び、放哉を乗せて日本人医師のところに急がせた。

長春で肋膜炎を発症したものの、その後ことなきを得てもう大丈夫だと思って今日にいたった、という経緯を医師に話す。結果は検査するまでもなく明らかではないかというふうな顔を医師は浮かべ、放哉に呆れたような目を向ける。この体がハルビンの厳寒に耐えられるはずがない、温かい日本に帰らねば危ないという。そうはいかないと放哉は応じ、長春の満鉄病院で世話になった医師がいるので、そちらで治療したいともいう。満鉄病院とてこの病に下す手はない、日本に帰りなさい、と医師は重ねていう。二村の好意でようやく手にした安息の日々も、一カ月足らずでお仕舞いか。

医院を後にして二村の家に向かう。玄関で迎えてくれた二村は、放哉の蒼白な顔に驚く。まああがれ、と客間に放哉と馨を招き入れる。二村の妻が茶を淹れてくれたが、疼く胸を抱えて茶碗をもつ放哉の手が震えていた。二村、俺はもうだめだ、日本に帰る、故郷の鳥取にはいけないが、長崎に親戚の者がいるので、ひとまずそこに身を寄せたい。一カ月間本当に厄介をかけた、明日にでも妻を連れて長崎に向かう、といって二村宅を出る。玄関で見送る二村夫婦にはかける言葉がみつからず、押し黙っていた。放哉夫婦の方も静かに頭を垂れて辞するしかなかった。

ハルビン駅で東清鉄道南部線に乗車、長春で満鉄に乗り換え、大連をめざした。

脱落

放哉は明治三五年三月に鳥取県立第一中学校を卒業、同年九月に東京本郷の第一高等学校に入学、明治三八年にここを卒業、九月には東京帝国大学法学部に入学した。卒業は明治四二年の九月だった。学歴エリート時代の先駆けである。国民のほとんどが、高等教育などには縁のない時代であった。高等教育を享受できた者は、旧藩士、旧幕臣、維新の功績者の子弟などに限られていた。実際、放哉が第一高等学校に入学した明治三五年には、高等学校に専門学校、実業専門学校、高等師範学校などを加えた高等教育就学人口の同年齢人口に占める比率は、二パーセント程度だった。

父の信三は、薩長側に与《くみ》する鳥取藩の砲兵隊砲手として戊辰戦争に参戦、その後は鳥取地方裁判所の書記、つづいて監督書記長になったが、四九歳でこれを辞した。東京からはるかに遠い地方の、特権階層には属さない一青年が、第一高等学校、東京帝国大学法学部という、全国の秀才が集まる高等教育機関に合格したのである。

明治も後半期に入る頃から、日本の高等教育は旧時代の特権層から解き放たれて、出自のいかんにかかわらず、学問の修得をもって社会的上昇を可能とする時代が開かれようとしていた。放哉はこの新時代の受益者であった。学歴エリートが競い合う時代の到来である。学歴エリートに最も相応しい表玄関が東京帝国大学法学部だった。放哉の上京は、尾崎家やそれに連なる血族、鳥取という共同体社会の期待を一身に背負ってのものだと想像されよう。

ところが、放哉の方はどうか。学歴エリートを自認し、立身出世への道に乗り出そうと励んで大学時代を過ごしたのかといえば、実はそうではない。立身出世への願望は、大学時代の放哉にはみられない。

同学の友を、放哉が冷ややかに眺めていたことをうかがわせる書簡がある。宛先や日付は不明だが、本郷近くに住まっていた大学時代のものであることは前後の文脈からしてまちがいない。官僚や大企業のエリートたらんと懸命に勉強している同学の友人は、「出校後は中流以上の社会に入る人ならずや、その人々等が何の為に勉強してゐるのやら自分にはわけのわからぬこと多し」といって、「甚《はなは》だあきたらず」と記している。さらにこういう。

「彼等はもともと何の為、何をなさんが為に知名の士となるべきや、について決心もなく主義もなし――大学生――毎日通学して勉強してゐる同輩を見る度に、それと語る度に、其者《そのもの》足らぬ心地するは之《これ》が為なり。通学するのも嫌な気持がする。――之、蓋《けだ》し人のセン気を病みするものならんやもしれず——大学生を見たら大抵みんなこの位なツマラヌ考で勉強してゐる輩《やから》と思ふべし」

こんなふうであるから、大学に入ったものの、卒業には関心が薄かった。同窓生は卒業のための本試験に合格して六月に大学の門を出ていったが、放哉はこれを受ける気もせず、ずるずると日を延ばし、九月の追試験に合格してようやくの卒業となった。しかも、卒業後四年間も卒業証書を大学に取りにいかなかった。放哉は大正一五年四月七日に香川県の小豆島で没するが、その年の二月に層雲同人の長谷川幻亭宛の手紙にこうある。

「卒業して、会社にツトメテ四年タツト、延期してゐた、「徴兵検査」がヤツテ来たのですよ。其の時には是非此の「証書」が入用《いりよう》なのです——何故廿七歳迄延期したか——を立証するため、「卒業証書」を持つて行かなければならぬ……ソコデ、大学に行つて四年ぶりで、「卒業証書」を手に入れたといふワケ、呵々《かか》。其時、事務室事務員が……「実に怪シカラン、四年モ倉ニ保管させて……倉庫料を出しなさい」といふ……両方で、大笑した事でした」

同じ手紙の中に、卒業時に証書を受け取らなかったのは、「テラツタのでも無し。物ズキ」でそうしたのでもなく、それに価値を認めなかったからだ、学問をした結果は自分の頭の中にしまいこんであるはずで、卒業証書のうえに乗っかっているのではない、とも書いている。少々戯《ざ》れ言《ごと》ふうの記述だが、二カ月後には死去する重篤の病の床での告白である。確かに衒《てら》ってそう書いたのでもなかろう。放哉は立身出世の玄関口に立ちながら、そこから中に入っていこうとはしなかったのである。

　鳥取という遠く離れた地方から一高、帝大へと進学した放哉は、縁者の中では相当のエリートだったと思われようが、実は、そうではなかった。放哉の係累には学歴エリートが居並んでいて、その中で放哉は取り立てて注目される存在ではなかった。縁者からすれば、帝大の卒業も危うく、東洋生命保険に入社はしたものの、アルコール依存症に陥った放哉など、できれば遠ざけておきたい人間だったようだ。縁者のそうした視線の中で、放哉の劣等意識も止みがたいものになっていたのではないか。

　従兄姉の銀婚式が上野の精養軒で開かれ、そこで撮った一枚の写真がある。主役は放哉の従姉の中谷初とその夫の中谷義蔵であり、この二人を祝う場での、血族、姻族の集合写真である。放哉を含めて一三人が写っている。中谷義蔵は旧鳥取藩士である。中谷の長女の夫は東京帝国大学医学部出身の医師、後に三菱銀行頭取となる長男の一雄は当時は東京帝国大学法学部の学生、澤静夫はやはり東京帝国大学医学部出身の医師、和田善平は京都帝国大学工学部電機工学科出身の技師、ならびに彼らの妻達の一三人である。放哉が東洋生命保険の内勤員として勤務していた頃である。大正三年に同社の大阪支店次長として赴任したものの、叩きあげの保険外交員を経て大阪支店長となった中田忠兵衛とそりが合わず、冷遇を余儀なくされ、鬱々たる日常を過ごしていた時期であった。宗右衛門町《そえもんちょう》の酒場で酔いどれを繰り返し、一年足らずで大阪から東京に戻された。借金も相当の額に及んでいた。放哉の酒癖の悪さが一族の者に知られないはずがない。一高、帝大出の学士の醜態など、まことに足の速い噂である。放哉が一族からできるだけ身を離しておきたいと考え、故郷鳥取への思いも次第に鬱屈したものへと変じていたのであろう。

この写真の中にはもう一つ、放哉の居住まいを悪くさせていた事情が隠されている。放哉は帝大に入った頃、この写真の中で和田善平の妻として写っている旧姓澤芳衛《よしえ》に結婚を迫り、芳衛も幼なじみの放哉に恋心に似たものを感じていたが、結局、結婚は成らなかった。放哉は馨、芳衛は和田善平と、それぞれ別の人物と結婚している。結婚にいたらなかったのは、放哉の母の仲と芳衛の母の寿《とし》が縁戚の関係にあり、芳衛の兄の澤静夫が、医師の立場から血族結婚は絶対に認めるわけにはいかないと主張、放哉もこれには反駁できず引き下がった、という事情がある。放哉は実名を尾崎秀雄といい、一高俳句会で句作を初めた頃から俳号を芳哉としていたが、これを放哉と変えたのも、そのできごとに由来しているらしい。

生来が厭世的で繊細な性格傾向をもつ放哉のような人間には、この時代の思潮もまた、少なからぬ影響を与えていたのであろう。日露戦争の勝利によって日本は明治維新以来の懸案の多くを克服し、列強の一員として頭角をあらわした。帝国憲法の制定、帝国議会の開催、不平等条約の改正、日清戦争と日露戦争での勝利を経て、日本の近代主権国家の骨格はがっしりと設《しつら》えられた。日露戦争勝利をもって、日本は帝国明治を実質的に完成させたということができる。

しかし、日露戦争に向けて厖大な財政資金を軍事力増強に注ぎ、戦争には勝利したものの、ロシアから賠償金を取ることは叶わなかった。外債の返済が思うにまかせず、国民は重税に苦しめられた。これが中小零細企業や都市住民の不満に火を点け、反重税をスローガンに掲げる反政府運動がそこここで展開された。

知識人の中には社会主義思想や無政府主義思想を高唱する者があらわれ、労働運動も拡がりをみせた。文学界には、あらゆる粉飾を捨て去って、人間の赤裸々な姿を描写するのが文学の本来の姿だ、と主張する自然主義思想が生まれた。同時に、人間を自然そのままの姿で描写するというのが文学の使命であれば、自然主義には現状を打破する力はない。国家の「強権」が今日をもたらしたのだから、これを見据えずして文学は文学たりえない、と主張する文学者も生まれ、相互の間で論争が起こった。無政府主義者クロポトキンの影響を受けて、明治四二年八月に執筆された石川啄木の「時代閉塞の現状

――強権、純粋自然主義の最後および明日の考察」と題する論説が、反自然主義の先鋒だった。

夏目漱石は、明治四二年に執筆した『それから』の主人公代助の友人の平岡に、時代の思潮を次のように語らせている。

「日本は西洋から借金でもしなければ到底立ち行かない国だ。それでゐて、一等国を以て任じてゐる。さうして、無理にも一等国の仲間入りをしやうとする。だから、あらゆる方向に向つて、奥行を削つて、一等国丈の間口を張つちまつた。なまじい張れるから、なほ悲惨なものだ。牛と競争をする蛙と同じ事で、もう君、腹が裂けるよ。其影響はみんな我々個人の上に反射してゐるから見給へ。斯《こ》う西洋の圧迫を受けてゐる国民は、頭に余裕がないから、碌《ろく》な仕事は出来ない。悉《ことごと》く切り詰めた教育で、さうして目の廻る程こき使はれるから、揃つて神経衰弱になつちまふ。話をして見給へ大抵は馬鹿だから。自分の事と、自分の今日の、只今の事より外に、何も考へてやしない。考へられない程疲労してゐるんだから仕方がない。精神の困憊《こんぱい》と、身体の衰弱とは不幸にして伴なつてゐる。のみならず、道徳の敗退も一所《いつしよ》に来てゐる。日本国中何所《どこ》を見渡したつて、輝いてる断面は一寸四方も無いぢやないか、悉く暗黒だ。其間に立つて僕一人が、何と云つたつて、何を為《し》たつて、仕様がないさ」

この小説は、明治四二年六月から一〇月まで東京朝日新聞と大阪朝日新聞に掲載されて反響を呼び、翌年には書籍として出版された。漱石は放哉の第一高等学校時代の英語教師である。放哉がこれを読んでいなかったとは考えにくい。右の文章は、代助が少しも働く意欲をもたない平岡に、「何故働かない」と咎《とが》めるような口調でいうのに対して、平岡が「何故働かないといつて、そりや僕が悪いんぢやない。つまり世の中が悪いのだ」と切り返すところから始まっている。

世の退嬰の気分は放哉にも影響を与えていた可能性がある。帝大法学部という絶好の場にいながら、法律を勉強し、高等文官試験に合格して高級官僚へと巣立っていく同学の友に向ける放哉の視線は、冷え切っていた。『それから』の平岡の気分そのままだった。

放哉と馨は、大連港から連絡船に乗って従弟の宮崎義雄のいる長崎をめざした。鳥取に帰るつもりはまったくなかった。長春から大連に向かう車中で車掌に頼み、長崎でしばらく厄介になりたい、という電報を義雄宛に打った。

長崎出島岸壁には義雄が迎えにきてくれていた。義雄は放哉の体が以前会った時に比べて随分小さくなり、一〇歳くらいは老けてしまったように感じた。義雄は、生活を少し切り詰めれば放哉夫婦をしばらく仮寓させてやるくらいの余裕はあると考え、妻をもそう説得し、出島岸壁にやってきた。二人を人力車に乗せ、もう一つに自分が乗って長崎新町の自宅に向かった。

持ち物らしきものはほとんどない。馨にもかつてのような生気がない。温情の厚い宮崎夫婦は心からの同情を放哉夫婦に寄せた。放哉は茶を啜《すす》りながら、次の生活の道はできるだけ早く探し出すので、それまでしばらく厄介になりたい、と改めていう。手許の残金が少ないので、ほんの気持ちだけだがといって、遠慮する義雄に薄い封筒を渡す。

放哉は次の間で座布団を枕に横たわる。馨は努めて元気を装い、義雄の妻に京城や長春やハルビンのことなどを話していた。その声を聞きながら、放哉は薄く疼く胸に手をやりながらまどろんだ。

放哉は妻とも別れ、寺男となって一人静かに生活できないものかと長崎にきても考えていた。長春の満鉄病院にいた時に読んだ西田天香の『懺悔の生活』の文章を思い起こす。〝自分を自然の中に投げ入れて自分を消し去るべし〟、〝一切の罪は自分の罪であることをまず懺悔せよ、安心立命というものの出発点はそこにある〟、という天香の考えに共感を寄せた。長崎の書店で改めて買い求め、義雄の家で読み耽った。

長崎のこの地で自分を寺男として雇ってくれる寺はないものか、食事と睡眠を与えてくれるだけでいい。懺悔と奉仕一途の生活をしたいと思う。長崎には寺が多い。長崎市は寺で取り囲まれているようにさえ思われた。いくつかを物色するが、適当な寺はない。キリスト教が根を張ることを恐れて威嚇的に建てられた立派な寺が多く、門に入って自分を寺男にしてくれとはいいかねるような重厚な構えである。寺の門前にまではいってみるが、一つの寺の門をくぐることもできなかった。

一燈園にいくより他なしと放哉は決意する。夫婦で一燈園に入ることもできると聞いている。馨がそれに同意するとは思えないが、一緒に一燈園で暮らさないか、と切り出してみる。案に相違せず馨は、そんなことできるはずがありませんよ、という。不幸な人生の道連れを妻に強いたことを改めて悔いる。

東洋生命保険に就職が決定した年の翌明治四四年の一月に、放哉は馨と結婚した。放哉が二六歳、馨が一九歳だった。馨の父の坂根利貞は朝鮮で学校教師をしていて、そこで一男四女をもうけた。馨はその一人だった。父は当地で死去。母の寿の苦労は並大抵ではなかった。日本に帰った寿は、鳥取藩池田侯爵に仕えた父の友人の伝手で、東京小石川伝通院前の池田侯爵の屋敷管理を任された。故郷から上京してそこに寄宿する女子学生の面倒をもみた。

寿は女手一つで五人の子供を育てる一方、それだけでは終わらない志をもっていた。友人と組んで故郷に私立鳥取女学校を設立、その仕事のために馨も東京の淑徳女学校を中退して鳥取に帰った。帰郷して間もなく、尾崎家から放哉の嫁にぜひという申し越しがあった。寿は、父無《ててな》し子の馨を帝大出の学士様の嫁にやるというのは過分だと固辞したが、再三再四の申し出に結局は寿も応じた。見合い、交際という手順を踏む中で、放哉も馨を次第に気に入った。鳥取で結婚式を終えて上京、文京小石川で生活を始めた。子供は生まれなかった。

馨の不幸の始まりだった。この頃すでに放哉はアルコール依存症に陥っていたのである。京城での辛苦の日々を思い返し、あれで子供がいたら到底生きてはこれなかった、いや子供でも生まれていればおのずと別の生き方があったのかもしれないと、詮方のない思いを馨は繰り返していた。

一燈園に入ろうと決意してからの放哉の行動は速かった。入園させてほしい旨の手紙を西田天香に書き送り、その返事がくる前に京都に向かった。妻には一燈園の住所を書き留めたメモを渡し、何かあったらここに連絡するようにと言い残し、宮崎宅を後にした。淡色の大島紬《つむぎ》の着流しに縮緬《ちりめん》地の兵児《へこ》帯を巻き、下駄履きで風呂敷包み一つをぶら下げての貧相な姿だった。苦労をにじませた放哉の背中を見送りながら、馨はこれでやっと自分も解放されるのかと思った。

馨は放哉が長崎を発ってから一カ月後に大阪に出て職を探し、四貫島の東洋紡績の女子工員寮の寮母の仕事をみつけ、裁縫や生け花を女子工員に教え生計を立てることになった。寮母の仕事は目が回るほどに忙しかった。時に放哉のことが胸をよぎるが、あの人はあの人、私は私、という自立の気分を久方ぶりに味わった。

放哉が一燈園に入った動機は、西田天香の思想への共感からだが、そればかりではない。この時点で、放哉は、自分の病がいずれ重篤のものになるという確かな予感を抱いていた。肺結核を治癒させる方法はなく、効能が少しはあるかもしれないといわれていたのは安静と滋養だけだった。安静と滋養など無一物の自分にできるはずがないと半分は考え、半分は自棄《やけ》気味でこの体に宿る精神を懺悔と奉仕の生活の中で鍛えるだけ鍛えれば治癒するかもしれない。それで死んでしまうのならそれも悪くない。後に小豆島で記した『入庵雑記』の中では、一燈園に入った時の心境を振り返って、次のように記している。

「此の病軀をこれからさきウンと労働でたゝいて見よう。それでくたばる位なら早くくたばつてしまへ。せめて幾分でも懺悔の生活をなし、少しの社会奉仕の仕事でも出来て死なれたならば有り難い事だと思はなければならぬ、と云ふ決心でとび込んだ」

つくづく淋しい

一燈園は、西田天香により明治三七年に、京都北白川鹿ヶ谷に創設された求道的団体である。天香は滋賀県長浜市の商家で生まれ育った。明治政府による市町村制と郡制の施行に際して、地元の郡部が分合問題で紛糾、天香は長浜町青年会幹事長として滋賀県知事の大越亨に直接面会し、談判しなければならない事態となった。これを機縁に、天香は大越の知遇を得た。

大越は天香を胆力と才覚をもつ青年だとみなし、何か希望があれば支援は惜しまない、といってくれた。天香は、フロンティアの北海道で志のある農民を集め共同体的な事業を興したい、というかねてよりのアイディアを大越に伝えた。大越は思い切ってやってみたらどうか、出資者は自分が紹介するという。集められた有力者からの出資金をもとに、天香は北海道に五百町歩の農地を取得、百世帯ほどを入植者として引き連れ、開拓事業に乗り出した。

農地の開墾や耕作はもとより、製麻工場の経営が軌道に乗り、農民教育のための学舎、説教所や神社などをも造って、共同体事業は成功しつつあった。資産規模と事業収益もあがった。しかし、それとともに、収益の配分をめぐって出資者と耕作者との利害の鋭い対立に巻き込まれた。人間の金銭への飽くことのない執着に直面して天香は、人間が対立的にではなく互酬的に存在しうるためには、いかなる思想と生活が必要かを徹底的に考えさせられた。

この問に自分の納得できる答えを見出すまでは、争いのもととなるものは一切食うまい、それで死んでも厭わないとの決意をもって、故郷長浜の八幡神社境内の愛染明王の縁側の板敷きで、三日三晩の断食に入った。肉が落ち目が眩み頭も朦朧としてくる中で、嬰児の泣く声が天香の耳に響く。天香はこう書いている。

「夜は白々と明けた。／この時ふと耳にしたのは嬰児の鳴き声であった。ハッと思った。私も赤子のように泣いたなら……と。あの子は今泣いている。あの子の母は乳をはらしているに違いない。仕事に追われ、はらした乳房をかかえながらウロウロしているだろう。もしも彼が泣かず、そして飢えて死んだなら、母は乳汁をもてあまして、またどんなに嘆くであろう！／泣いてくれればこそである。乳を飲むのは生存競争ではない、闘いではない、他をしのぐのではない。飲むことによって母も子も喜び合うのである。彼の生まれない前に乳はない。彼が生まれて初めて乳汁が出る。彼はその乳汁のために少しでも努力はしない。母もそうだ。自然に恵まれて二人とも助かる。

人類の食物も畢竟《ひっきょう》かくあるべきだ。不自然なことをするために受くべき恵みを失っているのである」

自然の恵みの中に相互に抗《あらが》わずに生かされる道がある、との悟得を天香が手にした瞬間だという。この悟得をもとに天香はみずからの思想を練りあげた。人間はただ自然の則《のり》にしたがって生活していれば、何を所有せずとも、働きを金銭に換えずとも、いな、金銭などもっていなければこそ、「許されて生かされる」道があるはずだ、という信条にいたる。過去への懺悔の心をもって無所有、奉仕の生活をつづければ人間は救済される。その救済の場として一燈園を開設するにいたったのだという。

放哉は、長崎を発ち門司を経て山陽線に乗り、京都に向かう。車中で『懺悔の生活』を繰り返し読んだ。そうか、そういうことだったのか、と思わされる箇所に出会って傍線を引く。

「全体が生きるなら自分が死んでも本懐ではないか。自分も他人もただ水面に偶然生じた泡沫のようなものでその泡沫に執着するのは全体たる水を知らないためである。死んだとて何者も消え去るものではない。生きようと思わば死ね。無理に他をしのいで生きることは死ぬることである。運命を天に任せて、食えなければ本体に還ればよい。死ぬとは迷妄から離れよとのことで、悟れば全体が自分なのである」

自分を悩ませてきたことへの「解」が、この文章の中には確かにある、天香に徹底的に師事し、その思想と生活を自分のものにしてみよう。天香のいうような懺悔と下座の生活に活路を見出そうと、改めて放哉は一燈園入園の決意を固めた。京都駅で山陰線に乗り換え二条駅で下り、地図を片手に家々を縫うように歩いてやや坂道を上り、大文字焼きの大の字を形取った如意ヶ岳の南麓を背にする山間《やまあい》に、一燈園と書いた立て看板をみつけた。看板の脇を通ると、二階建ての質素な建物がみえる。

幸い天香が一燈園にいた。放哉は自分の来し方を語り、一燈園での生活をなぜ自分が希望するにいたったか、何よりも『懺悔の生活』を繰り返し読んで強く促されるところがあったといい、天香の思想への共感を述べた。天香は放哉の語るに任せ、静かに相づちを打ちながら聞くのみであった。天香の悠然たる構えに、放哉は自分はこの人物によって救済されるにちがいないと直感した。

一燈園には、一階に道場と呼ばれる黒光りする板敷きの広間があり、広間の障子に沿って座禅を組むための畳が長く延びる「上がり座敷」がある。広間の正面には祭壇のようなものが置かれ、そのうえに小さな円形の窓が開かれている。この丸窓を通じて大自然を拝するという考えで穿《うが》たれたものだという。一燈園は特定の宗教団体ではないので、本尊はない。二階は全面が畳の大広間である。押し入れが片方にあるだけ、それ以外には火鉢一つとてない。入園者の四〇人ほどが京都市内での奉仕活動を終え、くたびれ切った体を布団に横たえるためだけの広間だった。

放哉が入園したのは、一一月二三日。京都の冬の冷え込みは厳しく、ひどい時には鹿ヶ谷は市内より四度ほど下がる。雨戸なく厳寒にも障子一枚、入園者の全員が朝五時に起床、園内の掃除と光明祈願をすませると、朝食も摂らずに奉仕活動のために京都市内に出向く。

着物は一燈園お仕着せの黒の筒袖に平絎帯《ひらぐけおび》、頭は手拭いで被ってこれを頭の後ろで結ぶ。市中の人々からは一燈園の入園者であることが判然である。奉仕活動は下座といわれ、普通の人がやりたがらない肉体労働が多い。便所掃除、薪割り、草むしり、障子張り、大掃除や引っ越しの手伝い、炭切り、広告配りなどだった。

人手の必要な京都の家々からこれらの仕事に手を貸してほしいという要望が一燈園の担当者にくると、彼の指示にしたがって入園者は市内の家々に赴き、朝食を食べさせてもらい仕事に就く。一日中の仕事を終えた後に夕食を供され、帰りの路銀と風呂銭だけをもらって園に帰る。帰れば祈願をすませ、二階にあがって横たわるだけ、こういう日常が延々繰り返される。病を抱える放哉にとって、冬の下座奉仕は相当辛い。「米屋ノ荷車ヲ引ツ張ツテ、電車道ヲ危ナク、轢《ヒ》キ殺サレサウニシテ歩イタ」こともあったという。

東京の層雲社で会った陶芸家の北島北朗《ほくろう》が、放哉を一燈園に訪れたことがある。放哉が京都のとある商家で炭切りの仕事を日課にしていた頃のことである。あかぎれで赤く爛《ただ》れた皮膚を炭灰が薄く被った放哉の手に目を止めて、北朗は深く同情したという。

入園者の多くは二〇代の若者だった。放哉のように四〇歳に手の届くような人はいない。放哉の体は音をあげた。四〇人ほどの人間の共同生活である。入園者相互にも諍《いさか》いが起こり、嫌気がさすこともしばしばである。後日の佐藤呉天子への手紙に、当時を振り返って次のように書いている。

「コンナニ馴レヌ仕事デ身体ヲ笞打ツテ居タラ、病気ニナツテ死ヌダロウ。死ネバ幸ヒト思ツテ居タレ共《ドモ》、幸カ不幸カ病気ニモナラズ、サウシテヰル中《うち》ニドウモ（孤独生活）ト云フ事ガ、求メラレテタマラヌ」

奉仕の仕事を終えて一燈園に帰り、如意ヶ岳の裾野の園の二階から、外を眺める。疲れ切って帰園する黒い筒袖の人々が、呆けたような姿で坂をあがってくる。

ホツリホツリ闇に浸りて帰り来る人人

奉仕の仕事で思いがけず多めのお金を差し出してくれる人がいる。酒が無性にほしい。その金で酒場に入り、残った分で瓶を買い求め、一燈園への帰り道の公園のベンチに座って飲みつづける。酔えば誰かに向かって悪態をつきたくなる。深酒と酒癖の悪さは金輪際、断とうと決心して一燈園に入ったのだが、そう簡単なことではなかった。二階で熟睡している入園者を叩き起こしてくだを巻く。罵詈雑言を浴びせて手にもつコップ酒を相手にぶっかける。酒をかけられた者との取っ組み合いの喧嘩になるが、三九歳の放哉は殴り倒され、そのまま眠りこける。ほとんど無頼である。朝は五時に起床を義務づけられている。二日酔いの反吐を吐いて、翌日は食事も摂らずに二階で日がな寝ころんでいるより他なかった。

皆働きに出てしまひ障子あけた儘《まま》の家

日照りの庭に出れば、太陽が放哉の影をくっきり映し出す。自分はただの影なのか。いやこの影が自分なのか。

つくづく淋しい我が影よ動かして見る

天香はといえば、『懺悔の生活』がベストセラーとなって版を重ね、講演に全国を飛び回る忙しさだった。一燈園に顔を出すこともあまりない。原稿執筆の機会もふえ、雑誌などに登場する機会が多い。放哉が外部での天香への評判を目にし耳にすることもしばしばである。懺悔と奉仕が天香の思想の主意ではなかったか、何だか最近の天香の物言いは説教調を帯び、目線がいやに高いと放哉は感じる。

たまに一燈園に帰るのは、講演と講演の合間である。一燈園を出て次の講演に向かう時には、これはと思う園の者を一人、二人と引き連れて講演の準備をさせ、同時に講演が終わると、それぞれの地で一週間ほどの下座奉仕の仕事をさせたりもした。放哉も舞鶴に連れていかれた。

舞鶴は、明治三四年に海軍鎮守府が設置、その後、舞鶴海軍工廠が建設されて日本海軍の駆逐艦製造の中心的な製造基地となった港町である。若狭湾を鶴が大きな羽根で内海を抱きかかえるような形状の、穏やかで水深の深い舞鶴湾は、海軍の基地として絶好の地であった。軍人や工廠で働く人々やその家族で当時の舞鶴は栄えていた。

これらの人々を公会堂に集めて天香が講演する。放哉は講演会の設営のために前夜から当地にきている。講演の時には最前列に座って天香の話を聞く。集まった海軍の兵士や工廠の作業員は、会場に敷かれた薄い茣蓙《ござ》に正座し、時の求道者として名高い天香の話に耳を傾ける。全国のいたるところから講演の依頼があって駆け回っています、と天香は切り出す。各地を回りますと、一燈園生活に対する真面目な関心が強くて、私の方が驚かされるほどです。

「世の中の生活はこれを三つに分けることができます。間違った生活、正しい生活、他の間違いを正しくするような生活の三つです。私はそれを邪道、正道、戒道と名づけております。間違った生活と申しますのは欲のために働くということです。正しい生活というのは落ち着いて真面目に働くことです。他の間違いを正しくするような生活というのは、己を捨てて全体に奉仕する生活という意味です。世の中は、正しい生活のみでよいのでありますが、正しからぬ生活を正すには、正しい生活を尽くすだけでは足りない。十字架道の生活、愛の生活、ほんとうの信心の生活がどうしても必要なのです」

信心の生活とは、といって、一燈園設立にいたった自分の思想遍歴の話へとつづく。これを聞いている放哉は、天香の話にしては何のためらいもなく、いやに滑らかだなあと感じる。同じような話を全国で繰り返しているのだろう。天香の苦悩はこの講演の中からは感じ取れない。

莫蓙の下からしんしんと身中に冷え込みが這いあがってくるが、体を動かすこともできない。講演の中頃に入った頃であろうか、自分は中学校も出ていないが、この会場には尾崎放哉という一燈園の入園者がきている。この人物は東京帝国大学法学部の出身です、という話が出てきて放哉ははっとする。どうしてそんな話をするのかと、天香の語りに嫌みのようなものを感じる。

自分は低学歴だが、一燈園には最高学府の出身者も入っているといって、自己を顕示したいということか、と放哉は感じる。すべてを放下《ほうげ》し懺悔し初めて自己は救済されるという天香の思想は、彼が「名士」となるとともに失われつつあるように思われた。無一物で入園した放哉は、天香のこの俗物性が次第に鼻に付くようになった。

放哉の自分に向ける視線の変化を、天香も感じ取ったのであろう。翌日、朝食を二人で摂っていた折りに、尾崎さん、あなたは私が各地を講演などに出歩いていることをどのように思いますか、と問う。放哉もこんな機会を逸してはと思い、私としては非常に面白くない、一燈園で沈思黙考する天香さんこそ天香さんだと思うのですが、と答える。天香は、そうですか、の一言のみで立ち去った。

一燈園には、天香の講演料や原稿料収入、入園者の托鉢報酬や園の設立趣意に賛同する人々からの寄進などからなる資産があり、これを管理する「宣光社」という付属組織があった。天香はその財務管理を放哉に任せようといってきた。放哉の学歴や保険会社での実務経験を買ってのことであろう。しかし、放哉はこの申し出を断る。後日の酒の席で放哉は、その時の心境を井泉水にこう打ち明けたという。

「馬鹿にしてらあ、ねえ、バランスがどうの斯《こ》うのといふ事に浮身《うきみ》をやつしてゐる位ならわざわざ朝鮮から出て来やしないよ。僕だつて算盤をはじいてゐれば月に二三百のサラリーは貰つてゐたんだからね。其《それ》がいやだからこそ一燈園へ来たといふ事が天香さんだつて解りそうなものぢやないか」

放哉の心は、もう元には戻りようがないほどに天香から離れてしまった。天香の方も放哉には園を出ていってもらいたいという思いに変わった。神戸の有力者の家で演じた放哉の深酒の果ての奇怪な行動のことを人伝に聞いて、天香はその家に詫びを入れにいった。有力者の夫人が出てきて、まあ大変なことでしたねえ、と笑って答えるだけだった。いうのもはばかられる醜態だったということか。天香は、夫人の笑いの中に、伝え聞く放哉の常軌を逸した行動を思い起こす。神戸から京都に向かう車中で放哉に警告の手紙を書く。この有力者の家を二度と訪ねることはやめにしてくれ、という趣旨である。

「何事もよいもわるいも一燈園と私が責任を避けるわけにはまいりませぬ。奥様がなんぼだまっていても外から大きくひびいてきます。他の托鉢人にも荷がかかります。……私は今、胸をいためて此手紙《この》をかいています。どうかお願いします。此頃は一燈園にも禁酒する人達が出来ました。あなたから酒をとれば好い方ですものを。到るところで、あなたの托鉢先で惜しんでいられます。それを聞く度に私は胸をいためます」

懺悔、下座の当初の決意は、三カ月も経たないうちに崩れ、アルコール依存の宿業の深さに放哉は歯をきしませる。しかし、これだけはどうにもならない。自分の宿命的な体質のゆえなのか。残るのは自嘲のかすかな笑みだけである。

せめて今日だけは酒は飲むまいと思っても、結局は飲んでしまう。少しの酒で止めておこうとしても、飲み始めれば切りというものがなくなる。飲酒の抑制がきかず、時に酒乱の様相を呈する。何という意志の弱さかとみずから嘲《あざけ》るが、体が飲酒の欲求を絶えず促す。孤独を手にしようと妻とも別れて一燈園に入ったのだが、そこにはそこに特有の人間関係があって、これが放哉には厭わしい。天香を師と仰いでやってきたものの、これも自分の思いちがいだった。それに、肺結核への不安が恒常的に胸中に居座りつづける。

逃げ込むところは酒しかない。厭世や不安から逃避しようという酒は質《たち》が悪い。飲み始めれば厭世と不安の気分は少しは和《やわ》らげられるような気がするが、盃を重ねてアルコールが体中を浸す頃になると、どういうことだろう、厭世の気分はますます深まり、病への不安は死の観念を覚醒させる。その気分から逃れたいと、また酒量がふえる。結局は、どろどろに酔いつぶれてしまう。酔いざめに襲ってくるのは自己嫌悪である。卑屈な自分に呆れてこの気分がまた酒を促す。

厭世と不安から脱出しようとはからって、その呪縛から自由になれないという不条理な撞着である。酒への依存心からの自由を、その頃の放哉は完全に喪失していた。

落葉へらへら顔をゆがめて笑ふ事

一日物云はず

『層雲』は、自然主義文学運動の影響を受け、明治四四年四月に創刊された俳誌である。河東碧梧桐《へきごとう》が、正岡子規に始まり高浜虚子を経てつづく近代俳句に反旗を翻し、新しい俳句運動を開始した。碧梧桐は「自己の処する境遇を忘れて俳諧境に遊ぶ」旧俳句を脱し、季題という情緒性ならびに定型という規範性を排除する、新傾向俳句運動を展開した。季題と定型が人間の情緒を膠着させ、人間の自然への自由な接近を妨げる、という考えからであった。これに応じたのが、碧門の俊秀荻原井泉水である。

井泉水は、しかし、碧梧桐の率いる新傾向俳句には不満であった。新傾向俳句は、「自然の姿に肉迫していながら自然の心を捉えていない。……人生の姿に接近していながら人生の命を捉えていない。人生の光に触れていない。人生の力に触れていない」と批判した。そして自分たちの求める俳句は、「緊張した言葉を強いリズムをもって捉えた印象の詩《うた》でなければならない」と主張した。井泉水は、さらにこういう。

「芸術上の制作は常に内部から迸《ほとばし》らなければならない。外在的に牽引せられるべきものではない。生命ということは内的である。……生命は自ら萌え出でて繁って行く力であるが故に、他の何物にも代えられない自己が唯一正真《しょうしん》のものであるが故に、内的というのである」

放哉の心を捉えたのは、この井泉水の文章に象徴される、自由律句の徹底した内面性、私《わたくし》性の主張であった。自己の内界を、季題や定型にこだわることなく己の好む形で表出することができ、しかもこれが俳句の求める規範だというのであれば、自由律句こそが、自分の求める表現方法にちがいない。

放哉は第一高等学校の時代に俳句に関心を寄せ、一高俳句会に参加した。一高俳句会の幹事を務めていたのが井泉水である。二人の付き合いはここで始まった。日本橋本町の東洋生命保険に勤務していた時期、放哉の自宅は下渋谷にあった。層雲誌は、会社からの帰り道の麻布新堀町に事務所をおいていた。放哉はここによく立ち寄って、時に同人の集う句会の末席に加わったりした。

層雲の事務所を預かっていたのが小沢武二である。武二は放哉が時折り、層雲誌に投句してくる自由律句はいまだ拙いながら、磨けば光る才能をもっていることを見抜き、層雲同人になるよう薦めた。井泉水も放哉の句には何かがあると感じたようだった。

ある時、井泉水は放哉に、種田山頭火が自由律句という形式を得て才能を急速に伸ばしている、君には山頭火と同様の、いやひょっとすると山頭火を超える句才があるかもしれない。努めてみてはどうかといって、層雲誌に掲載されている山頭火の句の一つを放哉にみせる。

わが足跡なが〳〵と海は濁りたれ　山頭火

放哉もいいなあと得心する。この時以来、放哉が東洋生命保険を辞職するまでに層雲誌に寄せた句数は二百余だったが、放哉の名を人々に印象づけるほどの力量をみせることはなかった。放哉の句が光芒を放ち、同人の間で評価が高まって層雲誌の選者の一人ともなったのは、一燈園を辞し、捨てるものが何一つなくなり、神戸、若狭、小豆島を寺男として転々の身になってからであった。

放哉は、一燈園での下座奉仕として命じられる仕事は何でもやった。しかし、大抵が一日か二日単位の、薪割りであったり障子張りであったり炭切りであったりと、ただ忙しいだけの労働の繰り返しだった。一時たりとも静かに一人で座している余裕がない。句帖に向かうゆとりなどもとよりない。懺悔だ懺悔だ、奉仕だ奉仕だ、とみずからに言い聞かせてこの労苦に耐えてきたが、これが永遠につづくのかと思うとやり切れない。

少しでもいい、沈思の時間と空間はないものかと惑い始めていた。

ある日、放哉は常称院というお寺での下座奉仕に出向くよう、一燈園の担当者から命じられた。常称院は浄土宗総本山智恩院のいくつかの塔頭《たっちゅう》寺院の一つである。円山公園の北側、白川を渡り智恩院の山門をくぐって右側にある、小さいが構えのどっしりとした寺だった。この寺の住職が、黙々と働く放哉の下座奉仕の仕事に感心したらしい。この寺男として働かないか、と誘ってくれた。小部屋だが仕事を終えればそこに寝泊まりしていい。しばらく働いてくれれば、いずれは京都郊外の小寺の墓守の仕事でもみつけてやる、というではないか。放哉は渡りに舟とこの誘いに乗った。

この住職、酒は飲むし、肴《さかな》も食し、そのうえ前年に妻を亡くし、今は妾《めかけ》を市内に抱え、夜はしばしばそこに出かけ、寺の夜は放哉一人だった。買い物、飯炊き、薪割り、雑巾がけ、その他の寺の雑事をすべて任された放哉は、日中は極度の忙しさだったが、日が暮れれば部屋で句帖を開いて句作に専念する時間を得ることができた。長崎を発ち、一燈園での生活を経て、まるで余裕のなかった放哉に与えられた久方ぶりの閑寂だった。孤独というもののありがたさが心底感じられる。故郷は遠く、勤務先からは遠ざけられ、妻とも無縁となり、資産というべきものは何もない。孤独のみが唯一の授かりものであった。自分が求めていたものは、こういう生活だったのだ。こんな充足感を味わうのも、このところ初めてのことだ。夜の孤独の安らぎの中で句作の想を練る。

板じきに夕餉《ゆうげ》の両ひざをそろへる

しかし、次の句が容易に浮かんでこない。浮かんでくるのは、なお放哉の心を苛む悔恨の過去ばかりだった。先ほどまでの安らぎの孤独が過去への囚われに変じてしまう。一燈園に入園したのは、過去を捨てるためだったのではないか。安らぎの孤独は次第に来し方への憾み節となる。肋膜のあたりに、かすかに疼くような感覚が走る。

にくい顔思ひ出し石ころをける

まったく思いもかけないことだったが、井泉水からの手紙が届いた。井泉水は現在、京都に滞在中であること、放哉が一燈園にいると聞きそこを訪ねたのだが、常称院での下座奉仕の最中だと知らされて手紙を出したこと、早速にも会っていろいろと話し合わないか、という誘いだった。あの敬愛してやまない井泉水が京都にいて、すぐに自分に会いたいといってくれている、胸躍る思いだ。井泉水の胸にすがって思いを吐き出したい。衝動を放哉は抑えることができなかった。
どういう理由でそこに滞在しているのか、放哉にはわからない。ともかくも、差出人井泉水の住所は東福寺天得院塔頭とある。東大通りを南にまっすぐ進めば、徒歩でも一時間はかからない。夕食を終えるや、こらえきれずに東福寺を訪ねた。しかし、井泉水は不在だった。急ぎ常称院に戻り、長文の手紙を書き、自分の住所を正確に書き込み、できるだけ早く会いにきてほしい、と懇願した。そこで封を閉じることができず、現在の自分の心境を早くも書き留める。井泉水にすぐに会えるというのに、もうこの切ない真情の吐露である。

「何処に行つても、イヤな事は、少々はたえません。一燈園についても然りです。要するに「死」に到着せねば、ツマリダメなんでせうと思ひます。時々、真面目に「死」を研究することがあります。決して悲感《ママ》ではありません。どうも私の様な、つまらぬものは「死」より外《ほか》には、求める物が無い様な気持がします。何《い》れ御目にかゝつて色々御はなしを申し上げます」

その頃の井泉水は、苦境の中にいた。俳師として名声を得ていたとはいえ、個人としては辛酸《しんさん》の連続であった。井泉水は荻原家の一人っ子である。長男、長女が生まれたものの幼くして病死、ようやくにして健康に育った井泉水は、両親から玉のように育てられ、正則中学、第一高等学校を経て、明治四一年に東京帝国大学文学部を卒業、明治四四年に新傾向俳句の句誌『層雲』に関わって以来、一貫して自由律句を提唱しつづけた。

多くの賛同者を募り、彼らの指導者として同人の深い尊敬を得た。層雲誌創刊の年に、谷桂子と結婚した。

一人っ子の長男と結婚した女性によくあることだが、嫁姑の陰惨な諍いに井泉水は巻き込まれた。母を愛慕し妻を愛する井泉水には、帰るべき家がない。その頃を見計らうように、関東大震災が発生。麻布の家は辛くも倒壊せず火災も免れたが、層雲誌のわずかな販売収入と若干の著作の印税によって生計を立てるしかなかった井泉水は、生活に窮した。母が脳溢血で倒れて不随な体の面倒をみていたのが、身ごもる妻の桂子だった。心労の果てに異常出産して嬰児が死亡、つづいて妻もみまかり、それから三カ月後には母も死んでしまった。

一人残された井泉水は、家庭と世俗を離れて、師僧から正しい戒律を授かって生きようと出家を意図した。まずは甲州身延山に母の遺骨を納めてから京都に向かい、本願寺での帰敬式《ききよう》にのぞんだ。その後、京都の寺のいくつかを訪れて出家を懇願するものの、受け入れてくれるところはない。高野山の一寺院に籠《こ》もったり、かつて妻の桂子と旅したことのある小豆島の八十八ヶ所霊場の遍路をしたりして、再び京都に戻り、さらに寺を探しつづけた。ようやく、ある伝手《つて》を得て下京区本町の東福寺天得院塔頭での仮寓を許された。

井泉水が放哉を常称院に訪ねたのは、大正一三年の四月だった。八坂神社の東、東山を背にした円山公園に、桜が豪勢に開花した日である。知恩院の山門をくぐって右手の常称院はすぐにわかった。門を入り大声で来訪を告げると、出てきたのは放哉である。紺の筒袖に兵児帯、帯に白手拭いをぶら下げた姿だったが、顔は喜びにあふれていた。漬け物桶を洗っていたものですから、と手拭いで濡れた筒袖を叩き、顔と首を拭ってから深々と頭を下げた。

常称院の住職には、いずれ井泉水という自分の師が訪れるから、その折りには仕事を中座させてもらいたい、と申し出てあった。湿った手拭いをそのまま兵児帯に差し挟み、下駄を突っかけただけの格好で、井泉水の後について常称院を出た。

円山公園を通り抜けて東へ進み、四条小橋の袂《たもと》にある、井泉水の馴染みの牛肉屋に向かう。円山公園の桜が淡く浮かんで春宵《しゅんしょう》というにふさわしい時間だった。井泉水と並んで歩く自分が、何だか別人になったかのように誇らしい。

牛肉屋の二階にあがって、改めて放哉はよく自分を訪ねてくれた、こんなに嬉しいことはありません、ありがとうございます、と神妙にも畳に手を当てる。すき焼き鍋と一緒に二本の銚子を女中が運んでくる。まあ一杯やりましょうと井泉水が銚子を差し向ける。放哉は一燈園に入園以来、酒は飲まないことにしているといい、右手で銚子を遮《さえぎ》る。井泉水は放哉が酒を断っていることなど信じてはいない。まあ久しぶりだから今夜は特別だ、愉快にやろうじゃないかと、大きな盃に酒を注ぐ。

注がれた酒を放哉はぐいと一飲みする。やっぱりいけるじゃないかといわれながら、放哉は二杯、三杯と立てつづけに盃を重ねる。胃の腑に染み入る酒だ。一燈園に入って以来、食事らしきものを口にしていない放哉には、こんなに旨いものがあるのかと思わされるほどのすき焼きだった。

放哉は井泉水に会ったら、朝鮮火災海上保険以来、自分がどんなに惨めな生活を送ってきたのかを話し、深く敬慕するこの師から同情の言葉が聞きたかった。しかし、酔いが深まるにつれて、次第に気分は上向きになり、今後、自分は句作に人生の道を求めたい、句人としてどう生きていったらいいのか、と井泉水に尋ねる。

放哉は、層雲の巻頭言を飾る井泉水の「昇る日を待つ間」や「真実を求むる心」などを毎号待ちかねるように読み、そこに記される井泉水の自由律句への深い愛着に自分は心から賛同していると、くどくど述べる。自分の心にあるものは、組織内で味わわされた厭世の思い、京城や満州での肺結核への恐怖、一燈園での幻滅だけだ。社会から流脱してしまった人間の鬱屈しか自分にはない。しかし、それでも句作の中にそうした反感情を詠い込み、なおこれが文学の志に適うとすれば、現在の自分には井泉水の主唱する文学形式しかないと、またくどい話をつづける。

井泉水は、一方的に話す放哉の話に耳を傾けながら、放哉の盃に酒を注ぎつづける。放哉は自分の主張が井泉水に受け入れられていると感じる。盃はますます進む。井泉水は、やむにやまれぬ自分の心を自由律句に写し取りたいという衝動こそが、自由律句の心だと語り、自分の開いた文学形式に、放哉のような才能あふるる者が応じてくれたことに強い自負を感じた。

井泉水は、俳句というものを趣味人の玩具で終わらせてはならない。俳句を一つの確固たる文学形式に変じさせるには、自由律句しか道はない。放哉よ、みずからの詩想を自由律句の形式で存分に語ってほしい。酒にそれほど強くはない井泉水も、この夜は山頭火と並ぶ新しい異才を発見できた嬉しさに、したたか飲んだ。

かといって、飲みつづけさせるわけにはいかない。常称院の寺男だ、明日には仕事がある。近々会って今夜のつづきを話そうということにして、放哉を牛肉屋から引き剝がし、常称院に帰らせる。井泉水も徒歩で天得院塔頭に戻った。

放哉はふらつき歩き始めたが、ふと酔いが醒めたように感じた。ああそうだ、自分の思いを井泉水に語り継ぐのみ、井泉水が大震災に遭遇し、妻と嬰児と母をつづけて失ったことに弔いの言葉をかけることも忘れていた。血縁に深く繫がるものの菩提を弔うために、出家を求めてあちらこちらの寺を探索、ようやくにして東福寺天得院塔頭に仮寓するにいたったのだ、その経緯をちゃんと聞いてはやれなかった。どうして俺はこんなに我執ばかりが強く、他を思いやれないのか。

しかし、近々また会おうといってくれたのだから、その時に弔意を伝えることにしようと心を切り替えた。何しろ今夜は自由律句の世界に本格的に入っていく転機だ。転機だ、転機だ、と心で繰り返し、口ずさんでいるうちに再び気分は高揚に向かった。酒で朦朧の頭が花の宵の風にそよがれて快い。

東大路の八坂神社あたりにまできたところで、間の悪いことに、常称院の住職の妾が、艶っぽい笑みを浮かべながら、若い職人風の男と戯れるように歩いているのにぶつかってしまった。いや弱ったなあ、という表情を浮かべる放哉に、まあどうしたんでしょうねえ、こんなところで放哉さんに会うのも機縁だわねえ、私が奢《おご》るのでもう一杯やっていきましょうよ、という。この人はたまたまそこで出会った顔見知りの大工の職人さんで、先に帰ってもらいますから。いかにも手慣れたふうだった。

妾もかなり飲んでいるようだ。東大路通りに並ぶ土産物店に挟まれた小さな寿司屋の暖簾に放哉を引き込み、お銚子二本、と告げる。白粉がぷんと臭う。男と連れだっていたことが放哉から住職に伝えられたら大変なことになる、放哉に口止めをしておこうという魂胆らしい。ね、今の人、ただの知り合いで別に大した関係じゃないのよ、住職にこんなことといったりしないでね、という。放哉にはさして興味のあることではない。大丈夫だよ、心配するなよ、といって安心させる。じゃ一献《いっこん》ということで、放哉は妾に誘われてまた銚子二本を空にした。

妾は放哉に寿司を一箱もたせ帰らせようとしたが、それでも心配だったらしく、放哉を常称院まで送り届けた。住職が玄関に出てきた。酔眼朦朧の放哉を妾が手で引っ張って帰ってきたのである。千鳥足の放哉を八坂神社の近くでみかけたので送ってきただけよ、妾は住職にそういって立ち去ろうとする。泥酔の放哉は、住職、寿司買ってきたよ、寿司喰いねえ、と寿司箱を住職の鼻先でぶらぶらさせる。住職は、はいわかりました、寿司はもらうが、今すぐに常称院からは出て行ってくれ、とだけいって襖をどんと閉め、居間に去ってしまった。

どうにもならないことを悟った妾は、チッと舌打ちをして玄関を出ていこうとする。ことの重大さに放哉はようやく気付かされる。春とはいえ夜は冷え込む。寝るところもない。放哉は妾に取りすがる。しょうがないねえ、といいながらふらつく放哉の背を抱えるようにして常称院を後にする。もう一二時を回り、円山公園のぼんぼりも消えていた。闇の中を二人は歩いて、やっと灯りの灯る祇園の花見小路に辿り着く。祇園の南側にいくつかある小路の中でも、三流どころの芸妓の置屋や待合が並んでいるところだ。放哉にはそこがどこであるか、見当もつかない。

妾宅の二階に押しあげられて放哉は眠りこけた。翌朝、ひどい二日酔いの頭で起きあがったところに、妾がやってきた。夕べは大変なことやってくれたわねえ、これじゃ私と住職の仲も終わりかもしれない、あんたどうしてくれるのよう、と放哉を責める。

放哉が頼れるのは井泉水しかいない。放哉は、常称院に詫びを入れにいきたいのだが、どうか一緒にいってくれないか、という情けない手紙を井泉水に書く。井泉水は放哉の手紙の差出人住所を頼りに妾宅にきて、放哉を連れ出し、常称院に向かう。花見小路の夜の華やぎが嘘のような白け切った空気と薄汚れた街の風情が、うらぶれた放哉には似つかわしい。円山公園や智恩院の桜もあらかたが散ってしまい、山門から常称院につづく道は、公園から飛んできて萎《しな》びてしまった花びらが一面敷き詰められていた。

道すがら井泉水は放哉に、住職には平謝りするしかない、私がまずは詫びを入れて取りなすから、つづいて謝罪の言葉をできるだけ多く吐け、と伝えて山門に入ろうとする。放哉の足はそこで滞る。敷居が高過ぎてどうにも入れないらしい。井泉水もさすがにむっとするが、ここまできてはどうしようもない。私一人でいってくるから表で待つようにと言い残し、大きな体を小さくして山門に入っていった。

井泉水は名刺を差し出す。京都には『中外日報』という宗教新聞があって、寺では大抵がこの新聞を取っていた。井泉水はこの日刊紙に「随縁雑記」というコラムを書いている。差し出した名刺に住職は、これがあの井泉水かと悟って居住まいを正す。住職は井泉水を客間に通し、茶を淹れてくれた。井泉水は、放哉に酒を飲ませた経緯を述べ、悪かったのは自分であって放哉ではないことを、井泉水らしくもなく、あれこれと並べ立て、頭を下げた。結局のところ、住職の結論は次のようなものであったと、後日、井泉水は語っている。

「いやいや、あなたに悪いところは少しもあらしまへん。尾崎さんも……。まあ、お酒のうえでのことだっしゃろ。尾崎さんからではなく、ほかの人から聞いたのどすが、東京の大学を卒業した法学士さんやそうで、そんなえらいかたをうちの寺男同様に働いてもろうかていうことが、どだい間違っていたのだす。こちらからお断りしたというよりも、まあ、お引き取り願うのが当然だと考えとります」

井泉水は、山門の外で待つ放哉にことの次第を告げる。放哉にはもういくところがない。〝来るもの拒まず〟の一燈園に戻るしかない、と井泉水はいう。心は動かなかったが、そうするより他に選択肢はない。放哉が常称院に寺男として滞在していたのは、三月から四月までの一カ月ほどだった。

一燈園の入園者の出入りは激しい。放哉の不在の間に、入園者はすっかり入れ替わっていた。見知っていたのは、平岡七郎と小針嘉朗だけだった。平岡は放哉と同じく強度のアルコール依存症である。修練を通じて依存症を克服しようと四国八十八ヶ所の遍路の旅に出る予定だが、その前に二カ月ほど下座奉仕のために一燈園で仮寓していた。その間にも依存症の症候群は増悪して、失明寸前の状態にあった。

平岡は、自分はこんな体で放哉の助けにはならないが、自分が尊敬している一燈園の先輩に、俳号を蓮車と称する住田無相がいる。住田は肺結核を患っており、しかも無一物でどうにもならず、一燈園の本棟から少し山を上った東山山中の畳二枚の物置の小部屋で生活をしている。主として宣光社の運営を委されているという。今後のことは住田に相談してみるがいい、と平岡は放哉を促す。自分に同情を寄せてくれる平岡のいうことだ。添うてみようと、次の夜、平岡に連れられて住田を訪ねた。

放哉は住田に会って語り合うや、平岡が住田を尊敬する理由もわかったような気がした。極貧の中にありながらも品格があり、話す言葉は重厚である。人は生まれながらに宿命というものがあって、それに逆らって生きることはできない、その逆らいが人間に悲劇をもたらす。自分は〝すべからく往生せよ〟という天香の言葉に導かれ、ここに居を構えている。放哉さん、私は放哉さんが一燈園に入園した時からあなたのことが気になっていた、自我が少し強すぎやしないか、帝大出だということも伝え聞くが、そんな過去は宿命を前にすれば何の意味もない。あなたのような自我の強い者には難しいかもしれないが、無我とか往生という仏教の教えに少しは添うよう努めてみたらどうか、といったことを話す。

初めての会話なのに、住田の語りには天香のような俗物性がどこにもない。何か透明な観念が放哉の胸に染み入るように感じられた。もっと早くこの人物のことを知っておけばよかったと思う。話は夜中の二時頃にまで及び、最後に、天香さんに対するあなたの考えは私にもわからぬではない。いずれにせよ少しでも居住まいのいいところで無我と往生の生活を送ったらどうか。たまたま神戸の須磨寺に親しい友人の一人がいるので、寺男として働きたい尾崎放哉なる人物がいると推薦しておこう、応諾を得られれば出向いてみたらどうか、といってくれる。

放哉は再び窮地から脱する道が開かれるように思われた。平岡と別れ、一燈園の敷地から深更の灯りが仄浮かぶ京都の市街地をはるかに臨んでいると、住田の物言いが自分に乗り移ったのか、自分の体と心が現実から遊離していくような無心の気分となった。小豆島での『入庵雑記』に、放哉はこの時のことを思い返し、次のように記している。

「此時の私の感じは、淋しいでもなし、哀しいでもなし、愉快でもなし、嬉しいでもなし、泣きたいでもなし、笑いたいでもなし、なんと形容したら十分に其の感じが云ひ現はされるのであらうか。只今でも解りかねる次第であります。只、ボーッとして居るのですな。無心状態とでも申しませうか、喜怒哀楽を超越した感じ、さう云つた風なものでありました」

一週間ほど経って、須磨寺から放哉を寺男として雇ってもいいとの連絡が入った。早速出かけるようにと住田から促される。放哉は六月初旬に一燈園を発ち、神戸に向かう。常称院を追い出されてから二カ月が経っていた。旅支度といっても一燈園に入った時の大島しかない。六月にこれを着ていくわけにもいかない。一燈園を出る時に誰かがおいていった夏の背広が、押し入れに突っこまれていることを平岡は思い出した。カビをパタパタはたきながら、これを着ていったらどうかと薦める。寸法は合わず、しわくちゃだが、他に着ていくものはない。大島を畳み込んだ風呂敷一つをぶら下げ、下駄を履いた滑稽な姿で園を去った。住田と平岡が見送ってくれた。悲運の人生を分かちもった三人である。涙を拭いながら放哉は京都駅に向かった。

山陽電鉄の須磨寺駅で下車、駅から北に向かって徒歩一五分くらいのところに、上野山を背に小高い寺がみえる。須磨駅前通りの商店街を抜けると仁王門に突き当たる。これをくぐると短い参道の前に本堂が構える。仁王門の前で後ろを振り向く。今降りた山陽電鉄の須磨寺駅のすぐ南に、須磨の浦の夏の海が穏やかに広がっている。海の好きな放哉は、いいなあと思う。

須磨寺は真言宗須磨寺派本山である。住職以下、ここで働く者は二〇人ほど、境内は広く老木が何本も聳えている。こんな立派なお寺だったのか、どんな仕事を命じられるのかと不安を抱きながらも努めて平静を繕《つくろ》い、住田のもたせてくれた紹介状を手に、森という役僧に会う。狐みたいに細い顔の男である。すでに放哉の働き場所は決まっていた。正面には堂々の構えの伽藍、その左にやや小ぶりの大師堂がある。放哉が勤めることになっていたのは、弘法大師の座像が安置されるこの大師堂である。寝泊まりもここですることになった。

仕事はといえば、朝五時に起床、堂の雑巾がけ、庭の掃除、ごく簡単な朝食の後は、大師堂の賽銭箱を前に座し、お参りの人がくると、それぞれ二銭の蠟燭とおみくじを売り、蠟燭を買ってくれた人には火を点けて渡し、鉦を叩いて〝お蠟一丁、申歳《さるどし》の女、先祖代々家内安全〟などといったふうに、大声で唱えることだけである。最初は気恥ずかしかったが、馴れればどうということもない。お参りの人が絶えれば、ただ静かに座っているだけでいい。

句帖を座布団の下におき、想が湧けば句を書きつけ、しばし時の経つのを忘れる。京都で井泉水に邂逅《かいこう》し、自由律句への転機を得た放哉は、この時期、それまで抑えられていたものが吐け口をみつけたかのごとくに噴出した。

一日物云はず蝶の影さす

昼寝起きればつかれた物のかげばかり

自らをののしり尽きずあふむけに寝る

一燈園での生活の最後、ほんのわずかな期間付き合っただけなのに、自分に理解を示し、そのうえこんな処遇までしてくれる住田蓮車に放哉は心から感謝した。今後とも自分の人生の師であってほしい。今は、住田にすがって生きていきたい、惨めな境涯にあるこの自分を死ぬまで見捨てないでほしいと、次のような手紙を出す。

「人に頭を下げたくない自分の癖ですが、あなたには無条件でおじぎを致します。私は非常に淋しい人間なのです。馬鹿正直な、そして意気地なしであります。これ迄、随分、以上の性質をひつくり返さうと努力して見たのですが、遂にかく生れついた者は致し方ありません。このまゝ、死ぬるのが天意にかなつてゐるのであらうと思ひました。……どうか、死ぬ迄私の師となり友となつて下さい。御願ひ申します。なんでもかんでも今後御相談申します。おさゝへ下さい」

大師堂での仕事は、参拝する人々が絶える夕刻には終える。終えれば、放哉は仁王門をくぐって須磨寺駅前商店街をぶらつく。山陽電鉄の須磨寺駅の踏み切りを渡って一〇分も歩くと、そこはもう明石海峡の海岸線が広がる須磨の浦である。

白浜に沿い青松が延々とつづく。前方には淡路島の先端部の松帆の浦がみえる。その向こうに妙見山の山脈《やまなみ》がたゆたっている。左の方には和歌山や大阪が霞む。静かな波音が小さくザブン、ザブンと規則正しい。放哉は下駄をぶら下げ、波ぎわを裸足で歩く。足の裏に白砂の感覚がざわめくように伝わる。

妙見山までの幾層の山々が、近くは黒く遠くは淡い紫色となって連なる。陽が沈むとともに、紫色の雲が急いで黒ずんでいく。白浜だけが夕闇の中で浮き立って緩やかな曲線を描いている。この時刻に浜を歩くのは放哉一人である。放哉だけの足跡が白浜に点々とつづく。振り返れば、残っているのは五つ、六つの跡だけ、それ以外はみんな波にさらわれ消えている。

たつた一人になり切つて夕空

なぎさふりかへる我が足跡も無く

大きな自然の中でのこの孤独は、何ものにも代え難い。自分の過去など思い起こしたところでどうにもしようがない。波に消えていく足跡は消えるに任せておけばいい。得心できる句ができたような気がする。句作を尽くし果てて死ねればと思う。病への不安や死への恐怖が薄れている。句作に命をかけたい。しかし、命はできれば短くしたい。矛盾といえば矛盾だが、これを矛盾とも思わない境地に放哉は変わっていった。

無我とか往生という仏教の教えに少しは添うよう努めてみてはどうかという、一燈園で住田が諭《さと》してくれたことの意味が、腑に落ちていくように感じられる。自殺する勇気はない。だが、死期を少しでも早めよう、食うものは抑えて少しずつ体を衰弱させるという、消極的な自殺とでもいうようなやり方はないものだろうか。先の住田への手紙の最後に放哉はこう書いた。

「当寺は御承知の通り絶対の菜食。メシは麦六分米四分位、菜食も実にひどい菜食ですね。仏に上げたお下りをごつた煮にするのですから。それに園と違つて全く文字通りの無一物生活ですから、実に徹底してゐます。此の調子なら死ねるかも知れません。当分辛抱して見る気であります。茲《ここ》を出る時は必ず御相談します。死ぬまで見捨てないで下さい」

心は真空で透明なものに近付いていく。この頃から放哉は、人生への諦観というべきか、過去への囚《とら》われからも次第に放たれていった。須磨寺の孤独な生活が放哉をそのように誘ったのであろう。極貧の中で劣化する自分の身体を不安な目で眺めるというのではなく、じいと自己凝視する姿勢が生まれた。増悪する自分の病と劣ろえゆく己の体を静かに見据え、感情をできるだけ客体視し、言語化するという句作に一つの方向を放哉はみつけた。

淋しいぞ一人五本のゆびを開いて見る
ひげがのびた顔を火鉢の上にのつける
つめたい風の耳二つかたくついてる

物体化された放哉の自画像であろう。無機化された人間像といったらいいか。心を空《くう》にしなければこんな句はつくれない。須磨寺の厭わしい人間関係の中で、放哉とて苛立つことはあっただろう。心のさざ波を荒らげた口調で罵《ののし》ってしまい、後でこれを悔い、謝りに出かけるといったことも何度かあったのではないか。

わが顔ぶらさげてあやまりにゆく

層雲誌に投句されたこれらの自由律句は、同人の羨望の的となった。高い評価が全国の同人から井泉水に伝えられた。同誌の大正一三年一一月号で井泉水は、「放哉君の近作は注意すべきものがある。恬淡《てんたん》無為、その中からにじみ出て来る淋しい、而《しか》してじつくりとした感じ」がその句の中にはある、という趣旨のことを述べている。しかし、このような評辞の中には収まり切れないところに放哉の句境は深化している。自由律句というのは、その形式を採用して初めて成立するものだ、これを散文で評価しようとしたってそうはいくまい、というのが放哉の気分だった。

この頃の放哉を勇気づけていたのは、住田蓮車との書簡の頻繁な往復である。須磨寺での日常、寺の人間関係、句作への思いなどを次々と書いては送り、住田からも毎回のように返信がきた。住田がどんなことを放哉に向けて書いたのかは、放哉の住田宛の手紙から推察するしかないが、こんな記述がある。前者は大正一三年八月（日付不明）、後者は同年八月二九日付である。

「御文中「自分の身に着いてゐる一切を分離しきる方へ今歩みを向ける」云々の御言葉は全部肯定します。私もそれを欲してゐるのです。その点に於て先輩たるアナタの御指導を受けたく、正直に私といふものを全部アナタの前にさらけ出してゐる状態であるのは御承知の通りであります。……俳句はこのごろウマクなりました。俳三昧《はいざんまい》も座禅の一種であります。此《こ》のごろは『層雲』（雑誌）の選者格になりました」

「「宇宙一切の生滅、流転の三界六道《りくどう》を空じて、その一切の緊縛から絶対に解脱し、無礙自在の境涯に入る」。御手紙の中の文句を繰り返し見る。我が力の微弱を感ずるところ夥《いちじる》しいのであります。大事業であります」

三界六道というのが放哉にはよくわからないが、要するに住田がいいたいのは、人間がこの世に生まれた以上、生きとし生けるものすべてが苦しまざるをえない、運命的な生存の時間と空間のことなのだろう、と解釈した。生死流転《しょうじるてん》する人間界が三界六道そのものなのだから、そこから脱しようと努めるはからいが、一層自分を苦窮に貶《おと》める。人間は生来が三界六道の世界にいるのだ、と深く自覚して生きよ。運命に逆らわずに生きるとはそういうことだ。放哉は住田の言葉の中に真実を発見し、真実にいたるのは「大事業」だが、努めてみようという趣旨を返事に書き記したのである。

孤独な須磨寺での日常は、初めは穏やかなものだった。しかし、寺院とて人間関係の小社会である。厭わしい人間関係からの自由を与えられてはいないことに気付かされる。無一物で寺男に雇われている身であれば、いやなことがあったからといって寺を出ていくことはできない。朝食は麦六分米四分の飯に「おこうこ」の揚げ置き、昼飯はこれに「天井のうつる様な」薄い味噌汁が加えられ、夕食は寺を訪れる人々が本堂や大師堂の前に供える素麵やら大根だの、昆布やら人参だのを煮込んだもの、これが毎日繰り返され、それ以外のものはない。

しかも、二〇人前後の寺の雇われ人が競って食うのだから、腹一杯というわけにはいかない。実際、みるだけで食欲が萎えてしまうものばかりだった。まずいものしか食っていないので、このところ「肉バナレがした様で、身の内の骨がカサカサ音がする」といったことをある手紙に記している。

寺には隠元様と呼ばれる正住職がいるが、他に三人の副住職格の僧侶がいて、住職とは剣呑の仲らしい。雇われているのは二〇名近い。七九歳の女の庵主を筆頭に四人の六〇歳を超える老婆がいて、彼女らが台所を担当している。それに、すべて六〇歳以上の下男が五人、一五歳を頭に小僧が四人という構成だった。須磨寺といえば、関西地方では弘法大師信仰の中心的な霊場である。檀家の数も相当であり、少なくとも十数人の檀家総代が須磨寺の運営に影響力をもっていた。

これらの人々の間に巻き起こった寺院内の暗闘が、放哉が須磨寺に住みついて七、八カ月経ったところで表面化した。放哉はこの紛争に巻き込まれて、須磨寺を辞することになる。放哉が井泉水に宛てた手紙によれば、紛争は以下のようなものだった。

副住職の三人が陰謀を巡《めぐ》らせて、正住職を隠居させ、寺の実権を握ろうと寺男と檀家を巻き込んでのもめごとである。隠元様派も巻き返しに出て、須磨寺は隠元様派と副住職派に二分されての騒動となった。放哉に関心はなく、むしろ超然とこれを眺めて、小人間社会の様《さま》を愉しんでいるようなところがあったが、次第にそうもいかなくなる。

檀家総代の十数人が辞職するという深刻な事態となった。放哉が住田の紹介状をもって須磨寺にやってきた時に、あれやこれやと世話をしてくれた役僧の森が隠元様派の有力者だった。そのために、ばかばかしいことだが、放哉は隠元様派に属する帝大出の法学士で、同派の参謀だというふうに言いふらされてしまった。

紛争は寺院内では決着がつかず、神戸市のある有力者が両派を分離させて、仲裁に乗り出すことになった。両派分離のために須磨寺から一時的に外に出される者が多く、放哉もその一人となった。放哉は神戸市長沢町の後藤という有力な檀家の家に身を寄せるよう、役僧の森によって取り計らわれた。紛糾の内情について放哉が井泉水宛に記した手紙の差出人住所が後藤家となっているのは、そのためである。後藤宅に一週間ほど厄介になったものの、寝るところと少しの食事が与えられるだけ、金は一銭の持ち合わせもない。

放哉の進退はきわまった。仲裁がすめば帰山させるというのが役僧森の約束だったが、仲裁の結果は思わしくないようだ。帰山すべしとの連絡は一向にこない。さりとて、冷たい視線を差し向ける檀家の後藤家は、放哉には居住まいがどうにも悪い。また一燈園に戻るより仕方ないかと、嘆息する。しかし、お金がない。動こうにも動けない。頼れるのは井泉水だけだ。いかにも申し訳なさそうに井泉水に無心の手紙を書く。はなはだしい自己嫌悪が文面に疼いている。

「此ノ家ニ居ル間ノ、オ小遣ノ件、出来レバ五円ヨリ十円送ッテ下サレバ有難イデス。オ風呂ニ行ク、金モナイノデ困ッテ居マス。事情ヲブチアケテ、御願ヒシテ、一日モ早ク待ッテ居マス。イヤナ手紙、内容故、読ミ返シモセズニ出シマス。御返事来ル迄、此ノオ宅ニテ待ツテ居リマス。何卒御願申シマス」

ややあって、井泉水から一〇円の郵便為替が送られてきた。そのうち三円を後藤家の夫人に渡そうかと考える。須磨寺の役僧から帰山するよう間もなく連絡があるはずだから、それまではお世話になりたいと伝える。放哉の手に三円が乗せられていることをちらりとみて、夫人は放哉さんには須磨寺の都合でここに住んでもらっているんですから、何も心配することはありませんよ。そういいながら、確かにお預かりしました、と三円を懐に忍ばせるではないか。後しばらくは大丈夫らしいと放哉も踏んで、居候をつづける。しかし、三日待っても四日待っても森からの連絡はない。何もすることはない。句帖は手許にあるが、句作の気分にはなれない。

そういえば、東洋生命保険の東京勤務時代の部下で、層雲同人の佐藤呉天子が京都支店に勤めている。呉天子は、放哉が一燈園に滞在していることを伝え聞き、訪ねてくれたことがあった。あいにく放哉が不在だったために、呉天子は自分の近況を伝える置き手紙を残して去っていった。放哉はこの手紙の返事を出していない。便りをして京都にいってみるか。久しぶりに七円の金が懐にはある。

呉天子は東京勤務中にも、放哉がアルコール依存症でたびたび仕事に失敗したにもかかわらず、自分の句作の才能に敬服し、よく仕えてくれた。下渋谷に住んでいた頃には、しばしばやってきて句作の指導をしたり、酒を酌み交わしたこともあった。

「一燈園ニモワザワザ御訪問下サレシ由、誠ニ感謝ノ辞ノ外有リマセヌ。唯閑寂ノ境地、下座ノ生活ニ浸ツテ居ルモノ、通信スルハ不適当ト思ヒテ今日ニ至ル。今日不意ニ兄《ケイ》ニ此ノ手紙ヲ書キタクナル、之レモ何カノ因縁ナル可《べ》シ。小生、全部ノ友人ト離レタル事ナレバ、友人ノミナラズ親類、妻トモハナレテ、唯一人トナリタル今日、誰ニ向ヒテモ今日迄カヽル手紙ヲ書キタル事ナシ。夫《ソ》レガ不意ト兄ニ宛テヽ此一文ヲ書き度クナル、全ク何カノ因縁ナル可シ」

自分に関わりのある人物には、呆れるほどの数の手紙を書き送っている放哉が、「誰ニ向ヒテモ今日迄カヽル手紙ヲ書キタル事ナシ」というのも奇妙な書きぶりである。しかし、この手紙は貴重である。大学を出て実業界に入り、会社をしくじって朝鮮、満州を放浪し、一燈園、常称院、須磨寺を経て現在にいたるまでを系統的に語った放哉自身の手紙は他にないからである。句作の意欲を失い、さりとて何もやることのなかった後藤家での無聊《ぶりよう》の気迷いであったか、右のように書き出して、つい自分の人生についての長い文章となってしまった。

後日のことだが、放哉が小豆島の南郷庵《みなんごあん》の寺男として滞在中に、放哉の自由律句に深く傾倒していた飯尾星城子が庵を訪ね、放哉の人生について聞き出したことがある。星城子は、この時に聞いた放哉の人生についての記録を層雲誌に発表しようと、その予定稿を放哉に送ってきたことがある。放哉は激怒した。自分の境涯を他人に知られることを、放哉は極度に嫌っていたのである。結局、この予定稿は、放哉の怒りの書面を受け取った星城子が驚いて放念、人目に触れることはなかった。

自分の自由律句は、それ自体が意味をもつ存在であり、句を生むにいたった人生の片々の記述は余計なものだ、何より他人に語るべき人生など自分にはない、という思いのゆえだったのだろう。皮肉なことに、気迷いで書いた呉天子への手紙が、今日、放哉という人物を知るための資料として残されることになった。

呉天子に書き送った放哉の人生は、四つの部分に分けて次のように語られる。一つは、大学を出て新生の保険業界に身を投じたものの、「保険界ニ人物ナケレドモ、利口ナ人ノ悪イ人物ハ雲ノ如ク集リ居ラン」と知ったこと。二つには、酒癖の悪さに弱り果てた会社により馘首《かくしゅ》され、みずからも「最早社会ニ身ヲ置クノ愚ヲ知リ、小生ノ如キ正直ノ馬鹿者ハ社会ト離レテ孤独ヲ守ルニ如《し》カズト決心」したこと。

三つには、思いがけず朝鮮生命火災保険に再就職することになったが、ここでも酒の失敗により辞職を余儀なくされたこと。その理由として「小生ガ悪カツタ事、事実ナラン。但小生今猶々《なおなお》、自分丈《だ》ケハ天地ニ恥ヂヌト思ツテ居ル。要スルニ此ノ「馬鹿正直」ガ祟《たた》リヲナシテ、人ノ悪イ連中ガ社長ニイロイロ吹キ込ミタル結果也。皆又、東洋生命ニオケル時ト同ジ。ツクヅクイヤニナツタ。然シ、何シロ、朝鮮ヲ永住ノ地トシテ働ク考ナリシ故、無資産ノ小生、友人等ニ少々ノ借金ヲシテオツタ。之レヲ返却スル道ナシ

（突然ノ辞職故）ソコデ満州ニ行ツタノデス」という。

四つには、満州で一働きしたいと考えたが、何一ついいことがなく、帰国を余儀なくされ、「ソコデ万事ヲ抛《ほう》ツテ、小生ハ無一文トナリタレバ、一燈園ノさんげ生活ニ入リ、過去ノ罪ホロボシ、並ニ社会奉仕ノ労働ニ従事シテ借金セシ友人、其他知己ニ報恩」しようとしたことなどを詳細に綴った。放哉のあまたの手紙の中でも最も長文のものである。

書き終えて、しかし放哉は待てよ、こんなこと報せていいのかと思い直す。文頭に戻り、「最初ニ堅ク御約束希フ。此ノ一文、並ビニ小生ノ事ニ関シテハ一切兄以外ノ人ニハ御他言御無用、堅ク御約申シテオキマス」と付け加えた。長い手紙の最後に、小生、近々京都の貴兄宅にうかがいたい、その折りには電報を打って出かけるので是非会ってほしい、と書いた。

三月の冷たい雨の降る日、京都に向かい、呉天子の家を探り出そうとするが、容易にみつからない。雨の中を傘もなくびしょ濡れ、袖口の細い作務衣のようなヒッパリの室内着、それも垢ずれした着物に、磨り減った下駄を引きずって歩く。泥がヒッパリに跳ねあがって、乞食坊主の姿だった。

呉天子の家の近くにまできたが、佐藤という表札がなかなかみつからない。雨があがって水溜まりで遊ぶ子供に尋ねても要領を得ない。四、五人の子供が〝ボウズ、ボウズ、クソボウズ〟と囃《はや》し立て、放哉の後に付いてくる。どうにか呉天子の住所を探り当て玄関の戸を引き、尾崎放哉ですが、と告げる。夫人が出てきて、はっとした表情をみせる。ちょうどこの時に、郵便配達夫が電報を夫人に届けにきた。夫人は電報の封を切って事情を飲み込んだらしく、あなたが尾崎放哉さんですか、とくぐもった声でいう。放哉のことなどまるで知らない夫人は、乞食同然の人物がわが家に何の用があってきたのかがわからない。東洋生命保険で東京に勤務の時代、私が佐藤の上司であったと伝えても、信じてくれる様子がない。主人は目下、彦根に出張中で自宅にはいない、いずれ日を改めて出向いてほしいという。放哉は折角きたのだから、佐藤が帰るまでしばらく待たせてくれ、と頼む。

夫人は、それはできません、ときつい口調で返す。ただならぬ空気に放哉の後を付いてきた子供達が〝ボウズ、ボウズ、クソボウズ〟とまた囃す。年長の小学五、六年生の一番前にいた男の子の頭を放哉はポカンと殴る。子供は近くの交番に乞食坊主が佐藤さんの家で騒いでいる、と伝えに走る。巡査が急ぎやってきて、有無をいわさず放哉を交番に連れていく。身元を明かせば神戸の檀家の後藤家に帰れなくなると考えて、放哉は何もいわない。巡査はいよいよ怪しんで、所轄の警察署に放哉を連行した。

そこで放哉は、自分が東洋生命保険にかつて勤めていた時の部下が佐藤であり、その佐藤の家を訪ねただけだと話す。半信半疑の警察官は、東洋生命保険の京都支店に電話を入れる。若い社員の二人がやってきたが、こんな坊主がうちの社員であるはずがない、元社員を名乗る詐欺師も多いから、彼もそんな人間の一人であろう、警察が判断し適宜処分してほしい、といって帰ってしまった。一晩、警察署の留置所に勾留された放哉を救いにきたのは、彦根の出張から帰ってことの次第を知った呉天子だった。

神戸の後藤家に放哉は、ほうほうの体で帰った。放哉が不在の間に、須磨寺の役僧の森から、帰山は叶わぬことになった、という内容の便りがきていた。後藤家には挨拶もせずに、放哉はそのまま逃げるように一燈園へと向かった。

禁酒の酒がこぼれる

一燈園に向かう放哉の気分は、敗残者であった。住田蓮車がいてくれれば、いろいろと悩みを打ち明けることができよう。そこから活路が開かれるかもしれない。しかし、須磨寺に宛てられた住田の手紙によれば、住田は近江路で一所不在の托鉢の旅に出たという。

井泉水から送ってもらったお金がまだ多少は残っている。寝るところさえあれば、しばらくは凌げる。幸いなことに、平岡七郎と小針嘉朗が一燈園にはまだ残っていた。平岡と小針は、放哉が須磨寺での内紛に巻き込まれ音をあげ、一燈園にいずれ帰ってくるであろうと住田から聞かされていた。自分は近江路のどこかで庵をみつけて住まうことになろうが、連絡は難しかろう。放哉の面倒は二人でみてやってくれ、と住田はいって旅に出た。一燈園の雑誌『光』の編集担当者に藤田鉄次郎という男がいる。この人物は信用できるので、もし放哉が帰ってきたら、藤田に紹介してやるのも一案だ、と平岡と小針は住田から伝えられていた。

放哉が一燈園に着いた日に、平岡と小針は早速、放哉を藤田に会わせた。藤田は寺男の仕事はすぐにはみつからない、少し待ってくれという。一週間ほど経って、藤田は放哉を呼んだ。一年半前に本堂が焼失してしまい、再建のために住職が目の回る忙しさで働いている寺が若狭の小浜にあり、そこが寺男を一人送ってくれればありがたいといっている。臨済宗の常高寺だという。小浜湾の浜辺に沿う穏やかな町の小寺で、孤独を求めるあなたには相応しい寺だと思う、辛い仕事になろうが、よければ紹介状を書いてやる、と藤田はいう。

山陰線で敦賀までいき、小浜線に乗り換え、小浜駅に着く。潮の香りを含む微風が漂う。大正一四年五月のことだった。駅前の商店街が途切れたあたりから、右手に小浜湾がキラキラと光っている。左手には小さなお寺がいくつも並んでいる。六つほどの寺を過ぎたところに、新緑の吹き出した後背山を後ろに大きな山門が構える。山門をくぐると左手に王花山東光寺、右手に梅雲寺と彫られた本額を掲げる寺がある。手入れのよく行き届いた庭がみえる。若狭の中心地として、かつては「北陸の奈良」といわれた小浜には名刹が多い、と放哉は聞かされていた。いいところを紹介してもらったなあ、という思いがかすめる。

東光寺と梅雲寺を過ぎると、三〇段ほどの石段がある。石段をあがり、息を切らせて仰ぐと、常高院の二層楼の山門がみえる。石段を上り切って二層楼までのわずかな空間に、二条の鉄道のレールが敷かれている。小浜線である。今、自分が乗ってきた電車もここを通ったのか。

二層楼を抜けると、右手に釣り鐘がぶら下がっている。正面に構えるはずの本堂はない。放哉がやってくる一年半前の大正一二年一二月に、原因不明の失火により炎上したことは、藤田から事前に聞かされていた。消失して礎石を残すだけの跡地に初夏の雑草が勢いよく繁る。まだ焼け焦げた丸太の臭いが漂っているようだ。

境内は荒れ放題だった。堂の焼け跡の右側には、消失を免れた客間、それに寺院の僧侶が住まう庫裡《こり》がある。本堂の焼け跡、客間、庫裡のぐるりを取り囲んでいるのは猛々しい孟宗の林である。孟宗竹が後背山の麓の一体を覆い、放っておけば常高寺の全体が竹で侵食されかねない勢いである。

寺の境内を一回りした放哉は、庫裡の引き戸を開けて来訪を告げる。片足が不自由らしく、杖で廊下をトントンとせわしなく突きながら住職が出てきた。威圧感のある面構えで放哉を迎え、居間に通した。名前は春翁だという。本堂焼失の年に後継ぎの長男を病気で失い、働く者は自分一人だ、寺の経営も窮しているのでさしたる処遇はしてやれないが、一生懸命働いてくれれば寝泊まりと食うことには困らせない、とぶっきらぼうにいう。二層楼の一階に布団がおいてあるから、そこで生活するように、後はいいつける仕事をこなしてくれ、とだけ告げて居間を去った。

常高寺の財政は修復不能なほどに逼迫していた。住職春翁の横暴で強欲な性格が原因らしい。常高寺は臨済宗好心寺派のこの地方の中本山であり、一〇を超える末寺を近在に擁していた。しかし、末寺の住職達が春翁の横暴と強欲に耐えかねて反旗を翻し、常高寺住職の地位を辞さなければ自分達全員が末寺を去る、と結束して迫っていた。春翁は止むなく、期限を二年と切って住職の地位の中断を余儀なくされた。放哉が常高寺にきた時には、末寺の僧侶の一人の袖長という人物が正住職となっていた。しかし、春翁は二年後には住職に復するという約束を楯にとって、相変わらず常高寺に居座りつづけた。住職となったはずの袖長も、滅多に寺に顔を出さない。

末寺の住職達は放哉に、あんたもえらい時に常高寺にきてしまったねえ、とてもあんな寺では勤まらないので、帰るべきところがあればできるだけ早く帰った方がいい、という。彼らの噂によれば、本堂の焼失も春翁が遊郭に出かけていた夜半に起こったものだという。真偽のほどは放哉にはわからないが、ともかくも春翁の評判はこれ以上もないほどに悪かった。

放哉が少しでも休んでいれば、「一日為サザレバ一日食ハズ」と必ずのようにけしかけられ、徹底的に働かされた。放哉はその日常を、井泉水宛の手紙に諧謔をこめて次のように記している。目に浮かぶような描写である。第三者というのか、部外者のごとき口調である。放哉の句作に連なるものが、この文章の中にはあるように思われる。

「朝ハ、四時起ト、五時起トノ時ガアリマス。四時ハ中々コタヘル。ソレデ、台所一切、オ使カラ、庭ノ草トリ、全部ヤルノデスガ、少シ、火鉢ノソバニ坐ハッテ居ルト、気持ハ悪イラシイ。シカシ、サウサウモ出来ンカラ、気持ワルイノハ知ッテ居ルケレ共、火鉢ノソバニ坐ッテ居テ、時々皮肉ヲ云ツテヤリマス。禅僧ダケニ、話トナルト中々面白処ガアリマス。今年五十八歳ノ和尚ナレ共、足ガ痛クテ先ズチンバ也。座敷中ヲ杖ヲツイテ歩キマス。チンバデモ、一人前ノ仕事ヲ、コテコテヤリマス。全ク、ヨク身体ガ動クニ、感心シマス。ソレデ、足ガ完全ダッタラ、ドノ位身体ヲ動カスカト思フ」

春翁は買い物をしてもすべてがツケ、一文も支払わない。月末に支払いを督促する町の商人が何人もやってくる。商人があらわれるや住職はどこかに消え、今月は払えないので二〇日ほど待ってほしい、と言い訳をするのは放哉の役目だった。支払いに窮した春翁は、押入から柳行李やら埃だらけの風呂敷に包まれた品々を居間一杯に広げ、どれも売れる物などありゃしないと舌打ちする。上段の押入から大小五〇本ほどの掛け軸を取り出し、これを町の骨董屋にいって売ってこい、と放哉に命じる。

まるで価値のないものだったらしい。骨董屋はそのうちの五、六本をみただけ、こんなもの、とても買える代物ではないといい、そのまま放哉にもち帰らせた。春翁は客間を担保に銀行から金を借りる算段をして、放哉を銀行にいかせた。客間を正式な担保と

するには登記が必要である。登記には檀家と中本山の承諾書類がなければだめだという
ことになり、銀行と檀家と本山の三つを駆け回らされた。二年間の謹慎の身の春翁であ
る。中本山や檀家の承諾書類など得られるはずがない。徒労だった。何よりも辛いこと
に、食うものが尽きている。茶化して井泉水宛の手紙の中でこういっている。
「オカズハ、大豆ノ残ツテイルノヲ毎日煮テ喰フ。味噌汁ノ中ニハ裏ノ畑カラ、三ツ
葉ト、タケノコ、(今ハ真竹デス)ヲ毎日取ツテ来テアク出シヲシテ、之レヲ、味噌
汁ニ入レテ煮テ喰フ外ニハナンニモ、買ハン——小生、オ寺ニ来テ以来、毎日毎日同
ジ事ヲ、クリカヘシテ居ル。実ニ、シンプルライフ。／アンマリ毎日、筍(カタクナ
ツテ居マス、時ハヅレダカラ)ヲ喰フノデ、腹ノ中ニ、「藪」ガ出来ヤシナイカト、
心配シマス、呵々。ソレト、大豆ヲ毎日毎日煮テ喰フノデ、鳩ポツポノ様ダ。時々和
尚ニ「和尚サン、コノ豆ハ鳩ガ好キデスネ」ト、皮肉ヲ云ツテミルト「サウヂヤサウ
ヂヤ鳩ノ好物ヂヤ」ト、スマシテヰル。何シロ、エライ面白イ様デ、ナサケナイ様ナ
事ヂヤト思ヒマス」
空きっ腹でも働かないという選択はない。「一日為サザレバ一日食ハズ」の叱責が待
っている。腹の立つほどよく繁る六月の草は、いくらむしり取っても切りがない。小浜
線の威勢のいい蒸気機関車が常高寺の二層楼の前を走る。

背を汽車通る草ひく顔をあげず

もうこんなところにはいられない、かといっていく当てはない。酒でも飲みたいのだが、どのくらいお金が残っているのか。机の引き出しにしまっておいた財布の紐を解いて確かめたところ、何とかなりそうだ。

常高寺の石段を下り、小浜湾にまっすぐに向かって歩けば、一〇分足らずのところに古くからの妓楼が何軒か並んでいる。一階が飲み屋、二階では芸妓が相手をしてくれる。とある一軒に入って銚子二本を飲み、飲み足らずに二階にあがり、芸妓に酌をさせて飲みつづける。

どうしてこうまで落魄してしまったのか、とまた悔悛《かいしゅん》の思いを酒に紛らわせる。少し勢いのいい三味線を弾けと芸妓にいう。三味の節と節の間に波の音が響いてくる。三味を休ませ、窓をかすかに開けて押し寄せる波濤に目をやる。

浪音淋しく三味《しゃみ》やめさせて居る

自分が何をどう考えようと、自然はみずからをみずからの律動で繰り返しているではないか。海はいいなあと思う。一階に下りて酒代を払い、浜辺に出る。小浜湾は若狭和田から日本海に突き出た大島半島と、加尾から突き出ている内外海半島に包み込まれた入り江である。波静かな湾の中でも一段と穏やかな海である。入り江に注ぐ北川に架かる橋の欄干に寄りかかって、放哉は懐から出した煙草に火を点け、夏の夜の海に目をやる。いつもは静かな海なのに、今夜は少し荒れているようだ。さっきの芸妓の三味の間に波音が聞こえたのは、このためだったのか。それにしては風もないのに、なぜこの白く荒い波濤か。外海が荒れているのかもしれない。

　　小さい橋に来て荒れる海が見える

帰って寝るか、明日はまた四時起きだ。酒も入ったが、どうしたことか寝付きが悪い。波音が常高寺の二層楼まで遠く響いてくる。

　　そつたあたまが夜更けた枕で覚めて居る
　　うつろの心に眼が二つあいてゐる
　　淋しいからだから爪がのび出す

京都にいって井泉水に相談に乗ってもらおう。万策尽きれば一燈園に拾ってもらえばいい。常高寺には米も味噌もない。金も昨夜、妓楼ではたいてしまったが、汽車賃くらいならある。早く起き庫裡に顔を出して頭だけは下げ、いとま乞いをしようといってみたが、春翁はいない。支度をして小浜駅に向かう。常高寺での滞在は二カ月足らずであった。

一燈園に着く。常高寺を紹介してくれた藤田に会ってことの次第を告げ、少しの間でいいからここでまた下座奉仕をやらせてくれないか、と願い出た。後日、藤田を通して知ったことだが、やはり春翁は夜逃げをして郷里の若狭の大飯郡大鳴村に帰り、脳梗塞で呆気なく死んだという。常高寺はその後、廃寺となり、山門番として住みついたある老婆の火の不始末で、二層楼の内部が消失してしまった。

一燈園には平岡七郎はもういないし、小針嘉朗もいなかった。小針は台湾の台中でバナナ果物会社に就職していた。小針からは、須磨寺で働いていた頃に、台湾は肋膜を患う放哉にはとてもいいところなので、こちらにきてはどうかという誘いがきていた。その時には応じる気はなかったが、常高寺のひどい処遇から一燈園に逃げてきた放哉には、もういきどころはない。小針の薦めに寄り添ってみようか、と心が動き始めた。常高寺から小針宛に放哉は次のような手紙を出していた（『尾崎放哉全集』〈彌生書房〉未収。瓜生鉄二『尾崎放哉』〈新典社〉より引用）。

「梅雨がちかづき殊に日本海岸はヂメヂメとしていてたまらん。早くカラリとした台湾へ行きたいな。扨《さて》勿論、字義通りに無一文なれば着たキリ雀になれ共夏時分行くとどう云ふ衣物ヨロシキヤ。夏シヤツ、六尺、位ヒニテヨロシキヤ。ドウ云フ衣物ヲ着てヨロシキヤ（上陸シテ直に巡査につかまるのも困るから呵々）」

京都に放哉が戻ってきたことは、やがて井泉水の知るところとなった。自由律句のこの異才を死なすわけにはいかない、何とか食わせ、生き延びさせねばならない。放哉がかつて働いていた常称院の住職とは、放哉の無礼を詫びにいって以来、何かと付き合いがある。放哉をもう一度雇ってくれないかと打診していた。常称院の住職がいうのには、自分の寺ではもう新しい男が働いていて、放哉を受け入れる余裕はない。しかし、京都駅近く、三哲の龍岸寺という寺であれば人手がほしいという話を聞いたことがある。よければそちらに照会してやるがどうか、という。

放哉の台湾行きの心は強まっていたが、さりとて現実を考えれば旅費の工面のことがある。見知らぬ外地にいくというのには不安もある。井泉水の薦めにしたがい、台湾行きの件はいずれゆっくり考えるとして、差し当たり龍岸寺で働いてみることにした。龍岸寺は京都駅を背に一〇分とかからない三哲にある。駅前の賑わいが途絶える住宅地に位置している小寺だった。

どうせまたひどい仕事を次から次へといいつけられ、走り回る羽目になるのか、と放哉の気は重いが、雇ってもらうことにした。ここの住職はもちろん僧侶だが、同時に手八丁口八丁の遣り手の事業家で、購買組合や人材派遣のような仕事にまで手を広げていた。放哉は、寺院内の掃除やら雑巾がけやら草むしりやらに加えて、そうした住職の事業のために京都市内を駆け巡らされた。京都の炎天下の日がな一日の使い走りに、肋膜炎を抱える放哉は精魂尽き、一カ月もしないうちに井泉水の仮寓に逃げ込んでしまうという仕儀であった。

井泉水宛に、どうにもならない、万事を打ち明けて最後の相談に乗ってもらいたいと、龍岸寺から手紙を出す。台湾にいくにせよ、その前に話し合う機会を是非与えてほしい、という内容である。さらに別便の葉書にこう書く。

○淋シイ処デモヨイカラ、番人ガシタイ。
○近所ノ子供ニ読書ヤ英語デモ教ヘテ、タバコ代位モラヒタイ。
○小サイ庵デヨイ。
○ソレカラ、スグ、ソバニ海ガアルト、尤《もつと》ヨイ。「済ミマセンガ、タノミマス。今十二時ヲ打ツタ処、朝五時カラ、身体ノウゴキ通シデ、手足ガ痛ミマス。ヤリキレ申サズ候」

葉書をポストに入れるや龍岸寺に戻り、褌《ふんどし》と句帖を包み込んだ浅黄色の風呂敷き包みを抱え、井泉水のところへ急ぐ。龍岸寺の住職は不在だったので、縁のなかったものとして今回は諦めて出ていく旨の書き置きを寺のポストに入れておいた。

当時、井泉水は東山区の今熊野の剣神社近くの川にかかる円通寺橋の袂《たもと》に、みずから「橋畔亭」と名付ける東屋に住まっていた。二階建てだが、みるからに狭い。放哉の苦境を知る井泉水は、二人同居するにはどうにも不具合だが、何とかなろうと鷹揚にも放哉を逗留させてくれた。放哉とてここで厄介になっていいのかと思わぬではないが、井泉水にすがるより他に方法はない。なぜこんなに切羽詰まった人生を送らねばならないのか。放哉の嘆息の所以《ゆえん》を井泉水はよく理解し、あれこれと面倒をみてくれた。放哉は井泉水を「井師」とも呼んで、師の自分への対応を「大慈悲」だと表現している。辛い境遇を背負う自分を受け入れてくれるのは、井泉水以外にはない。口べたの放哉は深い恩義を言葉ではあらわせない。

剣神社の鎮守の森を背負う橋畔亭での盛夏である。藪蚊が昼間でも唸っている。夜になれば、一人吊りの蚊帳の中に井泉水の蒲団を半分に分けて二人で寝る。旅なれている井泉水の寝付きはよく、横になるや鼾《いびき》をかく。龍岸寺での疲れがどって出て放哉もぐっすり寝る。蚊帳から足が出て藪蚊に食いつかれても、これを掻きむしって眠りを貪った。放哉をどう処遇したらいいのか、井泉水はずっとこのことを考えていた。実現するかもしれないと思われる一案を井泉水は放哉に語ってみせた。井泉水はこれまでの全国行脚の中で、小豆島に何度かいったことがある。最初は妻の桂子を連れての句作のための行脚であった。島では醬油醸造業を営む井上文八郎の世話になった。文八郎は俳号を一《いち》二《じ》と称する層雲同人で、井泉水を敬愛する人物である。素封家の一二が建てた「宝樹荘」という山中の別邸に泊めてもらい、小豆島の一二の句友を集めて句作の指導をしたこともある。妻の桂子と嬰児、母の三人を相次いで失い、三人の菩提を弔う旅に選んだのも小豆島であった。

この再訪の時には、島の八十八ヶ所の霊場を一二、他に小豆島西光寺の住職で俳号を玄々子という杉本宥玄の三人で回った。井泉水は全国をくまなく行脚してきたが、一二と宥玄の二人ほど深く井泉水を敬慕し、礼を尽くしてくれた人物はいない。この二人に放哉を任せることができればどんなにいいことか。小豆島には、四国八十八ヶ所の霊場を模した札所がある。春ともなれば島の内外から多くの遍路がやってきて、蠟燭を売り鉦を叩いてやればいいだけの小寺や庵もあるはずだ、そんなところにいってみる気はないか、と井泉水は放哉を促してみる。

台湾にいくのもいいが、何しろ内地とは勝手がちがう。小豆島なら周りはすべて海だ。京都よりは南だから温暖で、肋膜炎を癒すのには格好のところではないか、ともいう。常高寺、龍岸寺とひたすらの多忙をきわめて何も得るところのなかった放哉は、少し帳《とばり》が開かれたように感じる。小豆島がやっぱりだめだったら、その足で台湾にいくことにしたらどうかと井泉水はいう。そうか、その手もあるなと放哉は思い、今度は急にそのセンでいってくれと井泉水をせっつく。善は急げだと井泉水も一二に手紙を出す。

井泉水の手紙を受け取った一二は、戸惑った。探せばどこかの末寺に庵はみつかるかもしれないが、おいそれとはいくまい。井泉水という尊敬してやまぬ俳師からの依頼である。返事は少しでも見通しがついてからにしよう。西光寺住職の宥玄とも相談しながら話を進めることにした。一二は井泉水への手紙をすぐには書かなかったのである。

放哉の方は返事がまだこないのかと苛立っていた。こんなに返事が遅いのは、手紙が一二のところに着いていないからではないか、いや、やっぱり庵がみつからないのだろう。色よい返事がくればそれに越したことはないが、もし断られたらどうしよう。いっそのこと、返事のくる前に小豆島に出かけた方がいいのかもしれない。小豆島が駄目なら、井泉水のいうように、その足で台湾にいけばいい、放哉はそう考えて出発の決意をする。

井泉水も、まあそう急《せ》くなとはいうが、放哉の気持もわからないではない。今夜は近くの陶芸家で層雲同人の内島北朗を呼んで、三人で放哉の送別の宴を張ろうということになり、橋畔亭の狭い部屋で三人は飲んだ。井泉水も北朗もこの夜はそれぞれの句論を展開して、愉快に盛りあげてくれた。

小豆島にいってもお金は必要であろう。その資金をどうするかということが話題になった。井泉水は放哉の後援会を同人でつくって、ここで募金をしたらどうかと思い付く。すでに同人の間では、人生のありようを放り投げるようにうたう放哉の句のことは広く知られている。放哉の句に井泉水が自分の句を加え、北朗が絵を添え、これを一枚五円で領布するというのはどうか、ということになった。層雲誌にその広告を出し、募ったお金を同誌の別口の口座として放哉の支援金にしよう。二人の厚情に放哉は涙する。

今夜中に発つのなら、七条駅を通る最終便までそう時間はない。すぐ発つことにしようという。しかし、その前に一言これだけはいっておかねばならない、と井泉水は居住まいを正し、促されて放哉も正座した。これから小豆島の庵で落ち着くことになろうが、酒の失敗は今度は許されないよ、酒だけはやめてもらわなければ世話になる一二に私の顔が立たないという。傍らに用意してあった白地の扇子に井泉水は句を記す。

翌《あす》からは禁酒の酒がこぼれる　　井泉水

こう書いて放哉に渡す。放哉も、堅く禁酒する、と誓った。時間を見計らって井泉水は放哉を促し、七条駅に向かう。

放哉を送り出した翌日の午前に、一二からの電報が届く。「トウブンミアハセルガヨシ」とある。つづいて手紙が送られてきた。目下、宥玄と相談して島中の庵を物色中だが、まだ適当なところがみつからない。こちらから連絡するまで出発は待ってほしい、という。井泉水は一二からの電報の折り返しに、「ホウサイスデニタツ」との電報を打ってしまっていた。

一二の返事が遅れているのは庵がみつからないからではないか、という思いは井泉水にもあった。しかし、自分が薦めたことでもあり、どうしても出かけたいという放哉の気持を押し止めることはできなかった。一二を訪問する際に渡す書状を放哉にはもたせたのはそのためだった。

「大兄の許へは私から前便御たのみ申した事もある折柄、本人がぢきぢきに参上しては、あまりにおしつけがましく、あつかましく感じられますし、大兄にも御迷惑な重いやうな御気持ちを起してはならないと考へてゐるのですが、何分同君が単に訪問の意味として上りたいと申すので、引きとめる理由もなかつたのです。……御店のこと、御身辺のことおせわしい中に、こんな厄介者が飛込みまして困つたなと御思ひではないかと、私も恐縮します。何とか其道《その》があります事ならば道をさづけて下さいまし」

一二は井泉水から手紙をもらうと、すぐに西光寺の宥玄を訪ねた。自分に頼めば何とかなりそうだという井泉水の思いに、一二は困惑していた。宥玄も、小豆島の庵にはそれぞれ留守番がいて、放哉をおいてくれるところは心当たりがないという。

一二は放哉の酒癖の悪さについての噂話をもよく聞いていた。放哉さんは今まであちらこちらで酒の失敗を繰り返してきたようで、これも私には心配の種でしてね、それに放哉さんはまったくの無収入らしい。どうやって小豆島に住まわせてやったらいいのか自信がない、と宥玄にこぼす。

庵のことは私にはよくわからない、宥玄さんの方でどこぞのところに見通しが立ったら是非連絡して下さい。井泉水先生には、目下、小豆島でいろんなところを宥玄さんともども物色中なので、当方より連絡するまで出発は待ってほしいという手紙を出しておく、といって一二は西光寺の門を出ていった。

放哉は小豆島土庄に向かう連絡船のうえにいた。

障子あけて置く

炎天の日、連絡船は大小の瀬戸内の島々を縫うように進む。船に乗る人々には、束の間の休息なのであろう。客室の茣蓙で横になったり、煙管《キセル》をふかし所在なげに佇む人がいる。乳呑み児に乳をふくませている女がいる。船上に出て島々を眺めているのは放哉一人である。

瀬戸の夏の午後の海は穏やかだった。真っ青な海に連絡船が後方に一条の白い波をつくっているだけだ。小波《さざなみ》が夏の日を受けてキラキラ光る。鋭い光線の逆光で豊島が黒々とみえる。豊島の向こうに巨大な緑の島が近づく。小豆島だ。島の先端部に着く頃に連絡船は急に速度を落とし、小山に挟まれた狭い入り江をしばらく進んで停止した。

連絡船を波止場に渡す薄い板が揺れ、赤子を背負った女が放哉につづく。さっき赤子に乳をふくませていた女だ。女の手を取って支えてやる。女は軽く会釈して、放哉の前を足早に歩いていく。放哉は切符を出口の箱に投げ入れ、港を出て小豆島に踏み入る。一斉に唸りをあげた蟬の声が耳をつんざく。日中鳴きつづけているのだろうが、船の到着を待って鳴き始めた大音響のように感じられた。山間《やまあい》の小さな入り江の奥まった村が土庄である。

井泉水が書いてくれた大雑把な地図を頼りに、入り江の右岸を進む。七、八分ほど進むと塩田が広がり、大きな日笠をかぶって熊手をもつ男達が、薄茶色になった塩を日干しのために砂浜で掻き混ぜている。強い光線が反射して、目が痛いほどだった。土庄に入る。このあたりで先がわからなくなり、雑貨を商っている店で、土庄では鍵文と呼ばれる醬油醸造業の井上文八郎の家を尋ねる。この道をもう少し進むと、突き当たりの左手に永代橋という橋がある。その橋を渡ったところを入り江沿いに左にいけばすぐにわかる、という。永代橋は、土庄の入り江が一段と狭くなった土淵海峡と呼ばれる川に架かる橋である。

教えられた通りに歩いていくと、この地で有名な醬油醸造業を営む大きな土蔵造りの作業場が目に入る。土蔵の前に素封家らしい重厚な構えの玄関がある。ガラスに金文字で鍵文と書いてあるドアを引いて中に入り、ごめん下さい尾崎放哉ですが、と告げる。出てきたのは、二〇歳くらいの品のいい顔立ちの女性だった。放哉は井上さんのお嬢さんですかと、ぎこちない笑みを繕っていう。

この炎天に帽子もかぶらず、浴衣がけ、右手に風呂敷包み、左手に扇子一つをもつだけの坊主頭の男の出現に、女性は一瞬怯《ひる》んだような表情をみせ、ちょっとお待ち下さい、といって中に入っていった。なかなか戻ってこない。放哉は玄関の右においてある縁台に座って、扇子で首のあたりを扇ぎながら、さて一二は今日はいないのかと訝《いぶか》る。ややあって一二があらわれる。お待たせしてすみません、ああ尾崎放哉さんですね、ちょっと作業場にいたものですから、どうぞおあがり下さい、といって二階の客間に放哉を招く。

一二は井泉水から「ホウサイスデニタツ」との電報をもらっているので、放哉が近々やってくるとは予想していた。しかし、それが現実のものになって一二は困惑を隠すことができない。醬油醸造業の仕事はこのところやけに忙しく、そのうえ一二は、米国産煙草を小豆島で耕作するという実験的な営農事業を、志ある農家と一緒に始めていた。さらには、「延齢閣」という土庄唯一の劇場の創設にも関わり、東奔西走の毎日だった。こんな時にこられても困るなあ、というのが正直な気持だったが、ともかく放哉はやってきた。

あたまもろめて来てさてどうする　一二

自由律句に異才を放つ放哉の句を一二は羨望していたが、羨望していたのは句であって人物ではない。玄関でうらぶれた放哉を迎えて、句と人物とはちがうなあと思う。困惑の気分を自分の句の中に忍び込ませている。貧相ないでたちながら帝大出の法学士で、層雲の選者だというエリート意識を、一二は放哉の表情の中に嗅ぎ取ったのかもしれない。

勤勉に生きて財をなし、名声を得ることに人生の道を求める一二には、放哉という人間はどうにも解し難い。放哉にも一二の気分がわからないでもない。初めて会った瞬間から、二人の間には何かしっくりとしないものが流れ始めた。

さりとて、あの井泉水からの、たっての依頼でこの島にやってきた男である。丁重にもてなさないわけにはいかない。放哉は二階の居間に通された。正座し改めて来島の趣旨を伝えようとするが、まあ長旅でお疲れのことでしょう、自分も醸造場でやりかけの作業がある、それを片付けてきますので、それまでは一風呂浴びて昼寝でもしていて下さい。日が暮れる頃に改めてうかがい、夕食を一緒に摂りましょう、といって一二は下りていった。

井泉水宛に放哉の来島は当分見合わせた方がよい旨の電報を打っていたことを、一二は放哉にはまだ伝えていない。伝えるには伝え方がある。ゆっくりと懇切に事情を話した方がいいという考えだったらしい。放哉の方もあまり急かせてはいけないと思う。

放哉は一階の風呂場に案内された。久方ぶりの風呂だが、何と総檜造りではないか。贅沢なものだと思う。鍵文を訪れる客のために用意してあるものらしい、糊のきいた浴衣を着て二階の居間に戻る。上等な蚊遣《かやり》の香りが漂う。夏用の布団に藤枕がおかれている。放哉は横たわってまどろむ。

まどろみのうちに、自分がそこで寺男として働くことを望んでいる小寺か庵のことを、一二は自分の顔をみるなり、なぜ一言切り出さなかったのか。見当がついているのならば、自分がこの島にきた理由はそれ以外にはないのだから、それらしきことをいわないはずがない、やっぱりだめだったのか。それならそれでもしようがない、台湾にいけばいいのだから。神戸発の台湾基隆への連絡船の出港日が八月一八日であることは、山陽線の車中の時刻表で確認してある。一週間の辛抱だ、そう思うと急に眠気が放哉を襲った。

一階で夕食の用意ができました、とさっき玄関で会った女性が促しにやってくる。聞けば、この女性は井上一二の弟の嫁で、本家の見習いとして同居している朝栄だという。浴衣の襟を正して放哉は一階に下りる。夕の膳が整えられ、その前に絣《かすり》を端然と羽織った一二が座している。床の間を背にした正座に放哉を招く。一二が手を叩くと朝栄が盆にビールを一本立ててあらわれる。一二は放哉のコップに注ぐ。自分はアルコールはまったくだめでしてねといって、冷えた麦茶を手に放哉のコップと軽く合わせる。

寺男の件はどうなったか、放哉は一二の口からいつこのことが飛び出すのか気になっている。一二が口を開く。井泉水からは放哉の希望を伝える手紙を確かに受け取っている、西光寺の宥玄とも相談して小豆島八十八ヶ所の霊場や付属する庵などを物色中だが、今のところ空いているところはない、放哉が急遽京都を出発したという井泉水の電報への返事として「トウブンミアハセルガヨシ」と打電していた、などと話す。

やっぱりそうだったのか、という思いが放哉の胸を衝き、もう一本のビールを所望《しょもう》できないかという。朝栄が今度は二本のビールをもってあらわれる。放哉は一二の前におかれている栓抜きを、失礼といいながら引き寄せて自分で栓を抜く。二本目のビールを空けたあたりで気分は少し和らぐ。放哉は一二に、厄介をかけた、これで私の台湾行きの気持も定まった。一八日の船で台湾に向かうので、それまでどこかに身をおいてくれるよう取り計らってほしい、という。

三本目のビールを飲み干す。相変わらず酒飲みはつづけているのか、という一二の胡《う》乱《ろん》な視線を感じながら、それでは、と二階の客間に放哉は戻る。さっき二時間ほど寝入った放哉は眠れない。そうだ、事情を井泉水に伝えておかねばと思い起こし手紙を書く。

小豆島からの第一信である。

「啓、一二氏健在ニ有之《これあり》候。一二氏よりの電報及手紙御らん下されし事と存 申《ぞんじもうし》候。扨《さて》、色々の御事情のため、御厚意ありながら一寸早い事には行かぬだけに有之候。その為め、出発前御相談申上候通り、台湾行ときめ申候。最近出航十八日故、ソレニテ、所謂台湾落《おち》ときめ申候」

放哉の手紙によくある言い訳がましいところがない。何かさっぱりしている。そう決意はしたのだが、旅費がまったくないことに改めて気づかされて、こうつづける。

「旅費卅五円、後援会基金（一二氏に大ニひやかされ候）中より御郵送御願申上候。ソレ迄、一二氏宅に、ゴロゴロして居るつもりなれ共、其間に一二氏の好意にてどつかよい処をあたつて見てやるとの御親切に有之候。但、か丶る事《こと》ハ急いではダメの事故《ゆえ》、北朗氏とも御相談下され御郵送御たのみ申上候。一二氏宅にて作句して遊ばしていたゞいて居る間が極楽と存じ候。／ソレデハ御大切ニ、マタ、イツあへるやら、御達者を念じ申上候／猶《なお》御願／台湾ニ行くとすると、／お金とイッショに、セッタ（船に乗るに便利故）と、アンタの、フダンの浴衣一枚御送り下され度し（ムギワラ帽ハコチラで買ひます）、れうちゃんによろしく御礼申上候。／此《この》手紙一二氏へ御らんを願ひし上差出し申候」

「れうちゃん」というのは、橋畔亭で何度か目にした礼子という女の名前である。独り身のわび住まいの井泉水が慰めにしている京都の色町の女だったらしいが、そのことを井泉水は放哉にはいわなかった。放哉も井泉水に口を出すことはしなかった。

小豆島には自分の居場所がみつからない、仕方がない、台湾行きをもう心に決めたと伝えたのである。手紙の最後を「此手紙一二氏に御らんを願ひし上差出し申候」と結んだのは、一二にも自分の決心を伝えるためだった。

西光寺の宥玄から、島の庵の一つが空くかもしれないという連絡が一二のところに入った。一二はまだ不確かだが、と前置きして、宥玄からの連絡を放哉に伝える。もう台湾行きを心に決めた放哉は、またぬか喜びをさせる気か、と一二に怪訝な目を向ける。放哉に一日中ごろごろされて当惑する一二は、こんな折りですから讃岐高松の国分寺の和尚で自分がよく知っている住職に童銅龍純がおり、この住職は風水学の大家で自分も道に迷った時に随分助けられている、一度訪れてみてはどうかと放哉を促す。

放哉は風水学といわれても、そんなことで自分の将来がわかるはずがないと思う一方、折角の一二の提案を無下に断わるのは失礼だし、別にやることがあるわけでもない。それに、一二のいうのには、高松の国分寺から三つ先に丸亀がある。丸亀で層雲同人の内藤寸栗子《すぐりし》が句会を開く予定と聞いている、それに放哉が出席すれば同人はどんなに喜ぶことか、ともいう。寸栗子の自由律句は層雲誌でみたことがある。自分の句作に関心をもつ人々に囲まれる姿を想像して心が動く。一二は、龍純住職と寸栗子に放哉がそちらに向かうことを速達で報せた。

龍純和尚は放哉をみるや、早速に出生から現在にいたる人生の経緯を話すように、という。放哉が話を終えるか終えないうちに龍純は、そうじゃ、あんたの鳥取の先祖は大和の南朝に当たる、実は小豆島の淵崎は亡命した南朝の武士を先祖とするところだ、あんたが小豆島に住まうのは前世より決まっていた因縁だ、という。ばかばかしいとは思いつつ、自分が小豆島に滞在するのは運命的なことだと龍純和尚がいったと一二に伝えれば、一二に対する「交渉力」が何かしら強まるのではないか、と考える。礼をいって国分寺を後にし、寸栗子の家で今夜開かれる句会に向かう。

丸亀駅には、寸栗子と同人の四人が迎えにきてくれていた。句会では、放哉をお迎えできてまことに光栄です、と寸栗子が挨拶して日本酒で乾杯となった。

同人の多くは、須磨寺から層雲誌に寄せられた放哉の句のいくつかを取りあげて、賛嘆の言葉を次々に吐いた。放哉も悪い気分はしない。盃に注がれる酒を次から次へと飲み、切りのない酒となってしまった。句作に必要なことは何かと問われ、話を始めたものの、すぐに論理不明なしゃべりに転じ、同人は早くも白ける。

集まった同人が発した句の二、三を例に、句はもっと正直で単純なものでなければならない、と語っているうちはよかったのだが、だんだんあんたの句は冗長だとか、小細工を弄し過ぎるとか、ついには放哉の目が座ってくる。こんな駄句を俺にみせるのはいい度胸だ、と低く押し籠もった声での物言いに転じる。放哉の酒癖の悪さの典型的なパターンである。棘《とげ》のある言葉で相手を刺し、ついには罵《ののし》りに終わる。同人の表情が戸惑いから嫌悪に変わり、一人、また一人と座を去っていった。

一人残された寸栗子は、どうしていいのかわからない。こんな人物だったのか、呆れながらも、座布団を何枚かもってきて、今夜はこの部屋で寝かせるより他なかった。これほどの酒を一晩で飲んだ人など、寸栗子はみたことがない。飲むほどに陰惨になり顔が蒼白となって、わけのわからないことをねちねちと際限なく吐きつづける。放哉の顔をみつめながら寸栗子は茫然であった。

酔ひて寝し人に蚊やりをおく　　寸栗子

翌朝、起きて居間に行けば、放哉はまだ寝ている。起こして朝食を摂らせようとするが、二日酔いの頭痛がひどいらしい。水だけでいい、一杯くれといってこれを飲み干す。昨夜のことは覚えていないようだ。高松を経て土庄の一二のところへ帰りたいのだが、路銀がない。借りることはできないか、厄介をかけてすまない、ぴょこんと頭を下げて去っていった。

高松から、小豆島余島の近くの佛崎に着く。艀《はしけ》に乗って桟橋に下り、西光寺の石壁に沿い歩き、寺の正面に出て山門と本堂を仰ぐ。これが一二の話に出てくる西光寺か、想像していたよりも立派な寺だと思う。商店街を通り抜けて永代橋を渡り、一二宅に着いたのは日盛りの頃だった。玄関に入ろうとするが、改めて立派なお屋敷だなあ、こんな真っ黒な足で居間に入るのも申し訳ないような気がする。裏に回り、汲み上げポンプで冷たい水を両足にかけ、傍らにおいてある束子《たわし》で足を磨く。

足のうら洗へば白くなる

黙って二階へあがり、藤枕に頭をのせて横たわる。放哉が帰ったことを察知した一二が作業場からやってきた。国分寺の風水学の和尚はどうだったか、と聞く。先祖の由来からして自分が小豆島に滞在するのは前世からの因縁だと伝えられた、と答える。一二はそうですか、それはよかったですねといい、つづけて、西光寺の住職の宥玄が今夜あなたと是非一杯やりたいと誘っているがどうか、と問う。庵のことに少し進展があったようだとも付け加える。

確かに承りました、何時頃いったらいいんでしょうかといえば、六時頃がいいのではという。西光寺の場所はわかりますかと問われたが、さっき佛崎からの帰りにその前を通ってきたのでわかっています、と答える。六時過ぎの小豆島はまだ明るい。西光寺の朱塗りの二層門が白壁に映えて、周辺の家々には似つかわしくないほどにみごとな構えである。山門には、王子山蓮華院西光寺と彫った本額が掲げられている。門をくぐると正面に本堂があり、左手に重たそうな枝葉を繁らせる銀杏の大木、右手に庫理がある。

宥玄は庫理の二階に放哉を招き入れた。

宥玄の静かでにこやかな対応に放哉の心は和む。すでに夕膳が用意されていた。低音の艶のある声で宥玄は語る。放哉さんの辛い人生については人伝《ひとづて》に聞いている。あの辛い人生の中で、どうしてああまで透き通った句ができるものか、と宥玄は問う。お疲れのようじゃ、まずは一杯とビールを薦められる。宥玄の傍らにはビールが何本もおかれている。私もお相伴しますから今夜は大いにやりましょう、という。一二とはまるで対応がちがう。

放哉は、井泉水との付き合い、朝鮮、満州時代のこと、近くは須磨寺のことなど、酔うままに随分と長く喋った。宥玄は放哉さんの人生はそんなにまで大変なものでしたか、と憐憫《れんびん》の目を差し向ける。放哉は自分の理解者を得たような気分だった。

西光寺の庭はもう暮れなずんでいた。三時間も話し込んでしまった。ビールはいくらでもあるから、遠慮せずどんどんやってくれというが、昨夜の寸栗子のところでしたたか飲んだ二日酔いが残っていて、そうは飲めない。

雨も降っていないのに、遠くから稲妻の音が聞こえる。少し経ってピカリと光り一挙に猛烈な夕立が襲ってきた。島の夏の夕方にはこれがよくある、三〇分も過ぎれば終わります、と宥玄はいう。同時に電灯が消えた。小僧の玄妙がすぐに蠟燭をもってきた。蠟燭の火影に揺らめいて語る放哉の顔をみつめながら、宥玄は放哉の酷薄な人生の中に宿る香気の才能の不思議に心打たれていた。

雷鳴と夕立が去って電灯が灯った。ここで宥玄は庵のことに話を切り替える。実は西光寺の奥の院に八十八ヶ所の霊場に番外の庵があって、そこに住まっていた年老いた庵主が故郷の広島に帰ったばかりだという。春にやってくるお遍路さんが喜捨してくれる賽銭と米や豆、お遍路さんが買う蠟燭やおみくじの代金など以外の収入はないが、一二ともども多少の支援をするので、そこに住まってみる気はないか、一度庵を下見してから決めてはどうか、とも宥玄は放哉を促す。台湾行きの決心が萎んでいく。宥玄の薦めだ、添うてみようか、ともかく庵をみてみるか、という気分になる。一二の家に戻ってこの話を伝えると、一二もそれはいいという。

次の日、宥玄は玄妙を引き連れて放哉を庵に案内した。土で石を塗り込んだ西光寺の壁に沿い、麦畑と芋畑を抜けると、周りに村人の家が点在する。その向こうに白壁の屛に囲まれた庵の屋根がみえる。庵の東側には広大な墓所山が広がっている。一瞬、放哉は「死者の海」かと思う。庵は、道から少し高いところにある。石段を六、七段あがる。庵の外に手押しポンプが据えられている。門を入ると左手に松の古木、左奥には「奉供養大師之塔」と彫られた石塔が建つ。

庵の前には藤棚があって、藤棚の下の庵の縁側に賽銭箱が載せられている。右手の玄関から入ると、土間である。土間には竈と台所がある。土間の左手に二畳の畳と一畳分の板敷、襖を開ければ八畳の居間、八畳間から一段上がって六畳間がある。六畳間の右側には垂れ幕が下がり、その向こうの段のうえに弘法大師像と子安地蔵が安置されている。弘法大師像をお守りするのが庵主の勤めらしい。六畳間には天井があり壁も褐色に塗られているが、八畳の居間と土間は粗壁、天井はなく屋根組が剝き出している。相当に古い建物らしく、建て付けはよくない。厠は土間の外にある。しかし、放哉は一目みて、自分に相応《ふさわ》しい庵だと思った。是非ここに住まわせてほしい、と宥玄に伝える。台湾行きの決心が嘘のように消えていく。

海がみえるといいのだがと見回すと、八畳間には東南の方向に半間四方の窓が穿たれている。窓板を押しあげてつっかい棒で支えれば、瀬戸の海がみえる。少し小高い庵のすぐ目の下に村人の民家がある。家々の間に一本の道が伸び、これがだんだんと下がっていって塩田に連なる。塩田の向こうの真っ青な空に、雲が鮮やかに群れる瀬戸の海がみえる。海の好きな放哉は、ああと呟く。庵の名前は正式には王子山蓮華院西光寺之別院「南郷庵」である。土地の人々は「みなんごあん」と呼んでいる。

放哉の決意を聞いて宥玄は、それでは明日から生活を始めてもらおうといい、早速、西光寺から蒲団、蚊帳、鍋釜をもってくるよう玄妙にいいつける。一二にも、放哉が住まうことになったので、米、味噌、醬油、薪炭はそちらから運んでやってほしいという連絡を、もう一人の寺の小僧の玄浄にやらせる。西光寺と一二から必要なものは、一九日の当日、二時頃までにすべて運び込まれた。

放哉の南郷庵での生活はこの日、大正一四年の八月二〇日に始まった。誰にも邪魔されず、他人とも口をきかずにすむ放哉の独居生活の開始だった。宥玄の心配りに放哉は手を合わせる。

疲れた放哉は肘をついて横たわる。八畳間の眼前に広がる一帯の墓地の少しあがったあたりに、穏やかにたゆたう丘が三つみえる。さっきからうるさいほどの音響で鳴る蟬の声はここから聞こえてくるのか。真ん中が百足山《むかでやま》、左が清兵衛山《せびやま》、右が聖天山《しょうてんさん》という。百足山の中には火葬場があるらしいが、木々に囲まれてみえない。三つの小山に囲まれ、夏日を浴びて輝く墓所の原は、近く自分が入っていく浄土のようにみえる。

夕暮までにはまだかなりの時間がある。土庄に出てみるか。小路が入り組んだ迷い道である。南北朝の時代、ここに逃げ込んだ南朝軍が北朝の敵から身を守るために意図的に複雑な形に造ったものだ、と聞かされる。西光寺の門前にはいろんな店が軒を連ねる。

八百屋をのぞく。奥のガラス窓のついた箱にビールが並んでいる。入庵の祝いだ、とビールとコップをもってこさせ、縁台に座ってぐいと一飲み、二飲みする。静かに胃の中に流れ込むビールの味に、ほっとした思いが走る。八百屋の店先には重たそうな西瓜が無造作におかれている。引っ越しの当日、宥玄に命じられるままに甲斐甲斐しく働いてくれた西光寺の二人の小僧に、こいつを食わしてやろうと思い、店の主に西光寺に届けるよう頼む。

矢立《やたて》の筆を取り出して一文を書き、これを添えてやってくれという。「啓、色々、御世話になりまして、感謝の辞の外ありません。どうか将来、不肖私の、いつまでも、盟兄として御厚誼御願申上げます。……此の西瓜は、御子弟様方へ差し出します」と書き、その一文の最後に、直感をさっと切り取った一句を認める。放哉の小豆島での第一作である。

西瓜の青さごろごろとみて庵に入る

朝は明ける頃に起き、部屋を掃き、床の間に雑巾をかけ、大師像を柔らかな布で拭い、縁側から庭に降り立ち箒で庭掃除をすませば、他にやる仕事は何もない。西光寺から借りた小机を八畳間の北西に開かれた場所におき、句作に専念する日々がつづく。

海が少し見える小さい窓一つもつ

障子あけて置く海も暮れ切る

南郷庵に入って間もなく、この安堵を心に刻み込んでおこうと『入庵雑記』を大学ノートに書き始める。雑記は、大正一五年の層雲誌の一月号から五月号まで掲載された。冒頭に「このたび仏恩によりまして、この庵の留守番に坐らせてもらう事になりました」と記し、次のようにつづく。

「私の流転放浪の生活が始まりましてから、早いもので已に三年となります。此間には全く云ふに云はれぬ色々なことがありました。此頃の夜長に一人寝てゐてつくづく考へて見ると、全く別世界にゐるやうな感が致します。然るに只今はどうでせう。私の多年の希望であつた処の独居生活、そして比較的無言の生活を、いと安らかな心持で営ませていたゞいて居るのであります。私にとりましては極楽であります」

放哉は、自分の散文の中でこんなにゆったりしたものは他にあったろうか、と思う。庵を取り巻く庭の花、草木、山並み、庵に入って間もないというのに、すべてが愛おしい。

わが庵とし鶏頭《けいとう》がたくさん赤うなつて居る

山は海の夕陽をうけてかくすところ無し

夜になると庵の周りは真っ暗である。目を凝《こ》らせば、北の方、五、六丁隔たった丘のうえの大師堂を祀った庵に灰明かりが灯っている。西の方をみやれば、一〇丁ばかり下ったところに、夜遅くまで電灯が点いている一軒の農家がみえる。東の向こうには、名前も知らない寺の灯りが微《かす》かに浮かんでいる。これ以外に目に映るものは何もない。

とっぷり暮れて足を洗って居る

ただ一人で黙って暮らしたい。一人でいたい。独居、独棲。これが自分の本当の人生なのだ。これこそが長らく求めて手にできなかったものだ。だが、ついに得られた。こんな生活、もう何があっても譲らないぞ、とさえ思う。井泉水への手紙にこう書く。
「私はもはや絶対にこの庵を動かぬ決心をしました。この庵を出て、また他人と口をきく生活（たとへ遍路であつても）には絶対に入らぬ。この「独居生活」を破るならば、死を選んだほうがよい。この南郷庵の部屋の具合、近所の具合、山の調子、その他全部が私の気に入りました。……ただお大師さんのお掃除と、朝夕の御光りとをあげて、そして俳句を作らせてもらつて、この庵は出まいと決心したのであります」

畳を歩く雀の足音を知って居る
とんぼが淋しい机にとまりに来てくれた

墓所山

八月二〇日の入庵以来、西光寺からの差し入れを少しずつ食べて凌いできた。後援会基金から送ってくれるよう井泉水に依頼していた台湾行きの旅費三五円が、一二の家に郵便為替で届いた。当座はこれでやっていけそうだ。これまでだってそうだ。京都でも神戸でも小浜でも、明日のことなど考えることなく、流れるままに生きてきた。今日一日の遣り繰りができればそれでいい。自分一人がひそやかに食って生きていくことなど、一二や宥玄の助けを少し借りればできないことはない。

実際、放哉は一二と宥玄に甘え切っていた。足りなくなれば米、味噌、醤油、薪炭などを使いの者にもたせてほしい。先だってもらった炭が堅くて火付きが悪い、もう少し軟らかいのがほしい、堅い炭の方は軟らかいのと混ぜて使う。火を点けるのに必要な紙がないから古新聞がほしい。原稿用紙、半紙が足りなくなった。秋の気配が漂ってきたので、着物と肌着の使い古しをもらいたいと、切りがない。

律儀に生きる一二は、放哉をそんないい加減に滞在させておくことは難しい、と思う。

敬愛する師の井泉水から放哉の処遇を頼まれたのは自分だ。南郷庵に放哉を住まわせるのであれば、それなりの生活をさせねばならない。少し先のことまで考えて、放哉にはいうべきことはきちんといっておいた方がいい、と一二は考えた。

八月も終わる頃、一二は古新聞の一束を使用人にもたせて庵にやってきた。雲には初秋の形が交じり始めていたが、まだ日中は暑い。一二が南郷庵を訪れるのはこれが初めてだった。放哉は火鉢にかけてある土瓶の湯で茶を淹れようとするが、一二は茶は今飲んできたところだからといって放哉を遮り、早速要件に入る。前に会った時より一二の表情がいかめしく感じられる。伝えることは事前に考えていたらしく、整然としていた。

西光寺の宥玄に聞いたことだが、来年の春までのこの庵の収入は全部で一〇〇円ほどだそうだ。蠟燭やおみくじの原価をそれから差し引くと、五〇円くらいにしかならない。これでやっていけるとは思われない、放哉さんどうしますか、というではないか。でも広島に帰った前の庵主はそれで何とかやっていたのではないか、と放哉が問えば、前の庵主さんは土庄で葬式があればその下働きをやったり、墓地の穴掘りなどをやって賃料を貰い、食事を振る舞われたりして不足を補っていた、という。放哉さんにそんなことをやらせるつもりはないし、いくら何でも放哉さん、それは無理でしょう、と付け加える。

もちろん虚弱な自分にできるはずがない。一二はさらにいう。こういうことはちゃんと決着してから始めないと、お互いが嫌な気分を後に残してしまう、井泉水に何と伝えたらいいのか自分も困惑している。近々、商用で大阪に出かけるので、その折りに京都の橋畔亭に立ち寄って井泉水に会い、放哉さんの処遇についていろいろ話し合ってこようと思う。もし井泉水が旅に出ていて不在だったら、小豆島に別途きてもらい、宥玄をも含めて、四人で放哉さんの将来についてじっくり話し合うことにしたい、というではないか。

さすがの放哉も、井泉水にそこまで面倒をかけるわけにはいかない。それに井泉水と相談したところで、妙案が出てくるとも思えない。「折角死場所ヲ得タト思ツテ喜ンデ居タ処へ、マルデ、九天《(ママ)》直下ニ落サレタ様」な絶望感を味わわされた。

一二のやってきた八月末、放哉には微熱があり、下痢も始まっていた。放哉はただの風邪だと思い、西光寺の前の三枝薬局から風邪薬と下痢止めを買って飲んでいたが、体調は上向かない。放哉は今日は具合がよくない、この話は風邪が治ったら私の方から後日、一二宅に出向くので、その時に改めておうかがいしたい、と引きつった声でいう。一二は憐憫の表情を微かに浮かべ、そうですね、といって去っていった。冷たい男だ、もう一二にはすがれないのかと溜め息をつく。夕陽に照らされる皇踏山《おうとうざん》の岩肌が自分を嘲笑しているように映じる。

この憂さは酒で晴らすより他ない。西光寺の寺前通りの岡上酒店で一升瓶を買い求め、庵に戻る。土瓶で暖めた酒を湯飲み茶碗に注いで口にもってくる。しかし、その香りに急に蒸せ返る。ぐいと飲み干そうとすると、温め過ぎた酒が喉を通らず、ごぼっと畳のうえに吐き出される。少し時間をおいて冷ました残りの酒を押し込むように喉に入れるが、今夜の酒はまずい。湯飲み一杯で止めた。

墓所の百足山の麓《ふもと》を登って丘のうえにいってみるか。夕陽はもう沈もうとしている。余島がみえる。夕刻の干潮時には、小豆島から余島まで歩いて渡れる砂の道があらわれる。佛崎の海浜の白砂に腰を下ろす。小波が白浜に寄せては返している。もう少しで真っ暗になる瀬戸の海に、放哉は虚ろな視線を投げかけていた。

こんな時間なのに、島の漁師の子供であろう、船を浜にあげようとふんどし姿の四人が、よっしゃ、よっしゃと声を合わせている。放哉は船に乗ってみたくなった。酒もほしい。子供に駄賃を与え酒を買ってくるよう頼んだ。船で月を眺めていれば、嫌な気分も少しは薄れるかもしれない。一度は台湾行きを決めた身だ、小豆島を去って台湾落ちの心を決めれば、この島の月も今夜が最後かもしれない。使いの子供が買ってくる酒を待つ間に、雲を押しのけて月が皓々と輝き始める。

お前達に船は漕げるかと聞く。もちろん漕げるよ、と子供がいう。三〇分ほど漕いでくれないか、ちゃんと駄賃は払うから。子供は笑って、よっしゃという。舳先《へさき》に放哉を乗せ、一番年長の子供がみごとに艪《ろ》を操って海上に出る。気が利く子供らしい。酒店からぐい呑みを借りてきてくれていた。舳先に座る放哉は、ただ酔いたいだけのためにまずい冷酒を喉に押し込みつづける。五合ほど飲んで酔いは一気に深まる。艪を操る子供は、えんやこうら、えんやこうらの声を出しつづける。他の三人の子供は、黙って酒を呷《あお》る放哉を不思議そうにみつめていた。

波のない夏の海に青い月がゆらゆらと映る。放哉はゆらゆらの海水の中に潜り込んで消えてしまったらどんなにいいことか、と思う。しかし、子供の手前そんなことはできない。突然、嗚咽が襲ってきた。どうしてなのか放哉にもわからない。異変を感じた子供は浜に船を引き戻す。放哉は子供のなすに任せていた。

浜に着いて小遣いを渡すと、子供は、じゃあといって一斉に走り去った。船の脇に座り込んで残りの五合の冷や酒を飲む。ふらふらの足取りで、これで俺も本当の乞食坊主だなあ、とみずからを謗《そし》りながら庵に向かう。

翌朝、西光寺にいって、一二からいわれた事情を宥玄に話す。二日酔いの放哉の顔は蒼白だった。意外にも、宥玄は、そうですか、一二さんはそんなことをいってましたか。一二さんも大変な努力で財をなしたお方ですからねえ。放哉さん、あなた一人を食わせることぐらい私が何とかします。南郷庵の庵主にいくらかの支払いをするのは、この庵が西光寺の別院である以上、私の責任です、私に任せて下さい、といってくれるではないか。

しかし、井泉水から放哉さんを、小豆島のどこぞの小寺か庵に世話してやってくれと頼まれたのは一二さんだ。私が一二さんを差し措いて放哉さんの面倒をみるというのは出過ぎだ、と受け取られかねない、一二さんにはこのことは極力内密にしておいてほしい、と漏らす。この言葉に、放哉は体がぐにゃっとなるほどに力が抜ける。この間の事情を記した井泉水宛の長い手紙の最後を、放哉は次のように結んだ。井泉水からも宥玄にお礼をいってくれないかと甘えている。

「一時ハ全ク途方ニ暮レマシタノデス。私ノ「業」ガマダツキナイノカト、実際、又、流転ノ旅ニ出ルノカト、泣キマシタ。シカシ、右様ナ事トナリマシタ故、トニ角、此島デ死ナシテ貰ヘル事ニナルラシイノデス。処デ西光寺サンニ、其辺ノ御礼状、何卒々々御タノミ申シマス」

一二への当てつけのつもりも少々あり、そのうえ小豆島で少しでも早く死んでいくための方法として、これ以上もない粗食を開始しようと放哉は心に決めた。健常者であれば異常な行動とも思われようが、放哉は真剣だった。一二宛の手紙にこう書く。

「干瓢、若芽、茄子共々御礼申上候。只、オ米ハ、前ノ分、大部分残リ居リ申し候。それハ小生茲《ここ》、一週間以前より妙な「生活様式」を試み居り申し候。ソレハ、「焼米」と「焼豆」とを作りそれニかねていたゞき居り申し候、ラツキヨ、梅干、其他、ジヤガ芋、サツマ芋を副食物として、其他ハ、井戸水と、番茶ノ煮出しを土瓶で、ガブガブ一日に四杯位平げ申し候。勿論、腹もへり、身体疲労、致候《いたしそうら》へ共《ども》、一寸、断食への中間様式の生活法ニ有之《これあり》。之が成功して、モノになれバ一カ月の食費、殆《ほとんど》、論ずる程のものニ無之《これなく》、ソノ為めニ、以前イタゞキシオ米がウンと余つて居るわけニ有之候」

井泉水宛の手紙には「之デモウ外ニ動カナイデモ死ナレル」という、句のような呟きのような修辞を凝らした一文を挿入した。

毎日、自分が何を食し、体調がどう変化していくのかを、死の二日前までメモ風に、時には日記をもかねて、よほどのことがない限り欠かす日はなく記しつづけた。この記録を放哉は『入庵食記』と題した。第一日目「依例《れいによつて》、焼米、焼豆（大豆）、塩、ラツキヨ、梅干、番茶（一日ニ土瓶四杯位）、麦粉……色々混交シテ用フ」、第二日目「同様……ジヤガ芋ヲ、フカシテ、喰フ」、第三日目「同様……」といった具合である。体は着実に衰弱していく。

九月一一日は地蔵の日で、宥玄の好意によりこの日に南郷庵に電線が繋がり、電灯が灯された。翌日の夕方、電灯が灯るのを待っていたかのように、女三人、男四人の老人が、それぞれ煮物やら焼き魚やら総菜やら、それに酒をもち寄って太子像と子安地蔵に一部を供え、念仏を唱えてから宴を張る。酒が入ると談笑の調子が一段と高まる。庵主さんも一緒に飲まんかいのお、と誘われる。少し熱があり咳もあってその気のない放哉も、誘いに乗らざるをえなかった。

老人達は後片付けをちゃんとして帰っていった。一人残された放哉の体は鈍く重たい。当日の入庵食記には「頭痛クテ、夕ヘラレズ、大《おお》ニ閉口、我老イタル哉」「大分呑んでも、酔ハザルハ如何、只頭痛」「腹具合 甚《はなはだ》ヘンテコ也」と記す。

九月一六日には、近所の石屋の岡田元次郎の子供がアナゴとタコをもってきてくれた。岡田は墓所山の墓石の石彫屋である。空腹の放哉は早速に焼いて食ったのだが、「夕ベテシマツタ跡ガ、臭クテ、胸ガワルクテ、夕ヘラレズ」。焼き米と焼き豆だけでは足りず、小麦粉を水で溶いて胃に流し込む。豆腐がいいのかと思いつく。一七日「豆腐ヲ食フ考ヲオコシ、今日、試食ス、半丁（三銭五厘）、アゲ（ナマアゲヨリ外ニナシ、三銭五厘）……腹ガ太リテ、晩ノ焼米喰ハレズ。明日ヨリ隔日ニ半丁宛、ヤル事トセン。半丁（朝）ニテ午后迄大丈夫也」。

熱が高く咳もつづくが、ようやくにして住まわせてもらうことになった庵での独居生活である。墓所山を登って丘のうえの石に座し、屋島に沈む茜の夕焼けを眺める。岡山と高松から、小豆島の土庄と佛崎の二つの港に出入りする連絡船がみえる。船に乗ってこの島を離れることはもうあるまい。連絡船は、放哉が一人静かに住まう庵と濁世の間を行き来する唯一の導管である。この島に住まっていれば、俗世間とは無縁でいられるであろう。

墓所山を下って庵に戻ると、飯尾星城子からの手紙がきていた。放哉は星城子とは面識がない。放哉の自由律句に魅せられてしきりに便りを寄こし、自分の句に対する批評を求める層雲同人の一人である。放哉の句を自分の句作の手本としたいという星城子の手紙に、放哉もその都度返事を出していた。須磨寺に滞在していた頃からの手紙の友だった。福岡で文具商を営んでいるという。この星城子が讃岐善通寺の輜重《しちょう》隊で二週間ほどの教育召集訓練を受け、これが間もなく終わるので、福岡に帰る途次、小豆島の南郷庵を訪ねたい、放哉の句に関心を寄せる友人の和田豊蔵をも同行したい、と書いてある。

そうか星城子が訪ねてくれるのか、早速、大歓迎、一日でも早くきてほしい、との返事を出す。一度も会ったことがないのに、心許せる者には放哉はもうあけすけなほどに甘える子供じみたところがある。

作り置きの焼き米と焼き豆、他にはふかし芋とラッキョと梅干しかない。酒を買う金はない。まことに申し訳ないが、酒、できれば上等のウイスキーと煙草がほしい、その他食えるものなら何でもいいからもってきてくれ、と便りを出す。高松から連絡船に乗ってくる場合、土庄と佛崎の二つの船着き場があるが、佛崎で降りれば歩いて一丁もないところに南郷庵があるとも伝えた。

予定通り二二日の午後、星城子と豊蔵がやってきた。いかにも健康そうな若者だ。こんな貧相な庵を訪れ驚いているのではないかと放哉は思うが、星城子は脱俗の詩人尾崎放哉の名句はこういうところで生まれているのかと、心からの崇敬の目を放哉に向ける。放哉も二人が自分に差し向ける眼差しに気付く。この日の入庵食記には嬉しさを隠し切れずこう記す。

「午后、星城子、善通寺ヨリ来ル。友人和田ヲ供フ……モライモノ、小サイ牛鑵、ウイスキ小瓶、菓子、軍隊パン、梨子、葡萄、カツヲブシ一本、也。小生ハ焼米ナレバ近所ノめし屋ヨリ、二人分ノ、メシ、サカナヲ持来リ三人デ話シ乍《なが》ラヤル。ウイスキハ大丈夫、二人共酒イケズ、タバコホンノ少シヤル。俳句ノ話、短冊ヲカキナドシテ一時《いっとき》ニ驚ク、布団、カヤ、ヲ近所ヨリカリテ、泊。今日ハ我腹ハ特別也 呵々」

この日は体調もよかった。ウイスキーを口にするのは何年ぶりか。コップに二センチくらいを注ぎ口に含ませ、その旨さにああと呟く。食道を通って胃の腑にじんと広がるアルコールの感覚がえもいわれない。しかし、二人を前に乱れるわけにはいかない。いつにない抑制ぶりで、星城子の尋ねる句作への構えを、放哉は吐いた。星城子は放哉の句の根底にあるものは何か、といった抽象的なことを真剣に問う。俳句は詩なんだよ、あなた方は俳句を哲学や論理で語ろうとするが、それは的はずれだ、あえていえば俳句は自分にとっては詩であり宗教のようなものだ、といって二人を煙に巻く。

句作は理屈ではない、心の中にある真実を何か自然の対象物を借りて放り投げるように打ち出すものだ、そういってもわかってもらえないだろうが、技巧を捨てて修練を積むより他に上達の道はない、といったことを語ってみせた。層雲に掲載される放哉の句に賛嘆措《お》く能《あた》わずの星城子は、そうか、放哉は自分の俳句を宗教としてあの名句を紡いでいるのか、と深く感じ入る。

二人ではじめてあって好きになってゐる

もう夜中の一時を過ぎている。明日はどうするのかと問えば二人は、折角ですから寒霞渓を貸自転車で回り、その足で星城子は土庄から福岡の豊前に、豊蔵は土佐に帰る予定だという。四時出港の切符はもう買ってあるそうだ。石屋の岡田に事前に頼んでおいた布団が運び込まれる。今夜はこれで寝てもらう。翌朝、本当にお世話になりました、といって二人の若者は庵を去る。南郷庵は急に侘びしくなる。入庵食記二三日「朝四時起床、二人ハ寒霞渓ニ至ル。自転車……勇敢ナ事也」。放哉の淋しさが滲み出ている。

この淋しさはどうにも紛らわせようがない。九月二五日に井泉水から郵便為替の入った封筒が届く。早速、「啓、小為替封入の御手紙本日着、何より感佩《かんぱい》」と始め、ぼつぼつ寒い時期になる、常称院の住職からもらった羽織しかない、そのうちに着古しの綿入れでも送ってほしいと書き、郵便局の前のポストに投げ入れようと出かける。残暑はとっくに過ぎ、夕方からは冷え込む。土庄を囲む山々も色づき始めていた。

お金も入った。今夜は少しぐらいは飲んでもいいか。ポストの左前方に赤提灯の飲み屋がみえる。土庄ではちょっと知られた赤松楼というのがこれか、それにしてはやけに貧相だな、飲み代もそう高くはなかろうと踏んで、厚い木綿の暖簾をくぐる。まだ五時を少し回ったところで、客は誰もいない。おい客だぞと叫ぶ。女が出てくる。銚子二本というと、女はへえと小さく応じて厨房の中に隠れてしまう。しばらくして、盆に銚子と突き出しのいかの塩辛を乗せてやってくる。女はこれを卓において戻ろうとする。

おい、この店じゃ一杯目の酌もしねえのかといえば、私は芸者でしてね、そのうち仲居さんがやってきますよ、という。二本の銚子が空になって、もう二本と告げると、同じ女が面倒くさそうに出てきて、銚子をおいて踵《きびす》を返す。二本の銚子で頭が冴えてきた放哉はむっとする。おい芸者、客に酌もできねえのか、何が芸者だい、芋掘りの方が似合ってるんじゃねえか、と詰《なじ》る。

仲居さん何をしているんでしょうかねえと女はいいながら、無愛想に一杯注いで戻ってしまう。四本の銚子を空ける頃になっても、客は放哉しかいない。芸者も仲居も出てこない。馬鹿にしてやがらあ、勘定だ、と大声で告げる。同じ女が出てきて仏頂面で金を受け取る。

　外に出た放哉は、女があんなに無愛想だったのは、帝大出の法学士だそうだが、どういうわけか今では西光寺奥の院で墓守をやっている不思議な人物がいるという、町での噂話と関係があるのかもしれないと思う。むしゃくしゃが一段と募る。気分直しだと赤松楼の何軒か先の料理屋の暖簾をふらつく体で掻き分ける。今度は店の主が出てきて愛想よく酌をする。赤松楼のあの芸者の態度は何だ、芸者というよりあれじゃ芋掘りだよなと毒づくと、まあまあ酒は愉快に飲むものですよと盃を促す。

　おやじも一杯どうかといって、主のコップに半分ほどの酒を注いでやる。放哉さんは本郷の帝大出だそうですが、実はうちの家内も本郷真砂町の料理屋で働いていたことがあるんですよ、という話になり、急に懐かしい思いに駆られて盃を重ねた。と、当の「うちの家内」が出てきた。ひたすらの饒舌《じょうぜつ》だった。あたしゃ本郷に住まっていたので、赤門の前を通ったことは何度かあるけど、とんでもない天下の秀才の大学だと聞いている、そんな大学を出た人がどうしてまたこんな小さな島の寺男になったのか、としつこい。噂の種でも蒔きたいのだろう。

　遮られた放哉は再びむっとし、コップに切り替えて飲む。この女、俺の醜態のことをあちこちでいいふらすつもりか。西光寺の宥玄の耳にもいずれ届くにちがいないと、酔いの中にありながら身の縮むような思いがかすめる。じゃあ、といって店を出る。井泉水からの郵便小為替分はこの夜に消えてしまった。

放哉の酒癖の悪さは宥玄にも伝えられた。ツケで飲みまくり悪態を吐く放哉に弱り果てた四人の飲み屋の主が、宥玄に西光寺さんの信用があるからツケで飲ましているのだが、放哉の質の悪さにはもう付き合えないと釘を刺しにやってきたのである。

宥玄は手紙を放哉に書く。その最後に「放哉の淋しさを慰むるものは酒なるべし。敢て禁酒を強ゆるものに非《あら》ず。自今《じこん》庵内の痛飲は之を問はず、料亭の飲酒極《ごく》少量といへどもこれを禁ずるもの也」とはっきり書いて、これが庵則だと戒めた。これには放哉もまいったらしく、次のように返じた。

「御教示の庵則必厳守……将来、破れば……御言葉の無いうちに放哉、直《ただち》に消滅するか、島を去ります……非常な決心で、あなた一人をたよりとして将来、何等かの御恩報じの出来ます様、必、ヤツテ御らんに入れます……ソレ迄は、只知らぬ顔で従前通り、只一人の御知己《ちき》として御願申します」

一〇月に入っても、入庵以来の風邪がつづき食欲が薄い。酒は飲んでも旨くない。入庵食記一〇月一七日には「風邪、ナヲラズ、痰、咳……エライ事也……死哉 呵々」。一〇月一八日付には「腹加減ガ、之デハタマラナイ……ムチヤクチヤ也」と記す。

秋の夕暮れの庭石に座り、黄金色の夕陽を背に浴びながら、放哉は満鉄病院のことを思い起こし、慄然《りつぜん》とする。朝鮮、満州に次いでの肋膜炎の再々発ではないか。医者にいってみようかとも思うが、金がない。いけばいったで何か重篤な病名が告げられると思うと、踏ん切りがつかない。それにしてもこの苦しみは尋常ではない。宥玄に相談するしかないと西光寺に向かう。しばらく前に会った時に比べげっそり痩せた放哉をみつめて宥玄は驚く。

すぐに木下病院にいって診《み》てもらおう、今日はもうこんな時間だから、明日、放哉がいくので診断をよろしくと電話をしておく。病院の費用のことはいずれ相談に乗る、といってくれた。翌朝、永代橋の少し手前の小路の奥まったところにある木下病院に向かう。「内科・耳鼻咽喉科　木下医院」と書かれた白地の看板がみえる。

玄関の戸を引くと消毒液の臭いが鼻を突く。右側に受付の窓が穿たれている。西光寺からの紹介できた尾崎放哉ですが、と告げる。窓の向こうに初老の女があらわれ、はいうかがっております、診察室へどうぞ、という。戸惑う間もなく木下医師の前の黒い丸椅子に座らされる。声の低い人のよさそうな医師だ。

どんな具合ですかな、と聞く。微熱と咳と痰がつづき、ひどく咳き込んでこのところ夜も寝られないと訴える。まずは聴診器で調子をみてみましょうといい、着物の上半身を裸にさせる。胸部にチェストピースを当て、しばらく心音に耳を傾け、次いで背部にピースを当てる。今度はベッドに横たわらせ、腹部と背部に触診と打診を繰り返す。何か痛むような部位はないかと尋ねられる。痛いような重いような感じだとしか答えられない。

もう一度丸椅子に座らせて、胸部の数カ所に再び聴診器を当てる。木下の怪訝な目に放哉は戦《おのの》く。これまで肋膜炎と診断されたことはないか、とさらに尋ねられる。長春の満鉄病院で肋膜炎のために二カ月ほど入院し、その後は風邪をこじらせたり熱や咳が出ることはあっても、これほどひどいことはなかったという。

ほう満鉄病院で二カ月も入院していたとはねえ、と呆れたようにいわれる。あなたは非常に我慢強い人だ、普通の人ならこれほど増悪《ぞうあく》するまでは放ってはおかない、その我慢が一番よくない、まちがいなく「ルンゲ」です、という。ルンゲとは肺結核のことだとは放哉も知っていて、ぎょっとする。木下のいうのには、左肋膜が癒着しており、聴診器の心音の具合からすると相当に病は深いという。ゆっくり休んで栄養をよく摂るように、今後は決まった就寝以外にも、二時間くらいの昼寝をするようにと諭される。酒は絶対に飲んではいけないともいわれる。狭い土庄のことだ。放哉の酒癖の噂は木下の耳にも届いているのかもしれない。

喀痰検査の結果を聞きに、いずれ来院するようにいわれた。咳止めと痰を切る薬を差し当たり出しておく、くれぐれも静かに休んでいるようにと再度注意を促される。放哉は狼狽《うろた》えた。全身がけだるい。庵に帰るより他なかった。西光寺に立ち寄って宥玄にことの次第を告げねばとは思いながらも、足が西光寺には向かない。今日は一人で布団で仰臥していたい。

酒を飲んだ翌日には、ひどい下痢がやってくる。酒のせいだけではない、結核菌が腸を侵しているのかもしれない。肺結核のことが土庄の誰かに知られ、一二や宥玄の耳にも入ったら、もう自分はこの庵にはいられなくなるという恐怖に放哉は打ちのめされる。

木下から与えられた薬が意外によく効いて、咳と痰が止まり安堵を覚えるが、食欲がまるでない。木下医院にいった日とその翌日は、ほとんど何も口にできなかった。一〇月二三日の入庵食記には「火ヲ、オコシテクレル人モナシ、オ茶一杯クレル人モナシ、一人ノ病気ハ、全ク死ンダト同様也」と記す。

淋しきままに熱さめて居り

火の無い火鉢が見えて居る寝床だ

淋しい寝る本がない

そう長くはないと放哉は直感する。世間にも血族にも未練はない。放哉が小豆島西光寺奥の院で極貧の生活を送っていることを、どういう伝手で知ったのかはわからないが、鳥取の姉の並の夫婦が気遣いの手紙を度々寄こし、時に送金もしてくれた。このあたりで、並とも縁を切っておいた方がいい。「廃嫡《はいちゃく》」という言葉が放哉の頭をよぎる。

一一月一七日付の手紙で「コノ次ハ、何年後ニ、御通信シマスカ、ワカリマセン……御長命ニ遊バセ／或ハ之ガ、オワカレカモ知レマセン……御長命ニ……不孝ナ「子」デスカラ「父上」ニハアナタ方カラ、ヨロシク願ヒマス……命ガアツタラ又……イツカオタヨリ致シマス」と書く。次の便りでは「コノ頃母ノ事バカリ思はれてなりません。母が呼んでいるのかも知らん。早く死にたい」、「私ハ勿論、廃嫡――お願いします。行方不明にして――理由を」と書き加えた。

そんなところに内島北朗からの手紙が届いた。井泉水の橋畔亭の近くに住まう陶芸家で、井泉水と共に放哉の小豆島への送別の宴を張ってくれた友である。姫路の陶芸展覧会が成功裡に終わりそうで、その後片付けをすませ、一一月二六日頃に貴兄のところを訪れたい、とある。旧友が自分のところにわざわざきてくれる、そのうえ次の展覧会を丸亀で開く予定なので、その間の五日ほど泊めてくれないかという。放哉は待ち焦がれた。

姫路の展覧会の後片付けが終わればすぐに来島の予定とあるから、ひょっとすると二六日より以前にやってくることだってある。放哉は二四日、二五日とつづけて墓所山を登り、百足山の丘で土庄に入る船を眺めつづけた。しかし、とうとう北朗の姿はない。こんなに待たせるなら、いっそこなけりゃいいのにとさえ思う。今日は諦めた。それにしても、人を待つということがこんなにまで切ないものか。

早く寝てしまうに限る。しかし、今日は肩の凝りがやけにひどい。隣の石屋の岡田に頼んで村の按摩を呼んでもらう。按摩がやってきて、ご療治しましょう、と放哉を横たわらせる。そこに玄関の戸をガラガラと開けて北朗が入ってくる。夜中の押し込みとはひどいじゃないか、と放哉は声を弾ませる。来客なのですまないが今夜はこれでと、机の引き出しの中から小銭を掻き出し、按摩に渡して帰らせる。

待ったぜ、待ったぜ、なんでもっと早くきてくれなかったんだよといえば、いやいや船の時間がよくわからなかったんだよ、といったようなことを北朗はいい、これをもってきたぜと鞄《かばん》から上等の正宗の壜を取り出す。井泉水には内緒で一杯やろうという。待ちくたびれたよ、やろうやろうと湯飲み茶碗に注いで乾杯する。五日間ご厄介になるよという北朗に、一週間でも一カ月でも好きなだけいてくれ、二人で新句を積みあげようじゃないかと返す。

そうはいっても美人の細君が待っているんじゃないかと放哉がいえば、展覧会の収入は全部妻にもたせてしまい、今日はからっけつだという。焼き米と焼き豆と芋粥しかない放哉はがっかりする。まあ宥玄と一二が何とかしてくれるだろう。その思いを察したかのように、北朗は、貴兄が世話になっている宥玄と一二には今夜のうちに挨拶にいきたい、という。それは具合がいい。まずは宥玄に引き合わせようと庵を出る。今夜北朗を寝かせる布団がないことに気づき、道すがら岡田の家に立ち寄って、布団を一組運び込んでおいてくれないかと頼む。

庵外での酒を禁じる庵則を誓わされ、平謝りの手紙を書いたばかりの放哉は、宥玄に顔を合わすのが辛い。北朗の来島の挨拶のために連れていくのだから、身の縮む思いもせずにすむか。どうぞあがってゆっくりしてほしいという宥玄に、北朗はこれから一二のところにも来島の挨拶にいくので、今夜はこれで失礼します、という。西光寺の山門を出るや、宥玄はみごとな人物じゃないか、二言三言交わしただけなのに貴兄に対する宥玄のやさしい思いが伝わってきたよ、と北朗はいう。永代橋を渡り淵崎の一二の家に向かったが、商用で大阪に出かけ不在だった。

庵に帰ると、そんなお願いもしていないのに、西光寺から上等の布団が運び込まれている。北朗はこれにくるまってすぐに寝息を漏らした。放哉はこんこんと咳を吐き、微熱もあったが、北朗に会えた喜びの方が勝っていた。同時に、北朗が去ったらこの庵の寂寥は一段と深まるにちがいないとも思う。

心許す友と一緒にいるというのは、こういうことなのか。話したいことは山ほどあるはずなのに、さて会って五日間も居を共にするとなると、不思議なことに別段話すことも浮かんでこない。一緒にいることが無性に楽しかった。放哉に句作指導を乞う手紙をしばしば寄こす中津の層雲同人に、島丁哉《ていさい》という男がいる。彼が描いた俳画を北朗は随分と気に入ったようだ。浜辺で三人の子供が蟹に小便をかけている画である。放哉が「蟹と子供が小便をかけているよい天気だ」という思い付きの句を添えたものだった。

一二が運んでくれた食事を北朗は旨そうに食い、放哉もつられて箸をつける。食事をしながら北朗は、垢で黒ずんだ放哉の手に目をやり、女に近付かないからそれでいいが、あまり不潔なのもどうかな、たまには風呂に入ったらどうかという。「洗えば白くなる」ってやつだね、と放哉は混ぜっ返す。翌日、北朗は寒霞渓にいってみたいといい、一人で終日かけて往復してきた。

北朗が庵を去る前の日に、前ぶれはまったくなく、京都の一燈園時代に世話になり、その思想にも傾倒していた住田蓮車が南郷庵にやってきて、放哉は驚く。何と住田は遍路姿の首に白い骨箱を吊しているではないか。一燈園時代に放哉とも親しかった平岡七郎の骨箱だという。平岡は四国に遍路として旅発つ前に、須磨寺の大師堂を訪ねてくれたことがあった。四国の遍路の途中、失明の平岡は鉄道の踏み切りで列車に撥ねられ即死したという。

平岡には身寄りがない。一燈園に所在していることを証す紙が身に付けられていて、所轄の警察署から遺体を引き取りにくるよう一燈園に連絡が入った。住田が警察に赴いて所定の焼き場で遺骨にし、骨箱に納めてきたというのである。放哉さんが一燈園の時代に親しかったことを思い出し、一目会わせてやろうと立ち寄ったのだという。放哉にはいうべき言葉が出てこない。住田の心配りに放哉は手を合わせる。大師像の前に骨箱を据え、知る限りの読経をつづけ、住田も北朗もこれに和した。

岡田から借りた布団が役立って、住田も北朗ともども庵に泊まった。酒を交わしたかったが、ない。翌朝、平岡の骨箱に向けてまた三人は読経する。住田は読経の後、夕刻の便で発つという。北朗も今日が予定の丸亀行きの日だった。二人して庵を去る。二人の背中をみつめながら、放哉の胸には空漠が広がる。一一月三〇日の入庵食記にこう記す。「北朗、帰ル淋シ淋シ／昨夜、住田氏来、二人デ帰ル。淋シ淋シ、……ボンヤリシテイル……」。一二月一日には「北朗は帰り、平岡ハ死ス、痛嘆ス可シ。今日ヨリ句作精進ノ事、放哉未ダ命アリ／ナント云フ業病カ　呵々」。

平岡は四国遍路の途中、列車に撥ねられ死んだと住田はいっていたが、自殺だったのではないか。住田もそれを知っていながら、先の短い自分にはそういわなかったのではないか、との思いが胸に迫《せ》りあがる。

一二月に入って寒風が南郷庵を襲う。小豆島はよく風の吹くところだが、この年の寒風は尋常ではなかった。南郷庵は小高く土を盛りあげた場所にある。東南の方からやってくる風がまともに突き刺さる。朝まだき庵の掃除をしていると、赤く染まっているはずの雲の下方が不気味に黒ずんだような色を湛《たた》えている。こういう日は決まって強烈な風が冷気を含ませて庵に襲いかかる。

今日もあの烈風かと放哉が呟くと同時に、初めはゆっくり、次いでひゅうひゅうと音を立て庵の松の枝を鳴らせ、障子を砂が叩き付ける。雨戸をさっと閉めるが、質素な庵を吹きあげんばかりの風嵐である。「共鳴するが如く、痛罵するが如く、又怒号するが如」きこの風に対抗するすべはない。庵に籠もってじっと耐えるより他ない。東南の窓も雨戸も閉じているのに、どうしたことか部屋の中までびゅんびゅん風が吹き込む。

天井のない剝き出しの屋根と粗壁に点々の穴がみえる。庵全体がミシミシ、ギシギシと鳴り出す。風圧が高まって庵が土台ごと引き抜かれ、吹き飛ばされてしまうのではないか。早く収まってくれ、ひと時でもいいから収まってくれ、と祈る。

一二月一九日の風は一段と激しい。同日の入庵食記には「昼夜、北西ノ風吹キマクリ、水ヲマケバ氷リ、コンナ風強クテ寒イ処ハ始メテ也」、二二日「島ノ風ニハアキレカヘル……之デ狂人ニナラヌモノハ、鈍感ナリ、馬鹿ナリ」、二三日「烈風又烈風、暴風又暴風、昼夜ヲ分タズ。四日デモ五日デモ一週間デモ平気デ吹キマクル。冬中コレノ由、トテモタマラン。夜、障子ニ、砂利ヲ叩キツケル音、ヤカマシ、ヤカマシ」。二四日「烈風、又烈風」。

冷たい芋粥を一日に二回、風が少し収まった時を見計らって飲み込む。二五日「無風、風オツ、生キノビタリ」。やっと句作ができるかと息をつく。

海風に筒抜けられて居るいつも一人

嵐が落ちた夜の白湯《さゆ》を呑んでゐる

今年ももうわずかだ。一週間後には正月がやってくる。銭湯にでもいってくるか。小豆島にきてから風呂に入ったのは、一二の家で檜風呂に入れてもらって以来のことだから、四カ月ぶりだ。烈風の中で縮こまっている間に、不思議に咳と熱は収まっていた。

しかし、口に入るものは芋粥ばかり、立ちあがればふらふらする。これが栄養失調というやつか、何だか体がやけに軽い。

顎ひげと口ひげが随分のびている。鋏でこれを切ってみるが、脂っ気がなくパラパラと膝のうえに落ちて頼りない。頭は薄くなり、後頭部の毛髪だけが長くのびている。これには鋏が届かない。途中の三枝薬局で花王石鹼を一つ買う。薄紙に包まれた石鹼からかぐわしい香りがする。こんな香りを嗅いだのはいつのことだったか。銭湯が開くのは三時である。

西光寺の前を通り、郵便局の十字路を左に曲がる。高い煙突がみえる。芋掘り芸者のいたあの赤松楼の少し手前にある大福湯である。唐破風《からはふ》の屋根のちょっと贅沢な造りの入り口の「ゆ」と書かれている暖簾を分け、錠前のついた下駄箱に草履を放り入れ、引き戸を開けて番台の女に三銭を払う。脱衣場で脱いだ着物を棚箱に入れる。放哉の垢黒い体に目を向ける番台の女の目が怪訝《けげん》そうだ。銭湯が始まったばかりで、客はまだ三人だけである。湯に浸かろうと湯槽をまたぐ放哉に三人の顔が向けられるが、かまわず首まで湯に浸かる。

洗い場で石鹼を手拭いに擦り付け、体のすみずみまでを洗う。手拭いは黒ずんでくる。吹き出る汗を拭いながら脱衣場に出て、体を姿見に映す。

放哉はあっと小さく叫ぶ。骨と皮ばかりではないか。肉が骨にへばりついている。鎖骨、胸骨、肩胛骨、手腕骨にまるで肉がない。体中から肉が抉《えぐ》り取られてしまっている。京都にいた頃には確か一四貫あったはずだが、一〇貫もなさそうだ。病気をしても顔はさして変わらないので、自分がこんなに痩せ細っているとは今まで気が付かずにいた。入庵食記の一二月二六日付にこう書く。

「入浴シテ久シ振ニ姿見ニ、吾ガ裸体ヲウツシテ見ル。イヤ、痩セタリナ、ヤセタリナ、マルデ骨皮也。コウ迄ヤセタトハ思ハザリキ。之デハ最早ヤ、労働肉体勤務ハ出来ヌ。コウシテ死ヌ外ナシ」

　肉がやせてくる太い骨である

暮の二九日から例の烈風がまた吹きまくる。庵の外の手押しポンプの下においてあったバケツの水が氷りつめ、内部の水までが凍てついてハンドルが動かない。ハンドルを握る手が吸い付けられてしまいそうだ。大晦日まで烈風が吹き荒れた。明くる元旦は風が収まり、穏やかな日となった。が、咳と熱がひどい。一二の家から使いの者がおせち料理をもってきた。二合の酒壜までついている。冷や酒で一杯やるが、吐き出したいほどにまずい。味覚まで衰えてしまったか。折角のおせち料理には手がつかず、芋粥を少し流し込む。

四日は大師様の日で、土庄の老婆が六畳間と八畳間に五〇人ほど集まってぎっしりだった。放哉には居場所がなくなり、土間の二畳の畳に移る。念仏にもいろいろあって、旧念仏と新念仏というのがあるらしい。旧念仏を老婆の五〇人がしゃがれた声で揃って唸る。大変な迫力だ。酒を飲んで三味線を弾き出すではないか。そのうちの二、三人が放哉の佇む二畳の間にやってきて、前の庵主さんは大師様の日には酒一本と煎餅を出してくれたものだが、という。三味に合わせ手を叩き、この地に伝わる民謡のようなご詠歌のような節の唄をうたう。なけなしの一円五〇銭をたかられて放哉は苦しい。

歌が終わると、老婆の際限のないお喋りが八畳の間から聞こえてくる。去年はどこぞの誰かが死んでしまったねえとか、今度の誰かの家にきた嫁は前は京都で囲われていた人だという噂があるけどほんとかねえとか。今年は姉さんが死んじゃったけど私も今年は生き延びられるかねえ、今年中にこの墓所山のご厄介になるのかねえ、といったことが途切れ途切れに聞こえる。生ける者なのに、もう半分は死者なのか。庵主さんも一杯付き合わんかねと誘われて、致し方なく放哉も茶碗一杯を飲まされた。

やれやれと思っていたら、昨日の旧念仏とはちがう新念仏の、今度は中年と未婚の女達が四〇人ほどやってきて、六畳間と八畳間を占領する。昨日とは少し調子の異なる新念仏を唱え、喰って飲んで喋って、彼女らからも一円五〇銭をねだられた。

旧念仏と新念仏がすんで、庵が急になった。庵に吹き付ける風は強まったり弱まったりを繰り返す。放哉の咳と熱はいよいよ耐え難い。宥玄に訴える手紙を書く。

「夜寝ると「咳」を出します。ソレガ実にハゲシイので腹の中、胃腸をもむにもむと見えまして、「咳」くと同時ニ、「吐」き出します。そして、夜、一目も寝られません。その為、「腹」がスツカリ弱り切り……朝、早くから目はあいて居ても、オキル元気がありません。オキてもスグ、たふれさうになり又、フトンにはいると云ふ有様、スツカリ、弱リヌイテ居ります」

二度、三度と木下医院を訪れて咳止めと熱冷まし、痰切りの薬をもらって飲んでいるが、金はかかるし、だんだん効かなくなった。烈風が吹き、雨戸を閉めて暗い庵の中で咳が胃腸をもみあげる。苦しみの中で放哉はもう死んでもいい、どうにでもなれ、「イツソ島モ沈ンデシマエ」と二月四日の入庵食記に書く。

喀痰検査の結果をもって木下医師が庵にやってきた。病名は「湿性肋膜ユ着后ニ来リシ結核合併症、湿性咽喉加答児《いんこうカタル》」、京都の大学病院に送っていた喀痰の病理検査の結果だという。結核であることは確かだが、活性力が弱いから治る見込みはあろうともいう。慰めはいうなよと放哉は呟き、どうすればいいのかと問えば、できるだけ栄養価の高いものを食べて休息していておれと、以前とまったく同じことをいう。わかっていらあという声を胸に収め、庵を去っていく木下に手をか弱く振って礼をいう。

この頃から放哉は、念仏の女の集まりの時に移った二畳間の布団で伏せることにした。間歇《かんけつ》的にやってくる下痢の度に庵の外の厠《かわや》にいかねばならない。二畳間が厠に近いからだった。こんなにも下痢がつづくのは、結核菌がもう腸の内部で跳梁《ちょうりょう》を開始したからではないか。

薬が効かず放哉は苛立っていた。それに放哉のところにやってくる薬代がばかに高い。その度に宥玄に支払いをお願いするのはどうにも辛い。放哉は木下医院から届けられる請求書をみて、こんなに払いつづけるわけにはいかない。ただで薬が手に入る手段はないものか、思いをめぐらせる。須磨寺の大師堂にいた時に、放哉の句才に畏敬を示し句作指導を仰いでやってきた神戸の医師に山口旅人《りょじん》がいた。層雲の同人である。そうだ、木下が処方する薄く白い紙で包まれた三種類の粉薬を旅人に郵送し、これと同じものを送ってもらおうという妙案を思い付く。旅人はこれに応じて薬を送ってきた。こちらの方が新薬だから、木下医院のものより効能が高いはずだ、とも書いてある。

肺結核だという検査結果は、木下から宥玄にも伝えられた。幸い陽性ではないので、庵に留まってもらうことに何の問題もない、しかし、こういう病のことはすぐに人々に知られ、結核患者として排斥されかねないので、この話は木下と宥玄だけのことにしておこうということになった。宥玄も、放哉さん、この庵でじっくり療養すれば必ず治りますよ、結核のことは外に漏らさないから心配しないでいい、と慰めてくれた、と宥玄はいう。

念のため井泉水にだけはこのことは伝えておく方がいいのではないか、と宥玄はいう。

治療の費用のこともある。井泉水には伝えておいてほしいと放哉も答える。放哉は結核ということよりも、それが陰性であるという木下の診断の方にすがりつくようになる。

放哉は井泉水への手紙にこう書く。

「ユ着性肋膜炎後ニ来ル肺労（肺が非常ニ弱ツテ居ルノダサウデス）。但シ、無熱性ノモノ故、決シテ心配ノ要ナシトノ事ニ候。但シ、ウマイ滋養分ヲ食ヘンハ閉口（ヤキ米とお粥ノ話しハシマセンでしたが、呵々）。ソレニ、湿性気管支加答児ノ合併症ダサウデス。故ニ、肝要ナ事ハ只、気長ニ服薬セシコトト云ヒマス」

無熱性と書いてあるが、要するに陰性ということなのであろう。井泉水への手紙なら、もっと泣きつくような調子のはずだが、切迫感が少し薄れているようにみえる。宥玄の慰めのゆえであろうか、病魔に抗う気力が失せたがゆえだろうか。

二月に入る頃、木下医師の診断結果を伝えおいた山口旅人からの郵便包みが届く。肋膜炎の治療にはこれが目下のところ最新のものだといって、注射液の壜がいくつか入っている。針の付いた注射器、体温計も一緒である。抗結核薬としては最新のカルシウム溶液だという。体温計は一日に必ず六回検温し、その結果を報告せよという。カルシウム溶液の効能は体温変化を旅人がみて判断する、と手紙にはある。飲み薬が効かなくなっていた放哉には、これしか頼るものがない。

しかし、自分の体に自分で注射を打ったことなどない放哉は戸惑う。とにかくどこかの筋肉に射し込めばいいらしい。着物をはだけて右手に注射器をもち、左の腕の付け根に力を入れてみるが、筋肉がまるで盛りあがらない。そのまま打てば骨に突き当たってしまいそうだ。左の太股はどうかと思い、座ってここを眺めると、筋肉らしきものが骨からだらりと垂れ下がっている。針を射せば突き抜けてしまいそうだ。そうっと針を刺し注射液を少しずつ注入していく。痛みとともに溶液が内臓に向かって染み入っていくように感じる。効能があるのかもしれない。

着物をはだけて、体温計を左手と胸部の肉に挟むが、そこには収まってくれず、着物の中の下方にぽとんと落ちる。あれと思い、今度は同じことを右手と胸部の間でやってみるが、ここにも収まってくれない。火箸のような腕と皮ばかりの胸部との間に体温計が挟まるはずがない。こんな検温を一日に六回やれと旅人はいう。そんなことできやしないと放哉は諦める。放哉からの連絡がない旅人は苛立ち、俺のいうようにちゃんと「注射ヲセヌトナグルゾ」という警告の手紙が届く。体温計は口に入れて計れという。

薬は飲み、旅人からの注射もつづけるが、微熱は恒常的だし、咳も止まらない。咳は夜中が激しい。どんな姿勢で咳をすれば少しは苦しさが薄らぐか、うつ伏せてみる。咳は少々は楽になるかと思いきや、肩が飛びあがるほどに咳込む。あわてて布団に座り直す。

ようやく治まったかと思うと、冷や汗が首を走り、ぜいぜいと胸の奥から凩《こがらし》の音がする。熱はこれからもつづくものと諦めるが、咳の苦しさはどうにも耐えられない。早く死なせてくれないものかと呻《うめ》く。

誰にも看取られず、この庵で一人静かに死んでいけるなら、こんないいことはない。小康もまったくないわけではない。そんな時にはふらつく体を六畳間に運び、折れるように大師像の前の座布団に腰を落とし、読経する。

「鎮座して、オ経をよんでゐると……放哉、ドッカニとんで行ってしまって……只、オ経の声ばかりであります……外にはなんにもない……オ経ヲヤメルといつの間にやら放哉坊主、チヤンと、もどつて来てゐます。イヤ、その早いこと早いこと。読メバ、どつかに居なくなるし……サメルト……チヤンと、もどつて来て座つてます……困つた放哉坊主だよ……どつか、行ってしまつた切りで、永久に、もどつて来るなよ。咄《トッ》、咄《トッ》」

ここに座しているのが自分なのか、本当の自分はどこか別のところに飛んでいっているのではないか、という奇妙な感覚に捕らわれる。自分が自分だという実感がやけに薄い。この自分は見知らぬ他人なのではないか。自分が自分から離れて、遠くの方から自分を眺めているような感じさえする。脱落感とでもいうのだろうか。何かを放下《ほうげ》してしまったかのような、すっかり脂が抜けてしまったような句を、痩せて軽くなってしまった手で放哉は句帖につづる。

　皺だらけの手のひらぱり〳〵あける
　あけがたとろりとした時の夢であったよ

　下痢と下痢の間に便秘がやってきて苦しい。耐えかね石屋の息子に駄賃を与え、三枝薬局から瀉痢《しやり》塩を買ってこさせる。硫酸マグネシウムの液状薬である。これを飲んで便秘がよくなったと思いきや、効き過ぎで今度は下痢が止まらない。便秘、瀉痢塩、下痢の悪循環がつづいて、放哉は完全に疲れ切る。
　伏せっているだけ。時に起きあがって土間にいき、芋粥を啜《すす》る。句作だけは残したい。這いながら庵に開かれた小机に辿り着き、ようやく座って筆を執る。句作に向かう時だけが自分の存在が証明されている瞬間だ。思わず句作に忘我の自分を見出して、ああ、これが俺の生きて在るということなのだ。他のことなどどうだっていい。間もなく死ぬるのは確実だが、こういう句境は自分だけのものだ、という自負が仄浮かぶ。過去への執着や怨念などもういい。過去への執着や怨念のためのエネルギーがあるのなら、これを句作の方に向けよう。死の床での句作はいかにも自分らしくていいではないか。

すつかり病人になつて柳の糸が吹かれゐる
菊枯れ尽したる海少し見ゆ

春の山

一人では寝起きもできない。宥玄に言い付けられたのだろうか、近所の漁師南堀の妻シゲが、このところ放哉の世話にちょくちょく庵を訪れてくれる。芋粥を煮て寝床までもってきて、時には生卵を掻き交ぜ、放哉を座らせ茶碗と匙《さじ》を渡してくれる。食べたくないといえば、食べなきゃ精がつきませんよ、といって匙を放哉の口もとに運ぶ。一口、二口だけで放哉は寝床に俯《うつぶ》す。

朝は庵の掃除と洗濯、夕べは芋粥を食べさせにシゲは毎日やってきて、しばらくしては帰る。シゲの亭主も小魚を手に庵に顔を出す。魚は鼻についてどうにも口に入らないといえば、それじゃあ、といって卵をもってくる。シゲは土庄の広島屋という遍路宿で「おせったい」の手伝いをしている。今は遍路の端境期じゃけ、毎日きてやりますよ、という。世の中にはこんな親切な人間がいるものかと、土間で芋粥を煮るシゲの背に目をやり、微熱のつづく放哉は涙ぐむ。

強い風ばかりの小豆島は乾燥し切っていた。雨でも少しは降ってくれないか。一雨、一雨、ほんの少しでいい、春の気配がほしい。三月四日の入庵食記「オ大師さま、風落、少シ冷、早ク、暖クナレ、ナレ、ナレ、ナレ」。三月に入って冷たい雨が時折りやってくる。

久し振りの雨の雨だれの音

放哉は、最も恐れていた咽喉結核に襲われる。結核菌が気管内に感染し、喉が詰まる深刻な続発症だ。これが発症するともう見込みはない。喉がやられたら危ないというのは、当時の結核患者の誰もが知っていたことだった。三月一四日の入庵食記「昨日より雨、暖、ノドイタクテ、何モ、タベラレヌニハ驚イタ。正ニガキ道也」。木下医師も、放哉に与えるものはうがい薬しかない。放哉もうがいに努めるが、喉に染み入る痛みが耐え難い。効能があるようにも思われない。後一週間くらいの命かと思うが、その思いが放哉に冷え冷えとした句を紡がせる。

口あけぬ蜆《しじみ》死んでゐる
墓のうらに廻る
風吹く道のめくら

馨の妹の倶子の夫が、小倉康政である。倶子は結婚後一年で死んでしまい、後妻に入ったのがまさ子である。まさ子は放哉のことを随分と心配して、度々手紙を南郷庵宛に寄こす。大阪に住まうまさ子に、放哉は間もなく死ぬだろうが、「致し方なきは致し方無」、そのうえで「コレ丈は是非ヤメテほしい」としてこう書く。

（一）泣かぬ事、呵々
（二）鳥取ナンカニ絶対ニ申サヌ事
（三）カオルなんかに之又、絶対ニ云ハヌ事
（四）アナタの命令通りニナツテ看病してもらふ事

結核を恐れずに身の回りの世話をしてくれる人を雇ったらどうか、無理ならまさ子自身がいくという。そんなことしなくとも、すぐ近くにシゲという老女がいて、しきりに顔を出してくれるからその必要はない、というのが四つ目の項の意味である。

三月一八日の入庵食記「風コマル、ノドコマル、ナニモクエヌ、彼岸」。食欲は完全に失せていた。せめて煙草が吸いたい。満州にいた頃に吸った英国製の二〇本入り丸缶のスリーキャッスルのことを思い出し、せめて喉にこれを通して死んでいきたいと思う。

井泉水に、日本では随分高価だとは思うが、これを買って送ってくれないかと頼む。少し暖かくなってくれれば元気になると書いてあるが、井泉水は放哉もいよいよこれが最後の望みなのかと受け取る。買い求めて放哉に五缶を送った。その一方で、最後の賭のような気持で放哉に綴る。自分のよく知る医師が京都の結核専門病院にいる、彼に放哉のことを話して応諾を得ている。このことは北朗ともよく相談してのことだから、何も心配せずに、できるだけ早く京都にきて入院するよう促す。

この島の庵で一人静かに死んでいくことが自分の現在の唯一の希望だということが、井泉水にどうしてわからないのか。井泉水ほどに人情を解する男にどうして、と怒りに近い気分で放哉は手紙に向かう。いつもの諧謔が消えている。

「此の決心は誰が何と申しても、絶対変更せぬモノと御承知下さいませ……若し、今、無理に此の「庵」を出よと云ふものアレバ、丁度よい機会故、食を絶つて死にます決心……今少し位、長く生きられる放哉を、早く殺さんでもよいではありませんか」

この日、スリーキャッスルが届く。シゲに缶を切らせる。懐かしい香りが立ちのぼる。マッチで火を点けてもらう。吸い込むと咽《む》せ返るにちがいない。ほんの少し煙を口で味わい、喉に入れようとする。ゴホッと拒絶される。もったいないが、一本目は揉み消す。喉がじんと痛い。煙草は体に悪いからやめた方がいいというシゲに、かすれた声でいやこれがうまくないわけがないといい、ややあって二本目に火を点けさせる。今度は思い切って吸い込む。頭がくらくらとし、体から重苦しさがふうと消えていく。いつもの諧謔がもどって、三月三〇日付の井泉水宛の手紙にこう書く。

「只今の処は、矢張り「紫の煙」が一番ですな。アナタが時々、召し上がつてゐるアルマは日本製で、非常にアマタルくて、而も中々高価につきはしませんか？　寧《むし》ろ此の「スリーカースル」になすつたら如何《いかが》、私の口には、実に、ピツタリ合ふのです」
四、五日前、シゲに木瓜《ぼけ》の花をみたいので買ってきてほしいと頼んだ。シゲはこの頃よくやってくる花売りの女に、木瓜の鉢植えはないかと尋ねる。それじゃ明日もってきます、という。翌日、放哉の伏せる二畳間の枕元に、二つの木瓜の鉢植えがおかれた。井泉水への手紙に煙草のお礼を述べた後、なかなか咲かなかった木瓜の花が今日開いた。一つは赤く二つは青い、もう少し経てば一斉に咲く蕾が十数個ついていて、これを早くみたい、と書く。そうか放哉もこれ以上は生きたくはないのだなと、井泉水は感じ取る。
体もここまで弱ってくると、微熱はつづくが、咳も次第に薄らぐ。腹ばいになって枕元の句帖を引き寄せ、俺にはまだ句作はできる。この意欲がある限り自分は生きて在るのだ、振り絞るようにして句作する。二つに推敲を繰り返し、今度は仰向けになって句帖を見上げる。

やせたからだを窓に置き船の汽笛
婆さんが寒夜《かんや》の針箱おいて去《い》んでる

木瓜の花が新たに三つ咲いた。この日に旅人から送られてきたカルシウム溶液を注射する。これが一七回目である。効能はなかったが、律儀に打ちつづけたのは、厚い友情へのせめてもの恩返しのような気分からだった。注射はこれが最後である。この日、「暖也、風凪《なぐ》、木瓜三ツ咲く」。自分は消えていくが、自然はこうやって寡黙に生命を繋いでいるではないか。

待ち望んでいた春がやってきた。南郷庵を訪れるお遍路さんの鳴らす鈴の音が、遠く近く響き始める。放哉はぼんやりとした目で、お遍路にお蠟を渡すシゲの背中をみやる。四月四日の昼、シゲがいつものようにやってきて、放哉を布団のうえに座らせ、芋粥を匙で放哉の口元に運ぶ。どうしても口が開かない。つぶれた声で、シゲさんもう食えないよ、という。シゲも無理強いをせず、黙って土間にもち去る。温かい白湯を匙で一口含ませる。居間の窓から海をみてみたい、起こしてくれないか、とシゲの肩を借りて立ちあがろうとする。どうしたことか、腰が立たない。そんなはずはないと足の裏に力を入れて腰を少しあげるが、すぐに頽《くずお》れてしまう。

もう海をみることもできないのか。シゲは放哉を再び布団に横たわらせ、また夕方にやってきますから動かんでいて下さいね、といって出ていく。放哉は句帖の一枚を破り、井泉水宛にこれが最後の手紙になると思って書こうとするのだが、手が思うように動かない。「島はぬくうなりましたが、腰が抜けましたよ　呵々」と記すのがせいぜいだった。シゲから、いよいよ末期が近いことを告げられて宥玄が庵にやってくる。一気に死期が迫っているのか、放哉のやつれ果てた姿に宥玄は目を剝《む》き、何か願いはないかと聞く。死んだら南郷庵の墓に埋めてやってくれという。誰かに報せなければならないが、どうするか。宥玄が問うと、井泉水だけには伝え、自分が埋められたところに後日、土をかけてくれるよう頼んでほしい。親類には大阪の小倉夫妻に死期が近いことは伝えてあるから、それでもう十分だと呟く。放哉の枕元に座る宥玄の顔がゆらめいてみえる。

一二もかけつける。蒼黒く痩せこけた放哉の顔に一二は、放哉さんいかがですか、と声をかける。放哉は虚ろな目を一二に向け、長いことお世話になりましたね、と聞き取りにくい声で返す。

四月五日の夜、まだ手紙を書く気力がほんの少し残っている。井泉水への手紙である。「アンタニハ、私ガコロリト参ツタラ土ヲカケテモラフ事だけ、タノンデ有リマス」と記し、「中々《(ママ)》、マダ死ニマセンヨ死ニマセンヨ」と結んだ。

翌日やってきたシゲに、八畳間の居間へ布団を引っ張ってやってくれないか、障子を開けて春に煙る外の景色をみたい、という。病軀とはいえ男の放哉が伏せる布団は女手一つで引き動かすには重い。力一杯で引きずる。ありがとう、ありがとう、と放哉はか細い声を重ねる。百足山のあたりから、暖かな煙が輪郭もなくたゆたっているように感じられる。未練には切りというものがないが、風も凪いでようやく温かくなったこの春の島で、枯れるように死んでいける自分は決して不幸者ではない。傍らにおいてあった一片の紙を引き寄せ、間もなく辿り着く蒼天に思いを馳せて、一句が頭をよぎる。

春の山のうしろから烟が出だした

四月七日の闇が迫る頃、伏せる放哉はシゲに手を握ってくれないかと仕草で伝える。目もみえなくなっている。シゲの逞しい手を握って安堵したのか、しぶく唸り声を発して意識が遠のき、放哉は瞑目した。放哉さんもやっとあの苦しみから解放されたのだとシゲは思い、線香を枕元に立て手を合わせる。宥玄にすぐに伝えねばと、シゲは夫を呼んで死せる放哉を見守らせ、西光寺に足早に向かう。春の星がおぼろげに疼いていた。

種田山頭火

洞《ほら》のごと沈めり

山頭火の実名は正一である。

遠い幼い日のことだが、記憶は鮮やかである。母のフサのことが愛おしくてならなかった。尋常小学校の頃の自分が、なぜあれほどまでに母を愛おしく思いつづけたのか。学校から帰って母の姿がみえなければ見付け出すまで、正一の心は休まらなかった。母の不在は耐え難かった。夜には母と一番近いところで寝た。このまま寝入ってしまい、母がいなくなったらどうしようという不安な想像にいたたまれず、母の寝巻きの袖を摑んで寝た夜のことが思い出される。

正一は父の竹次郎を嫌悪していた。父は防府の地主の家督を相続した村の有力者であり、村役場の助役でもあった。立憲政友会と縁をもって長州閥の政治家の支援に奔走、家産を守ることに関心はなかった。正一の生家から北に十分ほどの天神山の麓《ふもと》に、朱塗りの楼門の防府天満宮がある。その近くに夜の遊興の宮前が控える。竹次郎は宮前の五雲閣に入り浸りだった。妾の一人を正一が通う尋常小学校の道すがらの天満宮の脇の一軒家に住まわせていた。その前を通る度に、ここがひどく汚れた場所であるかのような嫌悪感を隠すことができなかった。友達と一緒に通る時には、後ずさりしたくなる恥ずかしさだった。

父と母が子供達の前で諍《いさか》うことはなかったけれども、二人の間に通い合うものは感じられなかった。父の放蕩と散財も、妻フサの不甲斐なさに原因があるといって、母は姑からも苛まれていた。母のいかにも寄る辺ない孤独の影に、両者の確執が嗅ぎ取られた。正一は母から愛情を注いでもらいたいと願っていたのではない。その逆である。母が不憫でならなかった。母の苦しみが癒されるなら何でもしたい、幼い正一の心は母への哀切の思いに湿り切っていた。

悲劇が起こった。明治二五年の三月、母が三二歳、正一が一〇歳の時のことだった。

家の敷地は、草葺き屋根の母屋を中心に、納屋、土蔵が点在する広大なものだった。学校帰りに友達がよく家に寄り、広い敷地の中でかくれんぼなどをして遊んだ。まだ寒い春の風を避けて、納屋で四、五人の友と芝居ごっこをしていた。納屋の外のただならぬ様子に正一は飛び出す。野良着姿の小作人達が母屋と土蔵の間にある古井戸に向けて走っていく。思わず正一も走り出す。古井戸の脇に敷かれた茣蓙《ござ》のうえにずぶ濡れの女が死んで横たわっている。

母だ。ぐるりを取り囲む大人達を掻き分けて近づこうとする。小作人の一人が、猫が死んだんじゃ、近寄るんじゃない、と正一を遠ざける。大人たちの足の間からみえる女の顔は、まぎれもなく母だ。目をひんむいてみつめれば、信じられないほどに白い肌の顔のうえに、真黒の髪が何条も流れている。唇は黒紫色だった。

母が身を投げた古井戸は、葬儀の後に埋められた。脇に植えられた黒松が何事もなかったかのように、井戸のあったあたりに薄い影を落としている。正一は母屋の縁に座し、黒松の頂に虚ろな目を向けて母の面影を追っていた。身悶えした母のことを思うと、正一の膝はがくがくと音を立てた。母の悲哀と絶望がどんなに深いものだったか、そのほんの一部でも自分に分け与えられなかったものか。あんなに愛しく思いながら、母と自分との間に通い合うものは何もなかったのか。

この世には、自分と心のつながるものは何もなくなってしまった。正一の孤独には果てしがなかった。しかし、どうしようと母が戻ってくることはない。母はいないけれど、自分は母の分身である。自分の中には母の血が流れている。死んでしまったと考える必要はない。母との離別の悲しさを、正一は幼い想念で耐えた。

ある夜、正一は母の夢をみた。闇の中に白い着物の裾をはだけ、裸足で古井戸の淵に腰掛けている母だ。闇なのに母の姿だけが白く浮かんでいる。ほつれた髪が顔にかかる。

顔は蒼白だが、唇には鮮やかな紅が塗られている。その口から何かを呪詛する呟きが聞こえる。と、母は立ちあがり、振り向きざまに古井戸に身を投げた。古井戸の水面を打つ鈍い音に、正一はわれに返る。どうしてこんな夢をみてしまったのかと頭を掻きむしる。

自分の中には母の血が流れている。しかし、放蕩の父の血も自分の中には流れているのだ。母の死後も女狂いを繰り返す父を正一は心底呪った。母が身投げした日、父は防府の芸者を連れて別府温泉で遊蕩していたと後に聞かされた。

正一には、一歳上に姉のフク、二歳下に妹のシズ、五歳下に弟の二郎、七歳下に末弟の信一がいた。五人の子供の世話は祖母のツルに委ねられた。父の地方政治への没入と散財、放蕩は果てしなく、大種田といわれた旧家の家産も傾いた。五人の子供の世話は祖母の手に余り、次男の二郎は佐波郡の縁者の有富九郎治の家に、養子嗣として出された。母の死から一年後のことだった。

翌年、末弟の信一が風邪から急性の肺炎を患い、呆気ないほど簡単に死んでしまった。縁側に座って正一に絵本を読んでもらっていた信一が、正ちゃん、頭がふらつくよう、と畳にへたり込む。押入から布団を引っ張り出して寝かせた。頭に手を当てる。人間の体がこんなに高い熱を発するものか。勝手の外で洗濯をしている祖母を呼び、祖母の言い付けで村の医者に走ったものの、留守だった。

信一は呻き息を荒らげる。額に載せる濡れ手拭いを頻繁に取り替えながら医者を待つ正一の心は、じりじりと焼かれていた。医者がやってきた夜の八時過ぎには、信一はもう虫の息だった。間もなく信一は息を引き取った。


母の喪失によって、正一には深い孤独が棲みついてしまった。愛おしい母を失って、自分を同一化するものが何もない、ひたすらの孤独を引きずり通した。孤独を代償するものを求めて、正一は学業に没入した。周陽学舎を首席で卒業、四年級から編入した県下の秀才を集める山口尋常中学校でも最上位の席次を得た。

山口尋常中学校を卒業した明治三四年の五月に、後に早稲田大学の初代学長となる高田早苗が山口市内で行った「国民教育論」なる演説を聞き、早稲田の自由な精神を説く熱弁に感銘を覚えた。教授陣に名を連ねる坪内逍遥、波多野精一、安部磯雄など新時代の文壇や論壇の旗手を集める早稲田に学んで、自分を再生させようと臍《ほぞ》を固めた。開通して間もない山陽線で上京、入学試験に合格した。一年半の高等予科を経て入った大学部は政治経済科、法科、文学科の三つの科を擁し、正一は文学科に籍をおいた。

しかし、東京での束縛のない生活は、新しい活路を開くきっかけとなるよりも前に、抑鬱を深めてしまう。もともと口数の少ない、それに防府弁以外にはしゃべれない正一には、江戸訛りの残る小粋な東京言葉の友人達には追い付けない。どこか病的な正一に声をかける友も少ない。モーパッサン、ツルゲーネフ、ゾラの英訳を読みこなして論じ合う同学の友を、正一は遠目に眺めるだけだった。

友人達の自分をみつめる視線が、妙に気になり出す。友の眼が自分を見透かし、暗い心を見破って自分の中に侵入しようとしている。自分を覆う防御膜が溶解し、他者の眼が自分の心の中に自由に入り込んでくる。時には自己の内部が他者によって埋め尽くされてしまうような自己不在感が襲い、教室の最後列でじっと耐える。

大学から下宿に戻ると、父からの封書が郵便受けに挟まっている。佐波郡右田村に嫁していた姉のフクが急死したという報せだった。母の身投げ、末弟信一の呆気ない病死、それに姉までが正体不明の病で死んでしまうとは。呪詛の血か。周陽学舎、山口尋常中学の時代の必死の学業の間に抑圧されてきたこの恐れが、正一から噴き出した。

省線の高田馬場駅近くの屋台で初めて酒を飲んだ。味は苦かったが、酒が胃の腑に収まり、しばらくして体の底の方から沸き立つように上昇してくる酔いの感覚は甘美だった。抑鬱に落ち込むや酒を求めるのが、やがて習慣となった。飲み屋で一人おとなしく飲んでいた酒が梯子酒となり、夜の酒場を徘徊した。朝目覚めて、膝や手首にどこで付けたのか擦り傷や黒い痣に気づく。いっそ省線に身を投げてしまおうか、という思いが頭をかすめる。

悲しみを湛《たた》えた母の顔が眼に浮かぶ。喜びも悲しみも、そのすべてをふくよかに受け入れてくれる寛容の母に育まれ、人は自分の人生を、歩むに値する世界とみなして歩を踏み出すのであろう。わがままを尽くしても壊れることのない母の愛、温かいものを子供に放射しつづける母の愛、母への絶対的な信頼を手にして、人はこの世の中にみずからを寄託するのであろう。

母は不幸が凍てついてしまった人だった。薄幸の母への憐憫と哀切が少年時代の正一の情感のすべてだった。感情をぶつけてもこれを受容してくれる母の慈愛によって子供は自己愛を育くみ、母の眼に映る自分をよりどころにして自己を形成する。正一の孤独の深淵には母の喪失がある。深い孤独の時に母の白い顔が仄《ほの》浮かぶのは、そのためであろう。

正一の進退はきわまった。故郷に帰って活路が開けるとは思えないが、ともかくも東京ではもう生きてはいけない。退学届けを事務局に提出した。明治三七年のことだった。

同年の二月には日露戦争が勃発した。五月一日、黒木為楨《ためもと》麾《き》下《か》の第一軍が鴨緑江を渡河、五月に入って前面のロシア軍に戦闘を挑んでこれを撃退した。五月初旬には奥保鞏《やすかた》率いる第二軍が連合艦隊の援護を受けて遼東半島に上陸、同月二五日より南山でロシア軍に攻撃をかけて敵陣地を占領した。多大の戦死者を出したものの、こうして展開された日露戦争に明治期日本は燃え、翌年の旅順総攻撃、日本海海戦の勝利へとつながった。

　この高揚の中で、開設間もない早稲田大学は学生も教授陣も意気軒昂だった。その中に身をおいて、正一はひたぶるにやるせなかった。退学届けを受け取る事務官の目が心に刺さる。

　東海道線の車窓に映る深く濃い八月の緑が鬱陶しい。志を果たすことなく故郷に帰るのか。残りの所持金で買った酒を車中で飲む。湿気を含んだ夏の車中の空気を安酒の臭いがからめる。

　帰郷した正一を待っていたのは、見知った村人の視線だった。どこからどう伝わったのか、あれは東京で神経衰弱になってしまった、アルコール依存症でどろどろの暮らしをしていた、気が触れてしまった、といった噂が防府で広まっていた。旧家の資産家への妬みをも潜ませて、村人は、種田の息子はどんこんならん、と言い合った。外へ出て気を晴らそうにも、村人の視線が疎《うと》ましい。東京から持ち帰った自然主義文学の文献のいくつかを読んでみるものの、劣等感が尾を引いて心に響かない。父は政友会の政治家への支持を求め、買収供応に奔走している。女色もやむことがない。正一は帰郷してから、父の顔をみることはほとんどなかった。竹次郎の政治への耽溺《たんでき》は種田家の家産を窮迫させていった。

再興を求めて竹次郎は、明治三九年一二月に、周防灘を臨む吉敷郡大道村の、売りに出されていた酒造場を購入、若い頃の技量を生かして酒造業を開いた。しかし、所詮は付け焼き刃だった。弟の二郎が養子嗣として出されていた佐波郡の有富家、姉のフクが嫁していた佐波郡の町田家などの親戚筋からの借金で、どうにかもちこたえた。防府の種田家の家屋敷が他人の手に渡ったのは、明治四一年四月だった。田畑も売却された。種田酒造の破産も睫前に迫った。竹次郎は苛立つ。家業には関心を寄せず、自閉する正一の無気力と怠惰に声を荒らげる。外向的な竹次郎には、正一がなぜ暗鬱の内界に貶《おとし》められているのか、見当もつかない。嫁でももらってやれば不甲斐ない息子も少しはまともになろう、といった考えしかできない。しかし、そう考えるや竹次郎の行動は迅速だった。佐波郡和田村の佐藤光之輔の長女の咲野のことを聞き及んで、竹次郎は佐藤家に縁談をもちかけた。山口尋常中学を経て早稲田大学に籍をおいた男であれば、佐藤家の縁組みの相手としてはそう悪いものではない。親同士の思惑で、ことはいちどきに進んだ。咲野の不幸の始まりだった。

祝儀の宴が終わり、初夜の床をみても、正一は妻を抱く気になれない。妻の初々しい羞恥の顔にかける言葉がない。先に休んでいてくれんかいのう、という。隣室で祝い酒の残りを傾ける。家庭をつくることなど望んでもいないのに、どうして妻を娶《めと》ってしまったのか。自分のあやふやな決断のことは棚にあげ、縁談を進めた父への憤懣《ふんまん》が募る。結婚して自分が立ち直れるわけがない。母性への思いを正一は引きずっている。母はありありと自分の中に生きている。自分の女への接近を妨げているのは、このわが内なる母なのか。妻とは一緒に生きていけそうにない。つくづくすまないと思う。

　唄さびしき隣室よ青き壁隔つ
　火鉢火もなしわが室《へや》は洞《ほら》のごと沈めり

明治四三年の八月、結婚後一年にして長男が誕生した。望んでもうけたわけではないが、生まれてみれば子供は可愛い。まっとうに育ってくれよ、という気持ちをこめて健と名付けた。健の無邪気に遊ぶ姿を眺めて心和《なご》む。しかし、新しく誕生したこの生命も、正一には何か哀しき存在であり、日常を灯す一条の光とはならなかった。

酒造場での酒づくりの手伝いのために、父と毎日顔を合わせなければならない。仕事の後には家族との生活がある。孤独を求めて自閉の安らぎを味わう場所がない。寝静まった妻と子を横目にみて、そっと襖を開けて勝手にいき、座り込んで酒を飲み、わずかに息をつく。正一の夜の飲酒のことに咲野は気付いていた。目覚めて勝手で酔いつぶれる夫を介抱する惨めさ。どうしてそんなにまで飲むんじゃのう、顔を歪めて正一に恨みの眼を向ける。あんたにはすまんが、どんこんならんのじゃ。

海は濁りてひた〳〵我れに迫りたれ

眠れない。少しも眠れない。体の疲労はひどいのに、夜の床につけば目は冴え冴えとなる。不眠による衰弱は自分を間もなく廃人にしてしまうのか。正一は殺気だっていた。

大きな蝶を殺したり真夜中

泥濘《でいねい》ありく

文学にもう一度賭けてみようか、という思いが正一の胸をよぎる。早稲田大学を退学して七年、文壇の香りから遠く隔たって防府の田舎で日常を送っていていいのか。新聞の広告で井泉水の主宰する句誌『層雲』が創刊されたことを知り、惹かれるものを感じる。創刊の辞にこうある。

「文壇は世界の思潮と交渉を有して居る長き並木の道、広き若草の原である。俳句には其《そ》れに適したる地味があるとはいへ、時に之を沃えたる野に移し或は新しい土を以《もつ》て培はなければ、遂に盆栽的玩弄物になつてしまいはしないだらうか」

防府の俳句結社椋鳥会に加わったが、地方の趣味人の域を出ない。層雲誌を毎号読みつづけるうちに、そこに展開される井泉水や同人たちの自由律句に新しい精神の発露をみて、心が傾く。深くみつめられた自己の内面から湧き出る命のリズムを徹して詠み込むこと、これが俳句のアルファでありオメガであると主張する層雲誌に集う俳人たちの、従来の俳界への戦意を込めた意気が正一の心を動かす。己の内界に居座る闇をひたすら自己観察してきた正一は、この心のありようを、潤色を拝して吐露し、そうしてこれが優れた俳句であるのならば、自由律句は自分のような抑鬱の人間には相応しい自己実現の方法かもしれない。

改めて層雲誌をみれば、山口県の佐合島で醤油醸造業を営みながら句作をつづける久保白船《はくせん》が、張りつめた心を短律句に詠いあげている。愛媛県松山の野村朱鱗洞《しゆりんどう》が、苦渋に満ちた青春の気分を自由律句に表出し、将来を嘱望されている。自分だってやればできないことはない。思いを定めるや正一は、心の鬱屈を吐き出すように次々と句作を試みては、層雲に投稿した。時に選に入って誌上に掲載されることもあった。しかし、自分の心がまだ詩いあげられていない。句にかえて自分の精神の内界を象徴的な文章に写し取り、断片を層雲誌に送ってこれが掲載された。

「私は酒席に於て最も強く自己の矛盾を意識する。自我の分裂、内部の破綻をまざまざと見せつけられる。酔ひたいと思ふ私と酔ふまいとする私とが、火と水が叫ぶやうに、また神と悪魔とが戦ふやうに、私の腹のどん底で噛《か》み合い押し合ひ啀《いが》み合うてゐる。そして最後には、私の肉は虐げられ私の魂は泣き濡れて、遣瀬ない悪夢に沈んでしまう」「すべてに失望した人——生きてゐても詰らない。死ぬるのも詰らないと思ふ人は再び官能の陶酔に帰つて来る。そして野良猫が残肴《ざんこう》を漁るやうに、爛れた神経の尖端で腐肉《ふにく》の中を吸いまはる。彼は闇にうごめく絶望の姿である。しかも彼は往々にして——若しも彼が真摯であるならば——そこで「神の子を孕める悪魔」を捉へることがある」

借金によってどうにかもちこたえてきた種田酒造場も、大正五年には倒産、父は家族をおいて行方も告げず消えてしまった。夜逃げである。玄関の戸を叩いて荒らぶる借金取りの声に、正一は父と同じようにどこかに逃げていくしかないと思う。逃げ落ちていく当てがあるわけではない。しかし、ここにはいられない。窮地の中で思い浮かんだのは熊本だった。正一が層雲誌の他にもう一つ出句していたのが、同郷の兼崎地橙孫《じとうそん》が熊本市で主宰する文芸誌『白川及新市街』だった。若くして碧梧桐門下の十指に数えられた俊秀である。層雲誌に時折掲載される正一の短律句に鮮やかな才能を地橙孫は見出し、防府の正一を訪れて句論を闘わせたこともある。

地橙孫は真摯そのものの人物だった。地橙孫なら敗残兵のような自分にも助力の手を差し伸べてくれるかもしれないと考え、熊本での居住の可否を問うていた。熊本市内の下通町一丁目に借家を用意できそうだ、ひとまずの仮の宿にしてみてはどうか、という返事が届いた。

未知の町での生活に不安を隠せない咲野を急《せ》き立て、熊本市に移り住んだ。祖母のツルは不憫だったが、佐波郡華城村の遠縁に預けた。

正一は下通町でわずかな所持金をもとに古本屋を開いた。「雅楽多」と名付けた。一間の間口に三坪ほどの広さの店内に本棚を設《しつら》え、友人たちに寄付してもらった雑誌や書籍、自分が所蔵していた自然主義文学関連の本などを並べた。しかし、本でも読みながら座って店番をしていれば、日銭は入ってくるだろう、という安易な目論見ははずれた。

知人の勧めに咲野が乗って、古本の棚とは別の棚に、偉人の肖像画、複製絵画、絵葉書、ブロマイド、額縁などを問屋から仕入れて並べた。少しは客もくるようになった。しかし、親子三人の生活はかつかつだった。明治天皇の肖像画などを小さなトランクに詰め、市内や郊外の小学校や中学校を回っては販売するという行商を始めた。傾いたとはいえ種田酒造の経営時には、糊口を凌ぐ金に困ることはなかった。しかし、今では自分が働かねば妻子は明日の糧にも窮してしまう。それに、しばらく前から、佐波郡華城村の有富九郎治家に養子嗣に出されていた弟の二郎が居候をしている。

多額の借金を父に踏み倒された九郎治の怒りが二郎に向けられ、二郎は九郎治によって義絶された。二郎には頼れるものがない。次姉シズの嫁している家で何か仕事をさせてもらえないかと訪ねた。佐波郡右田村の町田米四郎に嫁した長姉フクが急死して、後《のち》添《ぞ》えに入ったのがシズだった。しかし、米四郎も相当の金を竹次郎に貸しており、その返済が滞ってシズは婚家の責めにいたたまれない。二郎は諦めざるをえなかった。

二郎も、兄の正一の熊本での生活が厳しいことを風の便りに聞いていた。それでも寝るところくらいは何とかしてくれるのではないか。養子嗣として遠縁の家で針の蓆《むしろ》の生活を強いられた二郎のこと、妹シズの心細い日常のことが思い起こされ、正一は呪われた家の悲哀に嘆息する。

二郎と酒を酌み交わす。寂寥は正一より二郎の方が深かったのかもしれない。親子三人、赤貧の生活に自分が加わったのでは、正一の家も自壊しかねない。二郎は早くこの家を出ていかねばと仕事を求めるものの、農作業以外に技量のない三十男を雇ってくれるところはない。場末の飲み屋で飲みつぶれる二郎のことが正一の耳に伝わる。どうしてやることもできんのお。二郎は、正一の家に二日いては三日どこかに泊まって帰るという生活をつづけていたが、そのうち寄り付かなくなった。

正一は熊本にきて、この地で盛んな俳句や短歌の創作活動に活路を見出そうとも考えたが、層雲誌に集う若人のような軒昂の意気をもった人材がいるようには思えない。一頭地抜きん出ていた地橙孫は、正一が熊本にきて間もなく京都大学に入学、熊本を去った。『白川及新市街』はほどなくして廃刊となった。正一の耳に松山の朱鱗洞の死去の噂が入る。二三歳の若さで層雲誌の選者になり、井泉水の後を襲うはずの若手として誰もがその実力を認めていた天才が、流行感冒で三日ほど臥せった後に肺炎を併発、呆気なく死んでしまった。

大正七年の六月のある夜、行商に疲れた足を「雅楽多」に運び入れた正一を待っていたのは、二郎が岩国の愛宕山中で縊死、後に発見されたという岩国警察署からの手紙だった。手紙を正一に渡す咲野の口は震えていた。

岩国警察署からの手紙には、二郎の検屍に立ち会うために、直ちに岩国にくるよう書かれてある。二郎の変わり果てた姿にまみえる勇気が湧かない。さりとて弟を葬ってやる者は自分しかいない。熊本の夕凪の暑さが体を包む。その夜、正一は酒を浴びるほど飲んだ。あたしにも注いでつかあさい、と咲野も胸苦しさに耐えられず、馴れぬ酒を飲んでは咽び泣く。翌日の熊本は焼けるような暑さだった。

暑さきはまる土に喰ひいるわが影ぞ

懐の財布を覗《のぞ》けば、岩国までの汽車賃くらいは何とかなる。岩国にいこうと思いを定めて汽車に乗る。縁者による検屍を諦めた岩国の警察署が、すでに二郎の遺体を茶毘《だび》に付していた。正一が再会したのは白木の箱の遺骨だった。二郎の悲劇を小さく納めた骨箱に額ずいて、正一は硬直した。愛宕山中の縊死の場におかれていたという二通の遺書が渡された。

「愚かなる不倖児は玖珂郡愛宕山中に於て自殺す。天は最早吾を助けず人亦《また》吾輩を憐れまず。此れ皆身の足らざる所至らざる罪ならぬ。喜ばしき現世の楽しむべき世を心残れ共《ども》致し方なし。生んとして生き能《あた》はざる身は只自滅する外道なきを」

「夜色《やしよく》次第にせまるこゝ今宵限り命なる哉。五歳慈母の手を離れ西奔東蹤《とうしよう》苦痛より苦惨の半生涯も遂に天なく地なく人の憐れさへなく是《こ》れ前世の罪障業因《ざいしようごういん》の尽きざる所か。今や死に臨み故郷一人の姉が身上を思へば滂沱《ぼうだ》として下る、さらば姉よ、さらば、慈深《じふか》かりし姉よ、七月十三日の再会は遭ふは別れの初めなりしぞかし」

後者は姉シズに宛てたものだったが、そこに記される二郎の境涯が改めて正一を苛む。自母の死後の苦悩は、二郎をここまで追い込んでいたのか。己の苦悩に自閉するのみ、自分よりもっと深い苦悩に身をおいていた弟に思いをいたすことがなかった自分は、何という存在か。骨箱の前で、いくら悔いても悔い足りなかった。

またあふまじき弟にわかれ泥濘《でいねい》ありく

熊本に帰った正一の心をわずかに癒してくれたのは、層雲誌の選者の木村緑平だった。緑平は長崎医学専門学校を出て、三井三池鉱業所病院の内科医として勤務していた。緑平の静謐な句を正一は好んだ。緑平もまた層雲誌に掲載される暗鬱の俳人としての正一に惹かれていた。二人は熊本市内で開かれたある句会で初めて会った。色白で痩身の緑平の穏やかな姿に、あの句がいかにも似つかわしいものだと感じた。緑平と話していると安らぐ。大牟田に遊びにこないかと誘われて、そんな機会がないものかと機をうかがっていた。

その日の熊本での行商は、何度か通っていた三つほどの小学校が明治天皇の肖像画を何枚も買いあげて首尾よく終わり、気分も上向いていた。大牟田にいってみるか。鳥打ち帽子に霜降りの厚司《あつし》という商人風の格好で、大牟田の駅に降りた。葉書に記してある大牟田市旭町一丁目の住所の記録を頼りに、緑平の家に向かう。右手に小高い三池山が控え、その前方に三池炭鉱のボタ山が五つ六つ並んでいる。緑平宅は大牟田駅から北へ三丁ほどのところにある。近くまで行商にきたもんじゃから、ちょっと寄ってみたんじゃといえば、ようきてくれたの、おあがりなさい、と誘う。

そうはいったものの、当日の緑平は勤務する病院の宿直に当たっていて、夕食を摂りに帰っていたところだった。ゆっくりはできない。二人は夕食を摂りながら取り留めのない話を終え、正一は大牟田の駅に戻った。駅前広場につながる大通りの脇におでん屋の赤提灯が目に入る。一杯飲まずにはいられない。コップに注いだ冷や酒をぐうと飲み干す。苦い味が喉を通って内臓に酔いをめぐらせるや、酒の虫が騒ぐ。

おでん屋の女中に行商の品を質屋にもっていかせ、幾許かの金に換えて飲みつづける。最終列車は通り過ぎ、大牟田駅の灯りは消えていた。お客さん、もう看板だよ、と告げられたものの、勘定が不足していた。一見《いちげん》の客に主は容赦がない。近くの派出所へ正一を突き出した。翌朝、緑平は大牟田警察署の来訪を受け、無銭飲食の男の身柄を引き取りにくるよう伝えられ驚く。不足代金をおでん屋に支払った後で警察署に出向き正一を引き取り、大牟田駅で切符を買い与え熊本に帰した。緑平が正一から受け取った葉書にこうある。

「あの日帰りましてから悪寒と慚愧とのためにズット寝てゐました。私の愚劣な生活も此度の愚劣な行動で一段落ちつきました。破れるものはみんな破れてしまった。落ちるところまで落ちてきた、といったやうな気分です」

関東大震災

不安と焦燥が正一を一処に留めおかせない。どこかにいきたいところがある、というのではない。熊本を出たい。もう一度、東京にいってみようか。東京は苦悶を嘗めに出かけたような町である。しかし、それでも東京には、あの東京にだけは、己を委ねられる未知の何ものかがある。思い立つや、妻にも告げずに、憑《つ》き物につかれるように家を出た。大正八年の一〇月、正一、三七歳の時だった。頼りは熊本時代の二人の句友、第五高等学校の職員から文部省本省へ転じた茂森唯士、早稲田大学に入学した工藤好美だった。

東海道線が小田原を過ぎ横浜を通る頃に日は落ちた。品川を経て車窓に映る街の灯りが眩《まばゆ》い。明滅する灯りに目をやりながら、この東京で食いつなぐ努力をつづけるならば開けるかも知れない未来に、正一は望みを繋ごうとしていた。新橋で省線に乗り換え、高田馬場で降りる。早稲田を中退して帰省した二三歳の時以来だから、高田馬場も十数年ぶりである。駅前の光景はすっかり変わっていた。

下戸塚の通りに面した駄菓子屋を探し出し、その二階に住まう茂森を訪ねた。たまたま空いていた隣室の四畳半を借りることにした。所持金はわずかである。茂森や工藤に甘えるわけにはいかない。部屋代や飯代を稼がねばならない。翌日から二人の助力を得て仕事探しに出かけるものの、うまくはいかない。御徒町駅近くの東京市水道局管轄のセメント試験場での日雇いの仕事を、工藤がみつけてきてくれた。大きな篩《ふるい》で石と砂を選《え》り分けるだけのきつい労働だった。疲労を引きずり下宿に戻って疲れを癒し、また日が明けて筋肉痛の体を仕事場に運ぶ単調な毎日である。上京した年の翌大正九年の三月には、東京証券取引所の株価が暴落して、第一次世界大戦後の景気後退が起こった。働き口があるだけでも幸運だった。

本郷区湯島のとある果物屋の前を通りかかり、「下宿生求む」の貼り紙で知ったこの店の二階に居を替えた。下宿代は安く、日雇いの御徒町の仕事場に近い。日の当たらない屋根裏の狭い空間だったが、都会の洞窟のようなこの部屋が自分には似つかわしい。

晩秋の冷たい雨の降る夕方、セメント試験場から下宿に帰ると、山口県和田村の咲野の実兄からの封書がポストに入っている。開けるまでもなくその内容は推し量られた。自分から咲野を引き離したいのにちがいない。果たせるかな、家族のことを顧みない正一を難じ、咲野と健は自分達が面倒をみるから、同封の離婚届に署名、押印して返送せよとのことだった。

まっとうな肉親ならそう考えて然るべき内容である。このような手紙がくるというのだから、離婚は咲野も承知のことだろうと忖度《そんたく》して署名した。階段の踊り場から物干台に出て、外に向かって設《しつら》えられた階段を下り通りに出る。街灯の下に佇むポストに返信を投げ込むと、コンという音が返ってくる。

通りの向こうに屋台の支那そば屋が客を待っている。懐は寂しいが、三、四杯のコップ酒ならなんとかなる。これでもう熊本にも戻るところはなくなった。妻と健に会うこともなかろう。押印してしまったことを悔やんでみるが、さりとて、はるか隔たった東京でうらぶれた生活を送る自分に、妻子を引き留める資格はない。不甲斐ない。残りのコップ酒を喉に放り込む。

東京に出てきて一年が過ぎた。セメント試験場での仕事を熱心にやるより他に食っていく当てはない。この仕事に勤《いそ》しんだ。認められて日雇いから東京市役所臨時職員に昇格、次いで東京市の一ツ橋図書館の事務職の話が飛び込んできた。図書館の事務職に転じて肉体労働からようやくにして解放された。正一の神経質な素質は事務職の几帳面な仕事ぶりとなってあらわれ、翌大正一〇年の六月には本採用となった。しかし、精勤は一年半ばかりしかつづかなかった。夏が過ぎ涼風が立ち始めた頃、自分でも解することのできない沈鬱に襲われる。

集中力が衰え、一時間も机に向かい座っていると、徹夜仕事の後のような重い疲労感である。怪訝そうに正一の姿をうかがう職員の視線が気になる。どこかに逃げ込みたいが、職場にはそんな所はない。就業時間を過ぎると、そそくさと下宿へ戻る。夜は眠れない。カルモチンを飲んで明け方に少しまどろむ。一人でいる時の孤独にはどんなに深くとも、何がしかの甘美がある。しかし、人目に晒された職場での孤独はひたぶるに辛い。

どうにもならない、やめるしかないか。不本意だ、実に不本意だと思いながら、辞表を提出せざるをえなかった。

「頭重《ずおも》頭痛不眠眩暈《めまい》食欲不振等ヲ訴ヘ思考力減弱セルモノノ如ク精神時ニ朦朧トシテ稍《やや》健忘症ヲ呈ス。健度《けんど》時ニ亢進シ一般ニ頗《すこぶ》ル重態ヲ呈ス」

辞表とともに一ツ橋図書館の事務局に提出した、湯島の下宿近くの医師の診断書である。退職一時金を頼りに、下宿で生活をつづける。句作に手を出す気分にはなれない。

大正一二年九月一日、前夜も不眠に悩まされた正一は、その日の午前中重い頭を抱えて、床の中でぐずぐずと時間を過ごしていた。昼飯でも食いに出かけようと布団から半身を起こす。その瞬間、地を這う鈍く重い轟音が聞こえてきた。何だろうこの音は、と思う間もなく強烈な震動が正一を襲い、壁土がガサッと音を立てて崩落した。柱がギシッ、ギシッと鳴って折れる。次いで屋根が部屋の中にめり込むように落ちてきた。とっさに机の下に潜り込む。乾いた土と瓦の破片が机を覆う。机の下のわずかな空間の中で海老のように身を屈《かが》めた。

破裂音をともなった激震は去ったものの、ユッサ、ユッサの揺れは収まらない。揺れの度に瓦と土がザアザアと机に降り注ぐ。このままでは土に埋まってしまう。瓦を押退《おしの》け屋根に体を出す。夏の終わりの太陽が体を射る。落ちた屋根に立ってあたりを見渡せば、湯島一帯の木造の家のほとんどが倒れている。砂埃が立ち、火の手があがっている家も視角の中に七、八カ所みえる。

家の下敷きになった肉親にあらん限りの声で呼びかけ、落ちた屋根を掻き分ける必死の形相の人々がいる。道路に倒れた家々が逃げ惑う人々の行く手を阻む。気がつけば、自分の立っているところから左に一軒おいた家から、炎があがろうとしている。

巡査が近くの小学校に逃げるようメガホンで促す。正一は寝巻き姿で足早に指示された小学校に避難する。小学校に集まった人々の顔は一様に引きつっている。助け出そうにも出せなかった親や子供の名前を叫び、口をわなわなと震わせている。抱き合って泣きつづける親子がいる。取るものも取りあえず小学校に避難してきたが、残してきた肉親が急に気になり、引き留める人の手を振り解き、家に引き返す人がいる。俺も私もと何人かがこれに追随する。

最初の揺れから三時間ばかりが経った。小学校の校庭に立って空を見上げれば、もうもうたる黒煙に遮られて太陽が黒い光りを放っている。本所や深川の上空であろう、黒い光りの中に無数の紙が乱舞している。何だあれは。トタン板だ。一人の男が叫ぶ。火に吹きあげられて宙を舞う屋根のトタン板だった。真昼の空を蛾の大群が蠢《うごめ》いているかのような不気味な光景だ。

湯島にも火の手があがり、この小学校も危ない。巡査の先導によって上野の森へ移動する。打ちのめされた群集はただ寡黙だった。移動を始めると、別のいくつもの集団が加わってくる。絶望の塊が上野の森に向かって動く。

野宿する人々の嗚咽が消えて、夜更けの上野の森は異様な静けさだった。体の一番奥の方からガタガタという震えが起こり、この震えに正一は身を任せていた。震えが止まる頃に桜の木に背をもたれて寝入った。上野の森が白く明けて目覚めた正一は、茂森唯士のところへいってみようと思いを定めた。茂森は文部省から日本評論社の編集長に転じて、一戸建ての新居を下戸塚に構えている。上野から下戸塚までどうやっていけばいいのかわからないが、省線沿いにいけば何とかなろうと歩き始めた。

茂森の新居は被害を受けていなかった。茂森は結婚の祝儀のために、運よく地震前に熊本に帰っていた。京都大学を出て就職口を探しに上京していた芥川が茂森宅にきており、鍵のかかった玄関の前でへたり込んでいた。高田馬場の駅前で始まった慈善団体の炊き出しの握り飯をもらいに出かけ、駅の周りにできたバラックの食堂でなけなしの金をはたき、すいとんで飢えを凌いだ。

こんな東京にはいられない。正一は東京を後にし、熊本をめざした。芥川も郷里の岡山まで同行したいという。東海道線は不通だったが、ようやく修復された中央線に乗り、避難民の汗にむせかえる満員の汽車で、塩尻、名古屋を経て京都をめざす。山陽線を待つ京都駅のプラットフォームで、同行の芥川が顔を歪めてへなへなと崩れた。正一は駅員を呼びに走り、担架で芥川を市営病院に運んだ。すでに息の薄くなっていた芥川は、病院に着いてほどなく息を引き取った。深夜の病室の前で待つ正一に医師は、芥川が腸チフスで死亡したことを伝えた。

一人熊本に着いたものの、咲野のところにいくわけにはいかない。熊本も正一にはすでに異郷だった。結婚の祝儀のために熊本に帰省していた茂森の世話で、坪井川のほとりの海産物問屋の蔵の二階に住まうことになったが、食うことができない。正一のことが咲野の耳に入る。一度は所帯をもち、子供までつくった間柄ではないか。もう一回やり直してみようか。正一と咲野の惑いの生活が始まる。

観音堂

昨夜も白々と明けるまで眠れなかった。寝る前に飲んだ睡眠薬に効能はなかった。夜更にさらにカルモチン三錠を服したものの、覚醒が著しい。明け方になって少しうとうとした。頭が油膜を張られたように鈍い。階下から朝食に促す妻の声が聞こえる。食欲がない。茶を啜るのがせいぜいだった。咲野は夫の気分を少しでも引き立てようと努めるが、正一には鬱陶しい。妻の心尽くしはわかっている。それに応えるすべのない自分が情けない。一人になりたい。

風邪で寝ている息子の健の呼ぶ声に応じて、咲野が朝食の卓を離れる。その隙に正一は、店の手提げの金庫から金を抜き取り、下駄を突っかけて外に出る。通道筋の左手に熊本城の天守閣がみえる。お城にいってみるか。内堀に架かる厩橋を渡り城壁沿いに歩いて、北大手門から城に入る。石段をいくつも登り、市街を見下す二ノ丸のベンチに腰を落とす。霞がかかったような市街に目をやる。市街の向こうに島原湾が広がる。

一二月の熊本城の一隅で、正一の脇を冷たい汗が流れる。いい歳をして何だ、このざまは。腹立たしくあたりの石を濠に蹴込む。ポトンと頼りない音が返ってくる。城の坂を駆け下りる。響く下駄の音に、森の寒雀がいちどきに飛び立つ。西大手門をくぐって行幸橋を渡り、路面電車の走る道路に面した、市営公会堂のはす向かいの一膳飯屋に入る。いつもの店だ。飲み出すと際限のないこの男のことを知っている女中が、無愛想に迎える。銚子、冷や二本といえ、へえと気のない返事である。

銚子二本の酒はすぐに胃に収まってしまった。酔いが襲ってくれない。深酒を始めたのは早稲田大学に在学中のことだから、もう二〇年もの間、酒と縁が切れたことがない。酒量は着実にふえた。酒量がふえているのに、酩酊はなかなか得られない。酒に対する耐性が強まって、同じ量の酒では酔わなくなっていた。

でもまだ午前中だ。酒は切りあげて家に戻るか。一睡もせず日がな酒を飲みつづけるわけにはいかない。正一が帰ってきても、咲野は気付かないふりをしてくれた。二階にあがって横たわる。新聞でも読んでいれば眠気も襲ってくるだろう。が、今日の覚醒の著しさはいつもとはちがう。

夕方まで布団に伏せて苛立つ。正一はもう一度、一膳飯屋に向かう。六本の銚子を空にして頭はまだ冴えている。この一膳飯屋、卓が一〇近くもあるのに、それに夕方だというのに、自分以外には客がいない。飯屋の前を通る路面電車をみるともなくみている。電車の窓からぼうと薄暗い灯がこぼれ、乗客の黒い顔が蠢く。

こうやって電車を眺めているのに、それを眺めている自分が自分のような気がしない。存在しながら存在していないという、実に奇妙な感覚である。自己不在感を焦燥する自分をじいと眺める、もう一つの自分がいることに気付く。自分は二つに引き裂かれてしまったのか。消し去ることのできるのは肉体の方しかない。一方の自分を滅し、他方の自分を生き残らせるよりない。錯乱は極にいたる。意識と存在との断裂から己を救済するには、肉体を破壊するしかない。

市役所前の停留所を離れた路面電車の、チンチン、チンチンの音が聞こえる。電車が速度をあげて一膳飯屋の前を通るのは間もない。銚子に残った酒を茶碗に注いでぐいと飲み干し、下駄を脱ぎ捨て、顔を引きつらせ、低く呻いて暖簾を掻き分け外に走り出す。ただならぬ空気を察して女中が追う。

路面電車を眼前に捕らえて、正一はレールのうえに立つ。加速度をまして電車が正一にぐんぐん近づく。正一は電車のランプをにらみつけ、体を硬直させ両の手を広げて、小さな仁王のようにぴくりとも動かない。

運転手は、前に立ちはだかる奇妙な黒い影にぎょっとして、急ブレーキを踏む。電車は鋭い金属音を発しながら二〇メートルほどを走り、正一の凄んだ顔のほんの少し前で停止した。正一の腰の力が抜け、レールのうえに軟体動物のように崩れる。急ブレーキに将棋倒しになった乗客が血相を変えて飛び出し、この酔いたんぼめ、と罵る。正一の意識は、そこでふうと途切れた。

路面電車のドアの近くに立って新聞を読んでいた木庭徳治は、急ブレーキで倒れ右肩をしたたか打った。痛む肩に手を当てながら、何事かと外に出てみれば、着流しの男が電車から降りた数人の乗客に囲まれている。目を凝らすと、見知った種田山頭火ではないか。殺気だったその場から引き離さねばと直感した木庭は、こいつはわしがよう知っとる男じゃ、わしに任せてくれと叫び、車掌の手を借りて自分の背に負い、人気の少ないところへ連れ出す。全身から完全に力の抜け落ちた肉体を背負って歩くのは容易ではない。一〇歩も歩くと、体は背中からふにゃふにゃと崩れ落ちそうになる。熊本城の内濠に架かる行幸橋の袂に辿り着いた。

木庭は壺渓塾という大学予備校を市内に開設している人物である。層雲誌の選者にして当地で自由律句に特異な才能をみせる、俳号を山頭火と称する正一は、木庭には見捨ててておけない存在であった。泥酔を繰り返し、市内を徘徊する噂をも木庭はよく耳にしていた。人間存在の空無をじっと見据えたようなあの句が、どんな人物によって詩われているのかに、木庭は関心をもったのである。

夜風の中でこうしてもいられない。どこかに連れていって介抱しなければならない。

どこに運べばいいのか。自宅は下通町の古本屋だと聞いてはいるが、この体たらくを妻子のところに連れていくわけにはいかない。

坪井町の報恩寺の旧知の住職の望月義庵に預かってもらおう。義庵が報恩寺で月に一度やっている「無門関」の法話の会に出ていた正一を、木庭は以前みたことがある。義庵も正一のことを覚えているかもしれない。昏睡する正一を通りかかった人力車に乗せ、行幸橋から二〇分ほどの報恩寺に向かった。

報恩寺は熊本城の北東部、市内を流れて島原湾に注ぐ白川の辺《ほとり》の禅寺である。道路を走る人力車の乾いた音が寒風に響く。木庭は奥歯が合わないほどに寒かったが、正一は寝り呆けている。人力車で報恩寺の山門をくぐり、住職の住まう坊の玄関の三和土《たたき》に立って、木庭はことの一部始終を義庵に告げる。わしも正一なら少しは知っちょる、事情はようわからんが、死んでしまいたいというんじゃから、苦しかったんじゃろ。しばらく預かってやってもいいがの、と義庵が応える。本堂の左側の十畳ほどの広間に、まだ目覚めぬ正一を引きずり、布団に寝かせた。意識は混濁しているが、呼吸が正常であることを確かめ、木庭は報恩寺を後にした。

早朝、正一は長い眠りから薄く目を覚ました。自分がどこにいるのか訝しく思ったが、温かい布団の中にいることだけは事実だ。漂う香りは線香である。そうか、ここはどこかの寺だ。誰かが自分を救済してくれたのか、とぼんやり悟る。生きていたのか。あの極度の緊張から放たれて正一の心は弛緩し、自分の居所も不確かなまま、またまどろんだ。目覚めたのは午前八時頃だった。生きていたのか。

義庵の顔がみえ、ここは坪井町の報恩寺だと知らされる。義庵は起きあがってきた正一に、自分の褌やら着物を貸し与え、朝の風呂に入るように、という。朝食を二人で摂る。義庵は茶を啜りながら、木庭が昨夜、正一をここに連れてきた経緯をようやくにして語る。おまんさんが望むのであれば、しばらくここにいてもわしゃかまわんがのう。本堂と厠、境内の掃除に身を入れてやってくれりゃそれでいい、といって部屋を出ていく。

他に何かすることが今あるわけではない。仏につかえる住職のいうことだ、義庵に身を添わせてみようか。あの自殺騒動のことは、妻子や友人たちにも知れ渡っているにちがいない。寺の外に出るわけにはいかない。

寺の小宇宙の中に佇んでいると、精魂尽き果てていた自分の体から、疲労が少しずつ消えていく。報恩寺にきて以来、酒は完全に断っていた。しかし、悪霊はそう簡単に正一を離すことはなかった。

一週間ほど経ったある夜、夕食をすませ、義庵から時間をみつけて読むようにと与えられた「無門関」に目を走らせていた。その最中に、書をもつ手の指先にかすかな震えが始まる。どうしたことかと思っていると、右の腕が書物を掴むこともできないほどに震える。大きな震えが小刻みな震えに変わり、これを止めようとすると全身に痙攣《けいれん》が走る。体の全体が高熱を発しているではないか。

と、正一の耳の中に、奇妙にも鮮明な海の音が聞こえる。不可思議な幻聴に呆然とする。今度はしんと静まり返った、夕暮れの森の中の切り株のうえに一人座している。熱帯の森の中のようだ。正一を包む空気が、粘りつくような湿気を含んでいる。あたりをみまわせば、なんと蜥蜴《とかげ》が蠢いているではないか。足元から次々と正一の腰へ腹へ首へ顔へとあがってくる。

自分は寺の一室にいて、机の前に座している。自分の目は、机や本や寺の庭木を確かにみている。なのに、この光景は何だ。全身が痙攣し、痙攣が収まると失神したように深い眠りに落ちた。睡眠は一昼夜つづいた。義庵は、死んだように眠りこける苦悩の塊に目をやる。この深い眠りが正一を救済に向かわせる契機となるのではないか。

目覚めて正一は、きわめつきの酒好きだった防府の生家の、ある小作人のことを思い出した。正一は子供の頃、虚しさを全身に漂わせたこの男がなぜか好きだった。男は昼間から大酒を飲んで馬に鍬を曳《ひ》かせている最中に、扱いに機嫌をそこねた馬によって蹴あげられ、ひどい怪我を負わされたことがあった。村の病院に担ぎ込まれ、一命を取り留めた。断酒を命じられた。

病院に入って五日ほど経ち、医者の手当の甲斐あって快復の見通しが立った頃に襲われた、この世のものとも思われない幻覚のいくつかを、正一はこの男から聞かされた。口の中に魚の骨が刺さって、これを抜いても切りがない、蟻が体中に入り込んで、あらゆる臓器の中を這い回っている、といった譫妄《せんもう》の話だった。

そうか、あれは禁酒を余儀なくされたアルコール依存症の男に生じた譫妄だったのだ。自分の幻聴も幻視も、あの男のものと同類にちがいない。長い熟睡から目覚めて、正一は奇妙にもほっとした。これで自分の身中から酒を渇望する餓鬼が追い払われ、酒との縁も切れるかもしれない。

感覚のこの反転がなぜ起こったのか、正一は不思議だった。外界の煩わしい刺激から放たれ、酒への執着も、あの激しい断酒の発作以来ふっ切れた。食事や就寝、生活のあれやこれやに思い煩うことなく、寺の静寂の中に身を委ねていればいい。生活の安寧、穏やかな環境が、正一の心に平静をもたらしたのであろう。

解くすべのない苦悩を止めどなく引きずってきたが、あの自死への思いに追い込まれた時ほど、狂気に身を焼かれたことはなかった。路面電車の運転手の機敏な判断によって、肉体の死は免れたものの、あの事件によって己を苛む苦悩の発火源が破壊されてしまったのだろうか。

苦悩常住が自分の人生だと正一は思い込んできたが、そうとばかりはいえない。これまでの日常から離脱し、少しでも前方に歩を進めてみよう。義庵の説くところに身を委ねて生きてみよう。就寝前に本堂の前の板敷きの階段に腰を下ろし、熊本の夜の天空に明滅する星屑を仰ぎながら、正一には決するところがあった。仏門の何たるかは不分明だが、義庵の荘重な読経を聞きながら、その中に自分を救済する方途が見出されるかもしれないとも思う。

本堂の仏像の前の机にいつもおかれている「曹洞教会修証義」を、正一は夕食後、毎日読んだ。いくたびか繰り返すうちにこれを暗記した。「生死の中に仏あれば、生死なし。但だ生死即ち涅槃《ねはん》と心得て、生死として厭《いと》うべきもなく、涅槃として欣《よろこ》ぶべきもなし。是の時初めて生死を離るる分あり。唯だ一大事因縁と究尽《きゆうじん》すべし」を反芻した。

報恩寺での三カ月の生活の後、大正一四年が明けた正月のある朝、本堂の雑巾がけを終えた正一は、方丈に座す義庵の前に出て深々と頭を下げ、雲水見習いとして修行したい旨を申し出た。義庵は応諾し、そこまで思いいたってくれてわしも本望じゃ、という。

翌三月、正一は義庵に命じられて、報恩寺の末寺の瑞泉寺の堂守へと赴いた。熊本市から山鹿市に向かう街道の途中に、鹿本郡植木町字味取がある。熊本県の北部、肥後台地の西端に位置する。西南戦争の激戦地、田原坂の東方一里ほどのところである。瑞泉寺は、三〇軒ばかりの農家からなる味取の村はずれの小高い山の森の中に佇む、味取観音と通称される小寺である。百段を超える傾斜の強い石段の両側に赤松が植えられ、太い枝が石段に覆い被さる。石段には松の葉が積もり、草鞋の足にふわっとした感触が伝わる。

石段をあがり切ったところに観音堂がある。観音堂を取り巻く庭には雑草の若芽が吹き出している。左手の奥に堂守のための一軒がある。観音堂に向かって右手前の、味取の村が見渡せるあたりの鐘堂に、小振りの鐘がぶら下がる。村から一本の電線が引かれて電灯は点く。井戸はない。水は村の当番が桶で朝晩運んでくれる。

朝夕の鐘を撞くことが正一の日課であり、これを除けば仕事はない。墨染の法衣に網代笠を被って植木の町を托鉢して歩くことも時にはあるが、村人が持ち込んでくれる米、塩、味噌、醤油、野菜などを使っていれば、一汁一菜の生活に欠くことはない。話しかける人はいない。山林の闇に包まれて正一は孤独だった。孤独は寂寥を深める。しかし、寂寥が正一を不安や焦燥に追い込むことはなくなっていた。

正一は井泉水の自由律句に強く惹かれ、大正二年に層雲同人となった。句を同誌に送りつづけ、これが井泉水の深い共感を得て、大正五年、三四歳の時に層雲誌選者の一人となった。俳号を山頭火とした。井泉水との手紙の頻繁な往復が始まる。

瑞泉寺の堂守となって間もない頃、井泉水宛に次のような手紙を書いた。

「私は今月（三月）の五日にこの草庵をあづかることになりまして急に入山いたしました。片山里の独りずまゐは、さびしといへばさびしく、しづかといへばしづかであります。日々の生活の糧は文字通り托鉢に出て頂戴いたします。村の人々がたいへん深切（ママ）にして下さいますので、それに酬《むく》ゆべくいろいろの仕事を考へております。私も二十年間彷徨して、やつと、常乞食《こつじき》の道、私自身の道、そして最初で最後の道に入つたやうに思ひます」

炎天をいただいて

報恩寺から瑞泉寺へと、寺の生活も一年半になる。尾崎放哉が小豆島で息を引き取ったという報せが木村緑平から届いたのは、その頃だった。

放哉の死の報に促されるように、山頭火は味取観音堂を捨て、再び放浪を始めた。大正一五年の四月のことだった。漂泊に身を任せていれば、いずれは放哉がみつけたような死に場所が自分にも、どこかでひょいと与えられるかもしれない。

山頭火は歩いた。ひたすら歩いた。歩き、ただ歩いて、取り巻く世界の流転に自分を融け込ませるより他ない。瑞泉寺を経ち、山頭火は井泉水宛に次のように認《したた》めた。

「私はたゞ歩いてをります。歩く、たゞ歩く。歩く事其《その》事が一切を解決してくれるやうな気がします。先生の温情に対しては何とも御礼の申上やうがありません、たゞありがたう存じます。然し、悲しいかな私にはまだ落付いて生きるだけの修行が出来てをりません……放哉居士の往生はいたましひと同時に、うらやましひではありませんか。行乞しながらも居士を思ふて、瞼の熱くなつた事がありました。私などは日暮れて道遠しであります。兎にも角にも私は歩きます。歩けるだけ歩きます。歩いてゐるうちに、落付きましたらば、どこぞ緑のある所で休ませて頂きませう。それまでは野たれ死にをしても、私は一所不在の漂泊をつづけませう」

気がつけば南郷谷にきていた。阿蘇五岳が北方に聳え、南方に外輪山が連なっている。山頂に近づくにつれ緑は薄れ、岩石の色が濃い。噴煙がたゆたい、雲の中に消えていく。

南郷谷から南下して高千穂に向かう。高千穂を東流する五ヶ瀬川が岩を刻んで形づくる高千穂峡に踏み入る。六月の緑を映した峡谷の水が、深く音もなく流れている。五ヶ瀬川のこのあたりは、九州山地の中央部である。山々が幾重にも連なり、稜線が濃く薄い。

五ヶ瀬川の南源流の国見峠まで歩く。覆い被さるような緑が鬱陶しい。山の湿った空気に気分が萎《な》える。山の緑から逃れるように、峠に向けて歩を早める。

九州山地の脊梁《せきりよう》部にあたる国見峠に立つ。国見山、大関山、宮ノ尾山、さらにはそれらの主峰に連なる名も知れぬ山々が霞む。山道は無限の緑である。この果てもない山をいくつもいくつも突き抜けねば、高岡への道は開けない。

振りほどこうとあがけばますます頑固に棲み着く執着、そいつがこの緑だ。一つの緑の山を通り抜けるや、また別のもっと深い緑の山に分け入ってしまう。山頭火は呟く。

　　分け入つても分け入つても青い山

九州山地の東端、日向灘に面した高岡、宮崎、日向を経て延岡に向かう頃は、もう晩夏だった。瑞泉寺を発って二カ月以上が経過していた。所持金が尽き、高岡に入ったあたりから行乞を繰り返す。

墨染めの法衣に網代笠、頭陀袋を下げ、鉄鉢と杖を手に、白の脚絆に草鞋のいでたちである。埃と汗にまみれた法衣は行脚の途上、川で何度か洗った。生地が色褪せ、ところどころがほつれていた。四〇歳をとうに越えていた山頭火が、八月の炎天下、軒下に立って読経をつづけ、幾許かの金銭や米を乞い歩くのは辛苦だった。行乞の叶わぬ雨の日がつづけば、水で空腹を凌ぐ。

延岡に着く頃、疲労は極に達した。延岡は、宮崎の県北を東流する五ヶ瀬川が日向灘に注ぐ河口部の町である。川の中州に、石垣だけが残る延岡城跡がみえる。城跡の近くの木賃宿に逗留する。懐は寂しいが、一両日休めば、また市内の行乞で宿賃くらいは何とかなろう。残暑の光線を放っていた太陽が、延岡城跡の西方の九州山地の稜線に沈んでいく。暑い一日だったが、夕焼けに染まった雲はもう秋である。

宿の二階の畳に横たわる。夕焼けの雲が色を落としていく空を眺めているうちに、急に眠気に襲われた。しかし、ほどなくして宿帳をもってあらわれた女中に起こされてしまい、それからはまんじりともできない。手足がじんじんするほど疲れているのに、眠れない。力の弱い裸電球のまわりを蛾が飛び交い、羽音が苛立たしい。もう一度眠りに入ろうと電灯を消し、眼を閉じる。しかし、眠れない。

まだ酒屋も閉じてはいまい。五合の安酒を求めるくらいの金ならある。五ヶ瀬川をまたいで中州と市街地をつなぐ飯田橋を渡ったあたり、今山八万神社の近くに、薄い光りを灯らせる酒屋をみつけ、求めて宿に戻る。

胃の腑に二合の酒を放り込んでみたものの、酔いは薄い。カルモチン三錠を服す。さすがに眠気が体を浸した。しかし、一晩中まどろんでは醒め、醒めてはまどろんで朝を迎える。行乞への意欲が失せる。しかし、行脚しなければ今日の糊口を凌ぐことができない。町に出る。幸町、山下町、萩町と二〇軒ほどを回った。

炎天をいただいて乞ひ歩く

味取観音堂を出て三カ月である。この間、山頭火は俯《うつむ》き草鞋をみつめて歩きつづけた。九州山地を形づくる山々の稜線に目をやっても、月や星雲を仰いでも、渓谷を流れる水の音を聞いても、心に響かない。行脚を重ねながら、歩いているのは自分の影なのか。

九州山地をあてどなく彷徨《さまよ》って、八月の旬日、山頭火は再び木村緑平のところに着く。

緑平は、一三年間勤めた大牟田の三井三池鉱業所病院を退いて、故郷の福岡県三潴郡浜武で医院を開業していた。浜武は、有明海に注ぐ筑後川に沿う穏やかな田舎町である。緑平宅に着いたのは午後の四時頃だった。玄関の三和土に立って地声を張りあげる。緑平の痩身が柔和な顔を乗せてあらわれる。山頭火さんかいの、よくおみえなりましたのお、どうしておられたか気になっていたんですよ、と出迎える。

山頭火のやつれた顔に、肉体の疲れとは別に、心の闇がなお深いことを緑平は悟る。今日は来診の患者ももうないじゃろうから、ここいらで今日の診察も終わりにして、まずは一杯ということにしませんかいの、と誘う。風呂に浸かり、糊のきいた浴衣を着せてもらって、二階の居間の手すりのついた縁に腰を下ろす。傍らで微かに煙る蚊遣の匂いに安らぐ。診療室の後片付けを終え、緑平が団扇を片手にやってくる。

味取観音堂を出立《しゅったつ》して以来、寡黙な放浪をつづけてきた山頭火は、緑平に出会って饒《じょう》舌《ぜつ》だった。心の中に溜まっていた鬱屈を吐き出す。鬱屈の塊の周辺が少しずつ熔けていく。盆に燗を載せて二階の居間に何度か顔を出す緑平の妻は、語り継ぐ山頭火に言葉をかけることもできない。銚子を何本運んだことか。緑平は酒が駄目である。最初、猪口《ちょこ》に少し口をつけただけで、後は一方的に注ぐだけだった。

山頭火は、わしの執着はなぜこうまで深いのかのお、といって溜め息をつく。緑平は辛いのじゃろうのお、と相打ちを入れるより他ない。また旅にでるんじゃろうから、どうかの、山頭火さん、まずは母上と二郎さんの菩提を弔ってやったらのお。

緑平の妻が敷いてくれた布団に横たわる。太陽を吸い込んだ布団に寝たことは久しぶりだった。涼気を含む夜の風が蚊遣の煙を揺らせる。虫の音が部屋を満たす。酔いが手足のすみずみまでを浸している。意識が遠のき、引き込まれるように寝入った。


緑平の家を後にした山頭火は、関門海峡をわたり山陽路に沿い、生まれ故郷の防府を通り抜け、徳山を経て岩国に向かった。秋の薄い陽を網代笠に受けながら周防灘に面した町々を通り、柳井を過ぎた頃から安芸灘を右手に北上をつづける。岩国はもうすぐだ。八年前に岩国警察署の巡査に連れられていった道順を思い起こしながら、岩国郊外の小高い愛宕山の山中、二郎の縊死の現場に着く。山頭火は「無門関」の読経に声を張りあげた。

瀬戸内の海を染める夕焼けが、愛宕山の紅葉の色を強めている。陽が陰り空が次第に闇を含む。足早に山を下り、岩国の市内を流れる今津川に架かる寿橋の袂に木賃宿をみつけた。死ぬことができない以上、あてどない行乞の放浪をつづけるより他ない。放哉のように、いずれ自分にも似つかわしい死に場所が与えられないものか。中国地方の山々に踏み入り、再び漂泊に身を任せる。

この旅、果てもない旅のつくつくぼうし

放哉墓参

放浪の過程で、山頭火を強く傾倒させたものが尾崎放哉だった。山頭火は放浪の途上、井泉水輯《しゅう》『放哉書簡集』を買い求めた。死の淵に立って放哉はなぜあれほどまでに乾いた調子で人間の真実を詩いつづけたのか。厭世の思いは確かに強いものの、それだけではない、しなやかな孤独を放哉は漂わせていた。

死が近づくほどいよいよ清冽な放哉の句に、己が追い求める自由律句の精神の真髄を山頭火はみた。そうだ、放哉の墓に詣でてみようか。昭和三年の七月、山頭火は四国巡礼の旅を経て伊予路を辿《たど》り、高松から小豆島の土庄に向かう。汽船のデッキに立つ山頭火の頬を夏の湿った風が撫でる。西に備讃瀬戸、東に播磨灘、静かに広がる夏の海を、汽船がエンジンの律動を響かせて進む。

小豆島の南端に突き出す地蔵崎の白浜山が姿をあらわす。地蔵崎を右手にみながら、汽船は土庄港に近づく。備讃瀬戸の空を染める夕焼けに心が和む。汽船が土庄港の船着き場に着く。遍路にやってきた白装束の三、四組の巡礼の夫婦が、船の着くのが待ち切れないかのように、急ぎタラップに集まっている。

山頭火が頼るのは、この島で醬油醸造業を営む層雲誌同人の井上一二である。寺男になりたいという放哉を井泉水から紹介され、彼を小豆島に住まわせたのが一二だった。山頭火は、四国巡礼の途上、一二宛に小豆島をいずれ訪れると連絡しておいた。

一二の住所を書き留めた紙片をもって歩く。あたりは暗闇に包まれていた。道すがら出会った老人に一二の家の方向を聞く。海岸に弱く寄せる波の音が聞こえる。しばらく歩いて一二の家に着く。おいでるか、山頭火じゃが、と大きな声で来訪を告げる。ああ山頭火さんですか、おいでんさい。華奢な体に似つかわしくない太い声とともに、一二があらわれる。層雲誌で共にそれぞれの句を知り合っている仲だ。一二宅に落ち着いて安堵した山頭火は、急激に空腹を感じた。一二は夕食と酒を振る舞ってくれた。語り合うのは放哉のことばかりだった。

死と皮一枚辛うじて繫がっていたいまわの際にあって、人が句作などできるものか、死と対面しながら書き留められた辞世の句の柔らかさは、一体何なのか。

春の山のうしろから烟が出だした

この句が生まれた経緯を一二から聞かされた山頭火は、激しいものが胸を衝く。放哉という男の孤独の向こうに、柔らかな自然帰入の心がみえる。この辞世の句は、放哉の生涯のすべてを無にしてもなお存分に高い価値をもつと、山頭火は思う。俗世への執着を放下しなければ、こんな句はつくれない。自分にはできそうにない。

放哉よ、放哉、酔いの中で山頭火は呟く。外は暗くなったが、今夜、放哉の墓に連れていってもらえんかいのう、と山頭火はいう。私も山頭火さんの来島を放哉さんにいち早く伝えた方がいいと思うていたところです、放哉さんの面倒をみてくれた西光寺の宥玄さんもお誘いして、三人で出かけましょう、と一二はいう。

一二と並んで黙して西光寺に向かう。さっき歩いてきた道である。永代橋を渡るとすぐ左に西光寺の山門がみえる。山門の向こうの正面に本堂が構え、その左手前に銀杏の巨木が根を張っている。あの山頭火がきてくれたのかと宥玄は驚き、もちろん御一緒します、という。山頭火は一二と宥玄に挟まれて、本堂の裏手の南郷庵にいく。墓所山の墓石が寄り添い、月明かりに仄白く並んでいる。一二と宥玄が立ちどまってすっと手を合わせた擬宝珠の墓石が、放哉の墓だった。

「大空放哉居士」と彫られた戒名がみえる。一二は自宅から抱えてきた酒を墓石に浴びせ、煙草に火を点けて墓前の土に植え、山頭火の来島を放哉に告げる。

山頭火は頭陀袋から「無門関」を取り出し読経する。放哉よ、放哉、この俺を救済してくれないか。必死の読経だった。

鴉啼いてわたしも一人

山頭火は小豆島を去り、岡山から広島を経て山陰の海岸に沿い、米子、松江を行脚した。松江から宍道湖の北端を通り、山陰海岸に出た頃は雪だった。日本海から吹く風が大山の脊梁で遮られ、雪をこの地に尽きず降ろしつづける。さらさらの粉雪が風に煽られて網代笠を叩く。法衣の袖から粉雪が吹き入る。道路に積もる雪は一尺にもなろうか。雪を蹴るようにして歩き日御碕に立つ。黒々とした波が岬の岩礁を叩き、波頭が降る雪を迷わせている。吹雪の岬で山頭火は「無門関」の読経をつづける。

生死《しょうじ》の中の雪ふりしきる

波音遠くなり

五〇に手の届く年齢になった山頭火には、放浪の行乞は難業である。放哉の墓参以来、自分も一処に留まって句作に専念したい、という思いを深めた。さりとて、家族を捨て、あてどない漂泊をつづける自分に定住の場などない。わかってはいるが、旅に倦んで足が鈍る。

定住への思いが頭に棲みつくや、熊本に住まう妻の咲野への愛おしさを抑えられない。しかし、今さら妻のところに引き返すのは身勝手に過ぎる。咲野とて自分を受け入れてくれるだろうか。定住への思いに駆り立てられ、足は熊本の方に向く。昭和四年、空気が温もりを含み始めた三月のとある日の夕刻、山頭火は「雅楽多」の前に立つ。三年前に抜け出ていった時と寸分違わぬ店の佇まいである。

店の薄明かりの下で居間をうかがう。気配を感じて出てきた咲野が、法衣を引きずる山頭火を呆けたような顔で見据える。長いこと逢えんかったのお、と山頭火は口を開く。そんなとこに立っているのもなんじゃけ、はようあがってお座りなされ、戸惑いを隠して咲野は口早にいう。

見慣れた居間の箪笥に背をもたれ、茶袱台を前に座る。茶を啜りながら、何をどう話したらいいものか、気まずい眼を茶袱台のうえに彷徨《さまよ》わせる。健はどないしとるんかのおと問えば、あんたがおらんようのうても、ちゃんと頑張って、今は日鉄二瀬炭鉱で働いとります。もっと偉うなろういうて、こんたびは秋田の鉱山専門学校を受けて合格しちょっとよ、咲野はいう。

山頭火はすべてを知っていた。咲野のところにやってくる前に飯塚に立ち寄り、健の勤め先を訪ね、会ってきたのである。そのことは咲野には伏せておいた。咲野と一つでも共通の話題を得たかったからである。健の話が咲野から出るたびに山頭火は、そりゃたいしたもんじゃいのお、とやさしく返す。咲野と健を捨てて放浪の旅に出た自分を詫びる方法が他にない。

咲野は怨みがましい言葉を発しない。この俺をもう一度迎え入れてくれるということか。風呂に浸かり浴衣に着替え居間に戻れば晩飯が用意され、銚子二本もおかれている。咲野は黙したまま山頭火の盃に酒を盛り、自分も茶碗にわずかに注ぐ。

健のことを語った後は、山頭火には継ぐ言葉が浮かばない。たまりかねたように咲野が口を開く。また、どこぞにでかけなさるんですかいのお。山頭火にはこの言葉が、もう一度一緒に暮らしてみる気はないのか、といったふうに響く。そうさせてくれ、と胸の中で呟くものの、口には出せない。ああ、と曖昧な声を発するより仕様がなかった。ひどい疲れのようじゃけん、二階で横になったらどうかいのお、と咲野はいう。

二階の部屋の質素な様子が三年前と同じである。座卓のうえのペン皿に並ぶ数本の鉛筆さえ、以前と同じもののようにみえる。薄い布団に寝そべる。熊本市役所のあたりを走る路面電車のチンチンの音が聞こえる。咲野とここで暮らしたい、痛切に思う。

風呂場で湯を流す音が伝わる。湯舟に浸かっている咲野の姿を思い浮かべて、衝動が体を走る。階下は物音一つしない。咲野はもう寝入っているのだろうか。そうと階段を下りて咲野をうかがう。街灯の明かりが咲野の横たわる布団の花模様をうっすらと浮かびあがらせている。咲野の布団にすべり込む。

咲野との生活が軌道に乗る。以前と同じように額縁や肖像画などを市内の小中学校に売り歩く仕事に精出した。健が秋田の鉱山専門学校を卒業するまでは、父としての務めをまっとうしたいと、いつになく殊勝な考えに変わった。緑平への手紙に次のように書く。

「此度は彼女（咲野）もすつかり折れて私の気持ちが可なり解つたやうであります。年齢の関係、子に対する愛情もありませうけれど、とにかく一歩生活へ近づいた訳であります。実際問題としてはまだ考へなければならない事が残されてゐますが、凡人は凡人らしく、愚人は愚人らしく生活する外はありません」

しかし、こうした心の構えも半年しかつづかない。山頭火には市井《しせい》の生活が、結局のところ、如何《いかん》ともし難いのである。身の定住は心の停滞へと繋がってしまう。備前、備中、備後の行乞の旅でのあの定住衝動は何だったのか。安寧を求めて定住を始めたものの、この定住が不安と焦燥を強めてしまうという不条理に、山頭火の心は再び乱れ始めた。心の中心部に居座る悲哀が日に日に大きくなる。やはり歩きつづけるより他ないのか。ひたひたと歩いて、流転する自然の彩りの中に自分を熔け込ませるよりないのか。どうにもならない、どうにもならないのだ。

昭和五年九月の末、熊本の残暑は厳しい。昨夜もひどい不眠で明け方にほんの少しまどろんだだけだ。そうだ、長らく書き溜めてきた日記、そこに籠められた己の人生の記録を焼き捨ててしまおう。大学ノート数冊の日記を風呂敷に包み、咲野がまだ眠っている階下の居間をそっと通り抜け、「雅楽多」を出る。通町筋を東に進み、白川に架かる大甲橋のところで川べりに下り、下流に向かって歩く。安己橋の橋下には人気《ひとけ》がない。夏草が埋め尽くしている。橋下のコンクリートのところに腰を下ろし、バットに火を点け気分を鎮める。

思いを込めて大学ノートを引き裂く。引き裂いては捨て、捨てては引き裂いて、紙片が小さな一山になったところで火を点じる。湿気を含んだノートに火が点かない。弱い火が消えては、ぷすぷすと白い煙が薄く立ち上る。何本マッチを擦っただろうか、ようやく火が全体にまわって紙片が赤く燃える。
自分の過去など、この小さな火で燃え尽きてしまうほどのものではないか。その程度の過去に、自分はどうしてあんなに拘泥してきたのか、自分の過去に繋がるもろもろへの執着も今日を最後にしよう。

焼き捨て丶日記の灰のこれだけか

法衣に菅笠を被って出立する山頭火を、咲野はもう留めようとはしなかった。出立の後しばらくして緑平に、「六月このかた、ほとんどたよりというものは書きませんでした。私はとうとうまた旅に出ました。まことに懸命の旅であります。私はやっぱり乞食坊主以外のものにはなりきれません」と書く。しかし、漂泊を始めるや、心の構えだけではどうにもならないことを性懲りもなく悟らされる。

捨てきれない荷物のおもさまへうしろ

熊本を発ち、人吉、都城、宮崎、志布志、高鍋、延岡、竹田、由布院、中津、八幡、糸田、門司、下関、後藤寺、福岡、大牟田と、熊本に戻るまでの三カ月の行乞であった。死んでしまおうか。凍てつくように冷たい想念が山頭火を苛む。晩秋の風の強い日、都城から宮崎市に入り、そこから日向灘を左手にみて青島に向かう。山頭火は海が好きではない。不安を湛《たた》える無限の海を前にすると、心はいつも沈んだ。

しかし、緑深い海洋性の亜熱帯植物が群生する青島、晩夏の太陽が降り注ぐこの青島には、自分の心を外方に開いてくれる何かがあるかもしれない。島の南端に沿い、朱塗りの神社の前を通って、日向灘を前方に望む青島の東方先端部の岩に立つ。

「無門関」の読経は波音に掻き消され読経にならない。足早に波音から逃げる。日向灘に注ぐ清武川に沿い、再び九州山地に分け入る。

波音遠くなり近くなり余命いくばくぞ

死んでしまいたい。どうやって死ねばいいのか。いや死ねない。死を念じてはこれを振り解き、振り解いては死を念じるといった、きわどい思いで歩いた。歩いていることだけが、生きて在ることのせめてもの証だった。

「終日歩いた、たゞ歩いた、雨の中を泥土の中を歩きつづけた。歩かずにはゐられないのだ。ぢつとしてゐては死ぬる外ないのだ」

行脚を支えているものは村人たちの、なけなしの資産から分け与えられる喜捨《きしゃ》である。法衣をまとい村人の軒先に立って「無門関」や「修証義」を読経していれば、一日の糊口を凌ぐ施しは与えられる。「袈裟の功徳」か。胃に流し込む酒、不眠に耐えかねて服するカルモチン、もとをただせばこれらは貧しい村人たちの喜捨である。

今の自分はただの乞食だ。夏の終わりを告げる蟬が耳をつんざく。この音に満たされた小宇宙の中に、自分を滅していくことができないものか。

蟬しぐれ死に場所をさがしてゐるのか

立ち寄る村々が窮乏していく。昭和四年秋に始まった世界恐慌が日本を巻き込んだ。農業恐慌は昭和五年春季の繭相場の急落をもって始まり、夏季には野菜相場、秋季には米相場の暴落となって農家所得を減少させた。都市の製造業で失職して帰農する労働者が相次ぎ、農家の窮状はかつてないものとなった。農村子女の身売り、青田売り、小作争議などの暗い世相が広がった。

山村行乞も容易ではなくなった。大根一本が五厘、菜葉一束が一厘、これでは村人の生活が立ちゆかないことは山頭火にもわかる。米一升が一八銭、「敷島」の煙草一箱と同じだ。働くことを一切せず、小さな自分の内界と闘うのみ、「袈裟の功徳」で生きている自分は偽善者ではないか、いや、略奪者なのではないか。

泊めてくれない村のしぐれを歩く
しづけさは死ぬるばかりの水が流れて

何でこんなに淋しい

性懲りもなく山頭火は定住への思いに捕らわれる。句友の助力を得て、熊本市内の春竹琴平町の下宿屋の二階に住まうことになった。しかし、やはりここでの定住にも耐えられない。昭和六年の暮れから翌年の四月まで、再び九州西北部へと行乞の旅に出る。味取、久留米、福岡、太宰府、糸田、神湊、唐津、嬉野、長崎、島原、諫早、佐賀、佐世保、松浦、福岡。

行脚に倦んで、佐賀県の嬉野温泉や山口県の川棚温泉で結庵を企てたものの、費用を工面できない。身元定かならぬ放浪の人間の定住を地元の人々は訝《いぶか》る。どうにもならない、どうにもならないのだ。

何でこんなに淋しい風ふく

ひたひた歩く。歩いている自分を、後ろの方から眺めているもう一人の自分がいる。

歩いている自分が、本当の自分のようには思えない。魂の抜け出た自分の影ではないか。存在する自分とこれを眺めている自分とが切り離され、二つの間に灰色に煙る時雨が舞っている。

昭和六年の一二月も押し迫った頃、山頭火は響灘に流れる遠賀川沿いを北上した。流れが飯塚の町をたゆたうあたりで暗くなり始めた。通り雨が吹きつけ去っていく。霧雨のように煙る時雨が、夕闇の川沿いの家々をぼんやり包む。網代笠を乗せ杖を右手に歩く法衣の姿が、影法師のように薄い。

遠賀川の土手を一人茫《ぼう》として歩く自分は、さて、本当の自分なのか。この自分を後方から冷ややかにみつめるもう一つの自分の方が実在のようにも思える。

うしろすがたのしぐれてゆくか

山口県小郡に住まう層雲誌同人の国森樹明から便りがあった。小郡の郊外に庵居に相応しい家があるのできてみてはどうか、と書かれている。疲労の心身を引きずっていた山頭火は、樹明の温情にすがろうと心が動く。

樹明は小郡農業学校の書記を務めていた。小郡の地主の旧家で少年時代を過ごし、家の没落とともに職を転々し、現在の勤務に就いた。自由律句に異才をみせる山頭火に樹明は深く傾倒していた。

樹明が用意してくれたのは、小郡の町で自転車屋を営む者がかつて住まっていた破屋《はおく》だった。小郡の町はずれの田圃の中を湾曲する坂道を歩いて三〇分ほどのところに、矢足村がある。小郡の町はずれの田圃の中を湾曲する坂道を歩いて三〇分ほどのところに、矢足村がある。裏手に雨乞山が控え、麓の雑木林と竹藪に囲まれた東屋《あずまや》である。前方に名田島平野、その先には周防灘が広がる。雨乞山の中腹にある庵からは、小郡の町が眺望できる。山陽線を行き交う汽車が小郡の駅に着けば、「かしわめし、べんとう、お茶」「正宗、ビール、サイダー」を繰り返す売り子の声がプラットホームから聞こえる。

老朽の家だったが、樹明が農学校の生徒を動員して屋根を葺《ふ》き、障子を張り替え、庭の雑草を刈り取って、暮らすことができるよう計らってくれた。三畳二間と四畳半一間、土間に竈と炊事場が付いている。山頭火がここに庵を結んだのは、昭和七年九月だった。「其中庵《ごちゅうあん》」と名付けた。

其中庵での生計のほとんどは樹明の支援に頼った。山頭火の句の中に沈んでいる得体の知れない暗鬱に樹明は惹かれていた。その暗鬱が、自分の心に巣食う悶々とどこかでつながっているのではないか。山頭火もまた、時に豪快にふるまう樹明の心の底に、洞《ほら》のような虚無が居座っていることに気付く。

樹明といれば安らいだ共棲感が漂う。庵居の後、ほどなくして二人は哀しい酔乱の仲になった。其中庵は農学校から歩いて二〇分ほどのところにある。勤務を終えれば、樹明は酒を抱えて日をおかず庵にやってきた。一升では足りず、小郡の町の酒屋からもう一升の酒を求めて飲みつづける。現身《うつせみ》の悲しさを流し去りたい、前後不覚の酒だった。樹明は、何かに耽溺しなければ生きていけない男だった。悲哀の心を拭いたい。妻からも離れて、身を没することのできる女を樹明は求めていた。贔屓《ひいき》にしていた山陽線九尾駅の近くの旅館の一角にある小料理屋の仲居、色白で小太りの子持ち女に樹明は惑溺した。妙子という名前の好色の女だった。二人は人目を盗んでは中年の愛欲を貪った。妙子の豊かな肉体に身を沈めて忘我の底へ引き込まれ、果てて虚しい心を樹明はどうすることもできなかった。

樹明と妙子の逢瀬の場所が、いつしか其中庵になった。その夜も樹明は妙子のいる小料理屋で酒を浴びてきたらしい。深更、其中庵にやってきて布団に倒れ込んだ。未明に酔眼の妙子が庵にあらわれた。私もここに泊めてほしいと告げ、肌襦袢になって樹明が寝込む布団の中に身を入れる。愛おしげに樹明の顔を拭っていた妙子の手がとまり、寝息を漏らす。出口のない男と女の立ち居振る舞いに、山頭火は哀切の思いを深める。苦しいのは自分ばかりじゃない、この樹明は自分よりも大きな深淵をのぞいているのか。

ある日、外界が朦朧としかみえないと訴える五歳の娘を病院に連れていった樹明は、医師から娘の網膜剝離が進行している、と告げられる。入院治療にもかかわらず、手遅れがたたって、娘は失明のやむなきにいたった。娘の訴えになぜもっと早く気付いてやれなかったのか。酒と女への耽溺、自分の心の闇に蟄居し、娘の悲運に身を添わせてやることのできなかった自分が情けない。樹明は山頭火の前で咽び泣いては飲み、飲んでは涙に濡れた。

めくらの吾子《あこ》いとほしく雀鳴くさへ　　樹明

樹明にかける言葉を思いあぐね、山頭火も飲んだ。弟の二郎を岩国愛宕山で縊死にいたらしめた不甲斐ない兄の自分のことを、樹明の姿に重ね合わせる。

小郡の矢足村の入り口のところに氏神様がある。今日は秋の収穫祭らしい。太鼓と囃の音が朝から其中庵に聞こえる。明け方近くまで樹明と飲んで、二日酔いの頭が鈍い。土間の甕《かめ》から柄杓で冷たい水を胃に流し込む。食べるものは何もない。祭にでもいってみるか。

着流しに下駄を引っかけ、村道を神社に向けてそぞろ歩く。其中庵の裏手の雨乞山の麓の櫟《くぬぎ》と楢《なら》の木々が黄ばみ、緋に色付く葉が混じる。神社につづく道の脇には赤、黄、白、絞りの鳳仙花が煙るように咲いている。そういえば昨年の晩秋、ちょっと触っただけで、黄褐色の丸い種子がはじけ散ったのを思い出す。今年は鳳仙花の当たり年か。

杜の向こうの殿昌寺山に秋の陽が沈んで、さっきまで艶やかだった茜雲が灰色に変じていく。高張提灯《ちょうちん》が竹竿にぶら下がり揺れている。大内菱を染め抜いた濃紺の幟《のぼり》が風にはためく。鳥居をくぐると、イカの串焼き、今川焼き、バナナなどを売る屋台が並ぶ。

鳥居の袂に、祭を司る村の衆の小屋がある。山頭火の酒好きをよく知っている若衆の一人が呼び止め、酒を振る舞う。昼間からすでに相当飲んでいる村の衆から勢いよく盛られ、賑やかな酒席で山頭火も酩酊に陥る。

小屋の板敷きのうえで寝入る山頭火に、村人が掛けてくれたのであろう、気がつけば夏布団の下で横たわっていた。神社の境内は暗闇に包まれている。堤灯の明かりが消され、村人は家に帰ってしまった。小屋の中で目を凝らせば、まだ半分ほど酒が残る一升瓶がみえる。村の衆が自分のためにおいていってくれたのだろう。湯呑み茶碗に注いで空腹の胃に流す。

もつれた足を其中庵の方に向ける。靄のように煙る雨が山頭火を包む。其中庵の縁に座してバットを深く吸いながら、今夜、このまま死んでしまおうか、という思いが胸を衝く。

山頭火は急に襲ってきたこの衝動を、自分が長らく待ち望んでいたもののように感じた。千載一遇という言葉が頭をよぎる。引き出しの中には十分な致死量のカルモチンがある。意識は不思議なほどに透明だった。どんぶりに冷水を盛り、カルモチン一二錠を服し、もう一箱の一二錠をも一気に飲み込んだ。意識が遠のいていく。

しかし、死ねなかった。朦朧《もうろう》となって縁から庭の雑草の中に転げ落ち、もがく山頭火の口から嘔吐とともにカルモチンが流れ出てしまった。翌朝、冷たい雨に打たれながら意識を取り戻し、茫と立ちあがる。俺は死ぬこともできないのか。

おもひおくことはないゆふべの芋の葉ひらひら

「私の中には二つの私が生きてをります。というよりも私は二つの私に切断せられるのです。「或る時は澄み、或る時は濁る」と書いたのはそのためです。そして澄んだ時には真実生一本の生活を志して句も出来ますが、濁つた時にはすつかり虚無的になり自棄的になり、道徳的麻痺症とでもいふやうな状態に陥ります。私は長年此矛盾《この》に苦しんで来ました。そしてその原因は無論私が変質者であるためでありますが、それを助長するものはアルコールであると信じます。といつても私とアルコールとはとうてい絶縁することは出来ません。絶縁すれば私はもつといけなくなるのです。此矛盾の苦悶に堪へかねて、幾度か自殺を企てました」

茫々たり寞々たり、寞々たり茫々たり。昭和一〇年一二月、五四歳、脱落した心身を抱えてまた長い放浪の旅に出る。其中庵での日常に耐えられなくなっていたのである。それに、樹明から離れねば共倒れである。長い放浪となった。

何を求める風の中ゆく

昭和一一年三月、其中庵を出立、門司から海路を経て神戸に出る。神戸から大阪、京都、奈良、伊賀上野、伊勢神宮の参拝の後、鎌倉、東京、伊豆、東京、甲府、軽井沢、小諸、柏原、直江津、長岡、仙台、平泉、福井永平寺を回っての帰庵だった。

五月、山頭火は直江津を経由して日本海沿いに北上をつづけた。南の鳥越山から北の山形県境の狐崎までは、長い浸触によって形づくられた白い花崗岩の岩山が迫《せ》り出し、底まで透き通る蒼い海水が洗っている。

狐崎に近づく頃に夕闇が迫る。昼から強さをました日本海から奥羽山脈に吹く風が木々を叩き、岩肌を洗う波が地を揺るがせていた。

こころむなしくあらなみのよせてはかへし

鶴岡をめざす。海岸線が次第に緩やかになり、庄内平野に入る。鶴岡には層雲同人の和田光利がいる。放浪の途中、五月の末に訪れることを伝える葉書を出し、直江津の郵便局止めの手紙で、来訪を待つという光利からの返信を受け取っていた。山頭火が鶴岡に辿り着く頃はすでに夜更けていた。光利の家を訪ねるには遅過ぎる。市街を流れる清龍寺川にかかる相見橋を越えたあたりにみつけた木賃宿に泊まった。

尾崎放哉と並ぶ層雲誌の有力の俳人としての山頭火に、光利は畏敬の念を抱いていた。光利は山頭火の来鶴を名誉に思い、待ち望んでいた。光利は市内の銀行の勤め人で生活は豊かではなかったが、旧家の親から譲り受けた家産がある。庄内領主の城趾の南側の美原町にある光利の住まいは、往時の面影を残している。山頭火を泊める二階の部屋に風を入れようと光利が窓を開けているところに、山頭火が門から入ってくるのがみえる。

山頭火さん、ここがよくおわかりでしたね、光利は二階から山頭火に叫ぶ。急ぎ一階に下り、居間に誘う。心のこもった光利夫妻の歓待を受け、長い旅の緊張が解けて鶴岡にきてよかったと思う。その夜は鶴岡で一番の高級料亭、馬場町の新茶屋に招いてくれた。光利と妻の清枝の三人だった。山頭火は清枝の心尽くしの新しい浴衣に帯を締めて出かけた。日本海の刺身がとろけるように旨い。清枝はそっと席をはずして帰宅した。芸者三人が招き入れられ、山頭火は三味に合わせて体をくねらせた。

翌日は法衣を着て近在の農村を行乞する。鉄鉢に気前よく注いでくれる米の音が快い。金銭の施しもある。山頭火の緊張は消えていた。今夜は俺の奢りだといって、飲み屋に光利を誘う。山頭火の懐を心配して、光利は辞する。山頭火は一人で飲み歩く。銭が尽きれば行乞、銭が入れば前後不覚まで飲みつづける山頭火と一週間ほど付き合って、光利は聞きしにまさる山頭火の酔乱に圧倒された。

山頭火はある夜、梯子酒に勢いを得て馬場町の新茶屋で芸者をあげ、どんちゃん騒ぎの酒を飲み、酔いつぶれた一人の酌婦とともに次の間で倒れるように眠りこけた。正午近くに目を覚まし、目の玉の飛び出るほど高い料金を請求される。つけ馬とともに光利の家に帰る。光利夫婦の顔をまともにみることもできない。銭湯にいってくると告げ、浴衣姿に手拭いと財布をもち外に出た。

銭湯に浸かりながら、光利のところにはもう戻れない、限りない信頼を自分に寄せる友を裏切った自分を呪う。酒にどうしてこうまでこの俺は汚いのか。銭湯を出て鶴岡の駅にいき、やってきた汽車で仙台に向かった。網代笠、法衣、杖は光利の家においたまま、浴衣に下駄ばきの姿だった。

ほほけたんぽぽ

「憂鬱たへがたし、気が狂はないのが不思議だ、夜行で帰庵」

陸奥《みちのく》の長旅から其中庵に戻ったのは、昭和一一年の七月下旬である。梅雨が藁葺の屋根に滲み入り、天井のそこここに不気味な文様が浮き出ている。湿気を含んだ畳が波を打つ。庭の雑草が濡れ縁を被い、柱と壁の隙間から蔓草が部屋の中に這い出している。

緊張の時局の風は、其中庵にも伝わってくる。昭和一二年七月、北京城の西南、永定河にかかる盧溝橋付近で夜間演習中の日本軍の一中隊に向け数発の銃弾が撃ち込まれ、これに応じて第三大隊が付近を警備する中国第二九軍を攻撃、日中戦争が始まった。戦線は華北から華中へと拡大、全面戦争へと転じた。一二月の南京攻略の頃から軍国主義の空気が一段と張りつめた。「国民精神総動員強調週間」「明治節奉祝及国民精神作興《さっこう》週間」などが設定され、「挙国一致」「尽忠報国」「堅忍持久」のスローガンがあちこちに掲げられた。

小郡でも軍人による演説会が開かれ、日の丸を手に「見よ東海の空明けて」を高歌する町人の行列がみられるようになった。戦意高揚の潮流の中にあって、俳句どころではない。およそ仕事に縁のない山頭火は、己が卑小な存在になっていくように感じられた。

「戦争は、私のやうなものにも、心理的にまた経済的にこたへる。私は所詮、無能無力で、積極的に生産的に働くことは出来ないから、せめて消極的にでも、自己を正しうし、愚を守らう。酒を出来るだけ慎んで精一杯詩作しよう」

日記にそう綴ったものの、酒の誘惑には勝てない。もう一二月か、今年もまた自分は行乞だけで終わってしまうのか。朝も昼も食うものがない。山口の句友、矢島行隆でも訪ねてみるか。一時間半ほど歩いて山口市に入る。瑠璃光寺の五重の塔が涼山を背景にぽつんと立っている。五重の塔に向かい山門を入ると、檜皮葺《ひわだぶき》の屋根の本堂がみえる。境内の紅葉は散ってしまい、山茶花と石蕗《ざくろ》の花が師走の寒さの中で華やいでいる。

瑠璃寺の隣が山口連隊である。軍事練習時間なのに、ひっそりとしている。椹野川の支流一ノ坂川に沿うて山口駅近くの矢島の家に向かう。山口駅前に人々が集まっている。二、三百の人たちだ。群集からはざわめきがまったくない。駅舎の中央に目をやれば、白い布にくるまれたいくつもの遺骨の箱を胸に兵士があらわれ、一列になって群集の中を山口連隊へ向けて行進を始める。華中の戦線からの英霊の帰還だ。葬列に手を合わせ頭を垂れ、啜り泣く喪服の人々がいる。

矢島を訪ねる気分はもう失せた。椹野川の南流に沿うて歩く。気がつけば湯田の町にきていた。湯にでも入って気分を鎮めるか。松田屋の露天風呂に浸かっても心は晴れない。また歩く。下湯田の町の一角の小料理屋の縄暖簾の向こうに、ざわめく酒客の姿が透けてみえる。引き寄せられるように山頭火は暖簾を分け、懐の金で払えそうな銚子三本を頼む。

三本では終わらない。酔いが五臓に滲み入ったところで、山頭火はさらに飲みつづける。無銭飲食の咎《とが》が胸によぎるが、飲み出したら止まらない。

酔眼であたりを見回せば牢獄のようなところである。山口警察署所轄の留置場の中だった。飲み屋で前後不覚の山頭火を、店の主が山口警察へ突き出したのである。時局をどう心得ておるんじゃのお、このまま帰すわけにはいかんのじゃ、そういって手渡された飲み屋の請求書は四五円だった。勤め人の給料にも相当する分を一晩で飲んでしまった。返済の当てはないが、返さなければ刑務所入りである。留置場に四夜勾留の後、山口検事局に連行、期日までの飲食代支払いを誓約する書類に書名させられ、帰庵した。頼れるのは緑平しかいない。悔恨に臍《ほぞ》を噛む。緑平にこう書く。

「たうたう最後の場面に立ちました。私は今、死生の境を彷徨してをります、十四日が生きるか死ぬかの岐れ目です。——庵から警察へ、それから検事局へ、そしてどこへ。——私はあなたにお願ひするだけの気力をなくしましたけれど、検事の勧告を受け入れて、もう一度立ち直らうかと思ひます。金高は四拾五円、期限は十四日。あなたに余裕がありますならば、そのいくらかを貸していただけますまいか。大山君へも同様な手紙を書きました。その返事を待つてをります。――自分で自分にあいそがつきました。誰もあいそをつかすのはあたりまへです。――先日の分もあのまゝにこんな事を申し上げられる義理ではありません」

返済の期日がきた。刑務所入りを覚悟して身を整えているところに、息子の健から四五円の電報為替が届いた。山頭火はこれを飯食代として返却し、刑務所入りを免れた。秋田の鉱山専門学校を卒業し、再び日鉄二瀬に勤務していた健は、父の危急を緑平から伝え聞き給料をはたいたのである。山頭火のところに健から便りがきた。「このたび、日鉄二瀬を退社。非常時にこたえて満炭に入社し、満州に渡ります」と記されている。そうなのか。俺もまたどこかに出立するか。健の満州赴任の報を受けて、山頭火も其中庵を離れようと心が動く。

次に住まうところは死地にちがいない。松山で死ぬことができればと思う。子規、虚子、碧梧桐の生地であり、また井泉水門下の俳人として嘱望されながら夭折した朱鱗洞の地でもある。朱鱗洞は、山頭火が層雲誌に出句を始めた頃、その才能を見抜き、句人としての成功を期待してくれた男だった。仮に松山に住まうことができずとも、死ぬ前にもう一度、朱鱗洞の墓参をしたい。

山頭火は大山澄太に、松山を死処と定めたい旨を話しておいた。澄太は広島逓信局に勤務する役人である。層雲誌に掲載される山頭火の自由律句に目を開かされ、みずからの句の深化を求めて其中庵をしばしば訪れた。松山で開かれた逓信局の精神修養講習会に出席した折りに、澄太は、その会の講師に招いた松山高商教授の高橋一洵、松山逓信局に勤める藤岡政一の二人に、山頭火の希望を伝えた。山頭火の句のことを層雲誌で知っていた高橋と藤岡は、希望に沿うよう努めると澄太に話した。

松山での定住の可能性を澄太から聞いて、山頭火の松山への思いは募る。ならば、その前にやっておきたいことがある。信州伊那での放浪の末に果てた、文政期から明治初期の俳人井上井月ゆかりの地を歩きたい。井月の精神に通じたかった。

没後に残された多くの句から、俳諧の極地を思い知らされた下島勲と高津才次郎の手によって、昭和五年に『井月全集』が編まれた。国森樹明がこの全集を愛読していた。山頭火は樹明の薦めで全集に接した。以来、全集に何度目を通したことか。井月を憧憬し、井月の境涯に己の人生を重ね合わせたい。

昭和一四年三月、徳山、広島、京都、近江、名古屋、刈谷、豊橋、浜松を経て天竜川を北上し、伊那へと向かった。心臓を患っているのだろう。息がぜいぜいと荒い。しかし、もういい。死ぬるのであれば死ねばいい。この旅に出る頃から、死を思っても不安と焦燥が湧かなくなっていた。

この旅死の旅であらうほほけたんぽぽ

飯田を経由して伊那に向かう。天竜川沿いの岩が新緑に被われている。諏訪湖を源流とする天竜川は、南流して伊那七谷の水を集め、赤石山脈と木曾山脈に挟まれた平野部を流れて太平洋に注ぐ。飯田近くの天竜川に架かる姑射橋のあたりを歩く。岩々に躑躅《つつじ》が張り付くように薄い紅を咲かせている。

駒ヶ根に着く。西方に切り立つ駒ヶ岳がみえる。麓のなだらかな駒ヶ根高原が緑に敷き詰められている。伊那は盆地北部の米どころである。南北、東西に走る三州街道、権兵衛街道が交差するあたりに位置し、馬荷業や天竜通船で栄える交通の要地である。鄙《ひな》びた農村を想像していた山頭火は、その豊かさに驚く。事前に訪問を伝えてあった、伊那在住の層雲同人の前田若水を訪ねる。伊那女学校教師の若水は、勤務を終える四時頃まで山頭火を教員室で待たせ、その日のうちに井月の墓に案内した。

駒ヶ岳を前方に仰ぎ、高遠に向かう農道沿いの数本の欅に囲まれた墓地である。色づき始めた欅の緑を通して、弱い光が射し込んでいる。墓銘には「塩翁斎柳家井月居士」

と刻まれている。身寄りのない井月に入籍を許した塩原梅関夫妻の死後、井月はここに埋葬された。墓地の一隅には丸い石の句碑がある。

降るとまで人には見せて花曇り　井月

井月は、文政五年に越後長岡の城下町で、下級武士の長男として生まれた。俳人を志し、武家の家禄を捨て、諸国行脚をつづけた。安政五年、三七歳の時に伊那へ飄然とあらわれ、以来、六六歳で没するまで、この盆地を離れることはなかった。財産はまるでなかった。

墨、硯、筆、紙を入れた竹行李と風呂敷包みを紐の両端に結びつけ、これを肩で振り分け、村々を放浪した。豊かな伊那の長《おさ》百姓、名主、豪商には俳諧を楽しむ趣味人が多い。彼らの喜捨によって井月は食いつないだ。求められれば短冊、屏風に書を認《したた》めた。酒に勢いを得て井月が運ばせる筆は、神技のごときものだったという。

井月は無類の酒好きだった。瓢簞を腰にぶら下げ、村人に乞うのは、これに入れる酒である。金が入れば酒を買い、米の施しを受ければ米を酒に換えて四六時中飲んだ。飲んで陶然、興にまかせて幽玄の句を吟じて尽きることがなかった。鬱屈はどこにもない。酒浸りの日常に嫌悪や憐憫はなかった。自己をさらけ出して無抵抗だった。無欲で粉飾がない。脱落者に固有の敗北者の気配は井月にはなかった。

伊那の子供達の目に映る井月は乞食である。綻《ほころ》びた綿入れを着て、木枯らしの中をあてどなくぶらつく異郷のこの人間は、子供達には排除さるべき異物にみえたのだろう。やあい、乞食せげつ、やあい、乞食せげつ、くそ坊主、と叫んでは石礫《つぶて》を投げつける。井月が抵抗しないとみて、さらに大きな石をぶつける。自分の抛った石が井月の禿の後頭部にごつんと当たり、吹き出す血を目の当たりにして、下島勲ははっとした。井月を取り囲む子供達の輪から逃げ帰った。小学校の校庭の片隅に佇み、なぜあんなにひどいことをしてしまったのか悔いる。

夕刻、勲は家に戻った。どういうわけか、井月が仏間に一人座して酒を汲んでいる。頭に白い布が巻き付けられ、後頭部の布から血が滲んでいる。頭から血を流して家の前を歩く井月を目にした祖母が、いたたまれず介抱し、井月に酒を振る舞っていたのである。仏間に座り、ゆったりと杯を口に運ぶ井月の姿は端正だった。昼間のあの裏ぶれた井月とは異質の、高い志操をもつ武士の威風を勲は感じた。これが同じ人物なのだろうか。目を凝らして眺める。紛れもなく井月だ。ただの乞食のはずがない。

勲はその後、駒ヶ根から上京、東京の病院で勤めた。幼少時代の胸に焼きつく悔悛の思いに引き寄せられて、後年、井月の句の収集に努めた。伊那の女学校教師の高津才次郎の協力を得て編んだものが、『井月全集』である。

塩原梅関の納屋で臨終を迎えた井月は、伊那の句友の一人に辞世の句を求められ、

何處やらに鶴の聲聞く霞かな　　井月

と吟じた。その二時間後に瞑目したという。伊那の冬の空を飛ぶ鶴の声を幻聴のように聞きながら、蒼天に帰ったのであろう。井月の墓地と句碑を眺めて、それが風狂の俳人にいかにも相応しいもののように思われた。夕暮れの空の南西の彼方に駒ヶ岳、北岳、仙丈ケ岳の山々、そのまた向こうに荒川岳、赤石岳が霞んでいる。あふれる自然の中で死んだ井月を山頭火は羨望した。携えてきた酒を墓に注いで、愛おしいものに出会えて幸せだった。

井月の墓参を終えた山頭火は、松山に向かう前にもう一つやっておかなくてはならないことを思い立つ。これが最後の機会になろう、放哉墓参のために再度小豆島を訪ねてみようか。伊那からの長旅を経て松山に渡り、そこから小豆島に向かった。井上一二と杉本宥玄に来島の挨拶の後、南郷庵に赴き、墓所山の放哉の墓の前に立つ。用意してきた五合の酒を注ぎ、線香を植え、「無門関」を読経した。

ふたたびここに雑草供へて

あるいてもあるいても

昭和一四年の一〇月、大山澄太が高橋一洵に宛てた手紙を携え、山頭火は松山に向かう。体の衰えが著しい。酒が弱くなった。二、三合の酒で酔い眠りこけてしまう。胸のぜいぜいの音が途切れない。

前夜、大山澄太が自宅で送別の酒席を設けてくれた。澄太は山頭火のやつれが気になる。先だってまで一本だけ残っていた前歯がない。白い髪と山羊髭が弱々しい。酒にむせて胸を手で押さえ、息づかいを整えている。心臓が弱っているようじゃけん、ここいらで思い切って酒と縁を切るちゅうわけにはいかんかいの、と澄太がいえば、わしから酒を取ったら何が残るんじゃのお、と山頭火が呟く。

酒飲めば涙ながるゝおろかな秋ぞ

松山への出発の前に、山頭火を医者に診せた方がよかろうと澄太は考え、翌朝、広島の立町にある旧知の医師小野実人のところに連れていった。山頭火は今さら病院の診察などどうかとは思うが、澄太の真情を思いしたがった。

小野も、山頭火の行状のことは伝え聞いていた。診察室への階段で息を荒らげる姿をみて、心臓の衰弱を直感する。聴診器を胸に当てれば、体の中をひゅうひゅうと鳴る凩《こがらし》が聞こえる。弁膜が滞っている。治癒の術はない。小野の静かな立ち居振る舞いの中に、自分の病が尋常ではないことを山頭火は悟る。

小野が口を開いて、山頭火さん、あんたはこれまで旅をつづけ酒を飲み句をつくり、好きなように生きてきなさったんじゃから、もういつ死んでもいいんじゃなかろうかのお、という。山頭火は、死ぬる時に他人に迷惑だけはかけとうないんじゃが、ころり往生というわけにはまいらんものですかいの、と語る。そいつばかりはお釈迦さんにまかせるより他ない、いらんことは考えんと今まで通りにやったらどうか、と小野に諭される。

その日の午後、山頭火は宇品から松山の高浜港に向かった。山頭火の姿をみるのはこれが最後になるかもしれないと澄太は思う。広島から松山までの切符を買い与え、一五円をもたせた。

宇品は日清戦争以来、軍港として発展した広島南部の町である。連絡船を待つ目の前に軍艦が一隻停泊している。桟橋には四〇頭ほどの馬が群れる。華中戦線に送られる軍馬だとベンチに座る隣の人に教えられる。戦線に勇躍赴く軍馬、死地を求めて四国に渡るわが身。

この日はよく晴れ、海も穏やかだった。汽船は宇品から南東に航路を取り、江田島、倉橋島を右手にみて進む。倉橋島の湾曲に富む入江には、もう仕事を終えたのであろう、何艘もの漁船が所在なげである。漁村の後方には、段々畑が初秋の陽に縞模様を浮き出させている。

音戸の瀬戸が近づく。潮流が渦巻き始め、船がギシギシと音を立てる。ここを通り抜けると、再び穏やかな安芸灘に出て眺望が開ける。船は安芸灘を滑る。茜色に染めあがった夕焼けが瀬戸の空に広がる。陽光が雲の間から幾条もの光を放射状に海に投げる。安芸灘に夜の帳が落ちた。前方左手の北条あたりだろうか、安芸灘に面した漁村の灯が遠くにみえ、ぽっと明るい高浜港に近づく。山頭火は、長らく求めていた死処は松山だと改めて思う。朱鱗洞の墓参、次いで四国遍路の旅に出て、松山に帰り、そこで往生ができればと、残るわずかな生の行程を心に描く。

高浜港から伊予鉄道高浜線に乗って松山駅に降り立ち、澄太に教えられた住所を頼りに高橋一洵の家に向かう。駅前に松山城の本丸が聳える。中腹に二ノ丸、山麓に三ノ丸がみえる。城を被う森を左手に進む。松山城の北東部に接したあたりに市電の分岐点があり、その近くに一洵宅をみつけた。

一洵は逓信局主催の講習会の講師に招かれ、その折りに澄太から山頭火の安居を求められていた。以来、一洵は山頭火に関心をもち、層雲誌にその句をみつけては奥行きの深い自由律句に賛嘆していた。玄関のあがり框《かまち》に風呂敷包みを乗せて佇む山頭火に、一洵は邂逅した。二、三日はわが家でゆっくりしていくように、と一洵は誘うが、山頭火は朱鱗洞の墓参にすぐに出かけたいという。一洵は朱鱗洞の墓がどこにあるのか知らない。

朱鱗洞の没後に出された句集『禮讃』の小伝の項に、師の井泉水が「松山市外温泉郡道後村大字石手地蔵院に葬る」と記している。山頭火はこれを書き写した紙片を頭陀袋から取り出し、一洵にみせる。石手地蔵院であれば、道後温泉を少し越えた四国霊場五十一番札所である。住職の水崎玉峰も顔見知りだ。

夜の一〇時を回っていた。奥道後から松山に注ぐ石手川に沿い歩く。道すがら山頭火は、墓参がすめば四国遍路の旅に出たいという。石手寺への途上、一洵は山頭火の松山来訪のことを伝えようと、南町の藤岡政一の家に立ち寄る。不在だったので、石手寺へ二人で向かう旨を家人に伝えて先を急いだ。

薬師如来を祀る本堂の右手、地蔵院の茶室に住職を訪ね、朱鱗洞の墓の所在を聞く。住職は知らない。無縁仏が相当数あるので、そのうちのどれかかもしれない、という。

朱鱗洞も無縁仏か、まだ成仏もできんのかのお、と山頭火は嘆く。

朱鱗洞の墓が石手寺だというのは、井泉水の勘違いかもしれない。三〇分ほどして帰宅した政一が石手寺に駆け付け、地蔵院の茶室で山頭火に初めて会った。政一は、朱鱗洞の墓は層雲同人が手分けして探し出します、という。山頭火はあまたの無縁仏の中から、一つのささやかな石の墓に目を止め、朱鱗洞の墓と見立て線香を植え合掌する。

山頭火は一洵の家にしばらく寄宿し、朱鱗洞の墓を探す政一からの報せを待った。松山逓信局に勤務する政一は、同僚や市役所の助力を得て、朱鱗洞の菩提寺が松山市小坂町阿扶持の多聞院であることを突き止めた。四国遍路の行脚に翌朝出かける準備をしていた山頭火のところへ政一がやってきて、ことの次第を告げた。秋の冷たい雨の降る夜だった。今夜のうちに墓参を果たし、その足で明朝、行脚に出かけたい、という。

多聞院は、一洵宅から南へ歩いて二〇分ほどのところにある。夜中でも開けてある山門をくぐり、本堂の裏手の墓地に向かう。政一は墓の場所をあらかじめ確認しておいた。朱鱗洞の墓石は、前に「先祖代々之墓」、後ろに「野村家之墓」と刻まれただけの簡素なものだった。線香を立て鉦をたたき、般若心経に三人が和した。読経を終えて墓に額ずく。

雨が激しさをましている。多聞院を後にして、三人は松山駅に向かう。一二時をとうに過ぎていた。山頭火は早朝一番の列車で四国遍路の旅に発つ、という。今夜は遅いからもう一晩泊まっていったらどうかと一洵はいうが、やっぱり今夜発つといって譲らない。雨は大降りになった。網代笠に雨を滴らせて大股で急ぐ法衣の山頭火を、二人は追うように歩いた。後ろ姿に死地に向かう男の影を二人はみていた。

松山駅に着いた頃は一時を回り、構内は深閑としていた。山頭火はベンチに濡れた体を横たえる。一洵と政一は、山頭火をこのままにして帰るわけにはいかない。駅で共に夜を過ごした。三時間ほどまどろんだ未明、駅前の広場が騒々しい。大陸に出征する松山歩兵二二連隊の壮行のために、群集が早朝から集まっていた。一洵には、出征兵士の壮行会に参列する松山高商の学生の引率監督の役目がある。山頭火を政一に任せて高商に向かう。政一は一番列車で山頭火を見送った。

「帝国政府は爾来国民政府を相手とせず」とした昭和一三年一月の第一次近衛声明の後、日中戦争は和平工作の可能性もなくなり、泥沼の様相を呈した。同年四月には国家総動員法が公布され、国家資源の多くが戦争に用いられるようになった。翌年九月には日独伊三国同盟が締結された。

これに先立つ昭和一二年三月には文部省により『国体の本義』が刊行され、国民の天皇陛下への「忠良なる臣民」たるべきが説かれた。無産党や労働組合評議会など戦時動員に批判的な勢力は排除、国威発揚が朝野を満たした。山頭火のごとき無為の人間が住まう空間は、日に日に狭められていく。泊めてくれる宿がない。喜捨はわずかだ。広島で澄太から餞別にもらった一五円は尽きた。野宿を重ねる。

歩くほかない秋の雨ふりつのる
秋ただにふかうなるけふも旅ゆく
秋風あるいてもあるいても
ほろほろほろびゆくわたくしの秋

松山を発ち、観音寺、高松、徳島、恩山寺、牟岐、室戸岬、安芸、高知を回った。高知から越智を通り、安芸灘に注ぐ久万川を北上、瀬戸内海と太平洋の分水嶺、石槌山脈が西方に延びる鞍部の三坂峠を越えたあたりにくると、眼下に松山がみえる。四〇日余りの旅だった。

道後の政一の家でくつろぐ。政一は山頭火を実にこまごまと世話をし、食事も酒も存分に用意してくれた。空腹を抱え野宿を繰り返し、疲労の極に達して松山に戻った山頭火の心身は一挙に安らぐ。

ぼうぼうとして飲んだり食べたり寝たり起きたり
　晴れたり曇つたり酔ふたり覚めたり秋はゆく

と日記に綴る。これで死ねれば本望だ。

体がとみに衰弱している。死の安居がほしい。問わず語りにいう山頭火の願いを何とか叶えてやりたい。一洵と政一は伝手を辿って松山市内に庵を求め歩く。そして、山頭火が住まうのに似つかわしい場所をみつけた。

松山は、伊予灘に注ぐ重信川の平野の北部に位置する。北には高縄半島の山地が控える。高縄半島の山地が松山平野に突き出た山が、御幸寺山である。この山の麓に真言宗御幸寺がある。松山城から歩いて十数分、穏やかな山道をあがっていくと、寺の山門がみえる。

一洵と政一がみつけた庵は、山門を臨む山道を左に曲がったすぐのところ、御幸寺境内の竹藪の中の一軒家である。御幸寺の左手に龍泰寺、右手に護国神社がある。東に歩いて二〇分ほどのところが道後温泉である。御幸寺山の麓の庵からは、南に松山城の杜と城を取り囲む市街が眺望できる。

一洵と政一は、山頭火にここに住まうよう薦める。異論があろうはずがない。一洵は山頭火が承知することを見込んで、前日に妻と空き家の掃除を終えていた。布団、机、火鉢、鍋、七輪、バケツ、茶碗、箸、米、醤油、塩などをリヤカーで運び込んだ。京間の六畳と四畳半が一間ずつ、勝手と厠、前方には手押しポンプがある。山頭火は日記にこう書く。

「昭和十四年臘月十五日、松山知友の厚情に甘え、縁に随《したが》ふて、当分、或は一生、滞在することになつた。一洵君におんぶされて道後の宿より御幸山の新居に移る。新居は高台にありて閑静、山もよく砂もきよく水もうまく、人もわるくないらしい。老漂泊者の私には分に過ぎたる棲家である。よすぎるけれど、すなほに入れていただく。松山の風来居は山口のそれよりもうつくしく、そしてあたたかである」

ここが終の栖《すみか》となるにちがいない。この庵をなんと名づけようか。「一草庵」というのはどうか。一洵が引っ越し祝いの酒宴を自宅で開いてくれた。安居を得た山頭火は、自分をここに引き寄せてくれたのは朱鱗洞ではないか、と述懐した。一洵はすかさず、朱鱗洞の命日は今月の一六日だ。御幸寺の住職に位牌をつくってもらい、その前で句会を開いたらどうかという。

翌日、一草庵に松山の同好の者が集い、句会が催された。「十六夜《いざよい》柿の会」という定例句会を以後、一草庵で毎月一回開くことにした。朱鱗洞が明治四四年に松山で「十六夜吟社」を結社、これが後に層雲松山支部に発展して自由律句運動の一勢力となった。「十六夜柿の会」はこれに因んだ。

句会の夜、山頭火はいつになくご機嫌だった。死地を求めて行脚をつづけ、ついに自分の句に理解のある一洵や政一、心やさしい句友との交流の中で死んでいけると思うだけで、長い労苦が報われたように思われる。

おちついて死ねさうな草枯るる

一草庵を安住の死処と定めよう。死の前に片付けておかなければならないことがある。自分の生きた証としての一代句集を編む作業である。山頭火にはそれまでに七つの句集があった。昭和七年の『鉢の子』、八年の『草木塔』、一〇年の『山行水行《さんぎょうすいぎょう》』、一一年の『雑草風景』、一二年の『柿の木』、一四年の『孤寒』、一五年の『鴉』である。これらから選句する。

拾っては捨て、捨てては拾って、七〇三を選句した。句集名は昭和八年のものと同じく『草木塔』とした。これが自分の墓標として相応しいもののように思われたからだ。選句を終えたのは昭和一五年二月二一日、東京の八雲書林から句集が出版された。表紙

の裏扉には、

「若うして死をいそぎたまへる母上の霊前に本書を供へまつる」

とある。一代句集を出すとなれば扉に必ずそう書こうと、かねてより考えていた文言だった。

出版社から送られてきた『草木塔』を風呂敷に包んで、徳山、山口、小郡、門司、八幡、神湊、赤池と回って、澄太、樹明、緑平など自分に繋がる人々を訪ねては句集を渡し歩いた。念願を果たして山頭火の体から力が抜ける。体力が恢復する気はしない。それでいい。往生ができないものか、死が透明な存在となっていた。しかし、人間が死んでいくのは、そう簡単なことではあるまいとも思う。

いつまで死ねないからだの爪をきる

寂寥が深い。しかし、寂寥に不安と焦燥はない。ひたぶるに寂しい。酒が飲みたい。網代笠をかぶり鉄鉢を手に市中を行脚し喜捨を受け、酒を求める。昨日から何も食っていないが、空腹感は薄い。茶碗で冷や酒を二杯、三杯と重ねる。

余命はいくばくもない。苦悩する自分という存在自体がほどなく消滅してしまう。過去に執着してみたところで詮方ない。そう悟って死せる母の住まう涅槃《ねはん》に心を泳がせる。

酔うほどに、自分を取り巻いてきた人々のことが頭をよぎる。

　おもひでがそれからそれへ酒のこぼれて

一〇月二日と八日の日記に、山頭火は次のように書いた。

「百舌鳥《もず》啼きしきり、どうやら晴れさうな。早起したれど頭おもく胸くるしく食慾すすまず。ぼんやりしてゐる。むしろ私としては病症礼讃、物みな我れによからざるなしである」

「芸術は誠であり信である。誠であり信であるもの、最高峰である感謝の心から生れた芸術であり句でなければ本当に人を動かすことは出来ないであらう。澄太や一洵にゆつたりとした落ちつきと、うつとりとした、うるほいが見えてゐて何かなしに人を動かす力があるのはこの心があるからだと思ふ。感謝があればいつも気分がよい。気分がよければ私にはいつでもお祭りである。拝む心で死なう。そこに無量の光明と生命の世界が私を待つてゐてくれるであらう。巡礼の心は私のふるさとであつた筈であるから。――夜、一洵居へ行く、しんみり話してかへつた。更けて書かうとするに今日は殊に手がふるへる」

山頭火はそう綴って、こんな清浄な気分でものを書くことができたのは初めてのことではあるまいか、と思う。これが山頭火の最後の日記となった。確実に忍び寄る死の感覚に山頭火は身を委ねていた。

雲へ歩む

朝から太鼓と囃の音が絶え間ない。神楽の大和笛、笏拍子《しやくびようし》を打ち鳴らす音が一草庵に流れる。音に引き寄せられて、山頭火は護国寺に向かう。大鳥居から神殿に延びる石畳の両側には、風車、お面、水飴、綿菓子、団子、おでんを商う屋台が軒を連ねる。参拝の人々が引きも切らない。

山頭火に声をかける人はいない。華やかな祭の場に一人いるのもそぐわない。一草庵に戻る。なぜか今夜は人恋しさが募る。夕刻、一洵の家に出向く。今夜はわしと一緒に歩いてくれんかいのお、護国神社の賑わいの中をあんたと歩きたくてのお。一洵は山頭火の哀願の目をみて、どうしてそのようなことをいうのかと訝《いぶ》かりながらも、腰をあげる。

護国神社に向かう道の脇に芒がなびき、赤蜻蛉が群れる。秋の陽が御幸寺山の向こうにあわただしく沈んでいく。護国神社の杜に夜の帳《とばり》が落ち、道沿いの赤提灯が明るい。鳥居の下のおでん屋の床几台《しようぎ》に、一洵と山頭火は腰を下ろす。今日はこれで三度めの参拝じゃが、と山頭火はいう。寂しくていたたまれないということか。

酒二合、おでん二本を山頭火は食った。一洵も付き合う。ほろ酔いの二人は人混みの中を再び歩いて、一草庵に足を向ける。一洵は山頭火を見失った。致し方なく一人で一草庵に戻って山頭火の帰りを待つが、なかなか帰ってこない。寂しさをまぎらわせ、人々の中をぶらぶらしているのだろう。顔見知りの誰かに酒を振る舞われているのかもしれない。一洵はそのまま自宅に帰った。

翌日も護国神社は祭だった。午後五時から一草庵で開かれる句会のために、一洵は家を出る。護国神社の人混みを避け、一草庵を挟んで神社の反対側にある千秋寺の方から庵に回った。五時まで少し時間があったので、千秋寺に眠る父母の墓に立ち寄り、竹箒を借りて墓のあたりを清めた。山門の前を流れる樋又川で手を洗おうと、岸に下りた。腰をかがめた拍子に、着物の懐から財布がどぶんと流れに落ちた。二日前までつづいた秋雨で増水した川の底に財布は沈み流れて、ふうとみえなくなった。秋の日は暮れやすい。あたりにはもう闇が迫っている。財布には、山頭火に貸すための一〇円が入っていた。藍色に咲く露草が萎んでいる。いやな晩だな、一洵の胸が曇る。

一草庵の戸を開けると、松山の句友の村瀬が友達の一人を連れてもうきていた。みれば六畳の京間に山頭火が布団をかけて眠っている。まだ宵の口なのにどうしたことかと村瀬に問う。庵に四時頃きてみたら山頭火が畳に俯《うつぶ》せになっていたので、布団を敷いてちゃんと寝かせたという。振る舞い酒で酔い潰れたのでしょうね、ともいう。

集まってきた句友の広瀬、高木ともども句会のために四畳半の次の間に移った。句会の席で高木は、護国神社に参拝の道すがら、正午過ぎに一草庵に立ち寄ったと話す。畳に横たわる山頭火の顔に気付いて話しかけたところ、ちょっと気分が悪い、便所にいきたいが立てないというので、肩を貸してやったという。

山頭火はもう半日も眠りつづけているということか、一洵は気になり、何度か次の間の山頭火の顔をうかがう。すうすうと寝息が聞こえる。別段変わりはないようだ。一〇時頃に句会は終わった。何となく盛りあがりに欠ける句会だった。

自宅に帰って床についた一洵は眠れない。深更、二時過ぎに起き出し、一草庵に駆けつける。戸を開けて庵に飛び込めば、障子を通してぼうと明るい京間の真ん中に、山頭火がさっきとまったく同じ格好で横たわる。

大きく呼びかけてもびくりともしない。体を揺り動かすと、わずかに目を開けて薄い目を一洵に投げる。布団を剥いで右手を強く握れば手を弱く握り返し、再び目を静かに閉じる。脈拍はまだある。

御幸寺住職に急を告げ、南町の医師のもとに走った。駆け付けてほしいと告げて一草庵に踵を返す。御幸寺の山門が月夜に冷たく光る。庵に戻れば山頭火の息は止まっていた。山頭火の顔を凝視して一洵は不思議だった。表情が穏やかなのである。不安と焦燥に身を焦がし歩きつづけた山頭火が、苦悶の表情を浮かべることもなく横たわる。山頭火は、最期の一瞬の生の中に転生《てんしょう》を実現したのかもしれない。転生を辞世の句に集約させたのだろうか。

もりもりもりあがる雲へ歩む

あとがき

わらやふるゆきつもる　井泉水
鉄鉢の中へも霰《あられ》　山頭火
咳をしても一人　放哉

一番目は、井泉水の単律句である。何というふくよかさだろうか。放哉は肺結核で死ぬ二カ月前、小豆島から井泉水に寄せた手紙の中で、「近頃コレ程、こたへた句はありませんでした」と絶賛している。二番目のものは、山頭火の単律句である。霰がコンコン、コンコンと鉢《はつ》を小さく叩く。山頭火の人生は、深い抑鬱を抱えての行乞《ぎようこつ》漂泊である。切なく心萎え、足の滞る日も多かったにちがいない。とある農家の軒先で読経を始めようとした瞬間、米粒のような霰が鉄《くろがね》の鉢の中で真っ白く撥《は》ねた。なぜかふっと心が動く。霰のかすかな響きに、山頭火は、これでいいのだ、と歩を前方に進めようと促されたのではないか。時空の一瞬を切って写し取るのが、単律句の極みである。たった七文字である。

三番目は、放哉の句の中で最高レベルのものとして、誰もが認める単律句であろう。修辞のすべてを濾過《ろか》し、わずかに残る七文字だけで、人間のどうしようもない淋しさと人生の深い悲しみを表現するこの才能は、驚嘆に値する。胸の奥の空洞、乾いて鈍く攻めあがる痛み、近づきつつある死への惻々《そくそく》たる思いを、この七文字は隠しもつ。

私は放哉を生きている。山頭火を抱えもっている。現世からの逃避、過去への執着からの解放。そうした願望を意識の底に潜ませていない人間は少なかろう。しかし、人々にとって、それは叶《かな》えることのできない業《ごう》のごときものである。人間の業のありようを、自由律句という形式を通じて、私どもの心に、時に鋭く、時に深々と語りかけてくれる異才が、放哉であり山頭火である。放哉と山頭火の句が読む者を捕らえて離さないのは、二人が現代を生きるわれわれの苦悩を「代償」してくれるからなのだろう。

現世への執着を断ち切り、深い孤独の中で死を選び取った男が尾崎放哉である。放哉は迫りくる死を鋭利にみつめ、死を透明で清澄な句へと昇華させた。執着を断とうとする放哉の意志は狂気に近い。この放哉にして、辞世の句、「春の山のうしろから烟が出だした」はいかにも温かい。このような豊饒は彼の句には他にない。放哉のような人間にとっても、救済は意志によってではなく、死を直前にしてようやくもたらされたのであろう。

人間関係が拘束の多いものであればあるほど、われわれは拘束からの自由を求める。自分を自分たらしめた諸々の過去への執着、執着からの解放を求める願望、願望のことごとくの挫折、山頭火の生涯は、人間として在ることの苦悩を模型的に示したものであろう。

「苦痛は戦うて勝てるものではない。打ったからとて砕けるものではない。苦痛は抱きしめて初めて融けるものである」

山頭火は毎日みずからにそう語りかけ、救済はなお遠い。しかし、泡立つ暗鬱《あんうつ》の人生を送ってきた山頭火を救済に向かわせたものも、死であった。現世においては叶わなかった自由を、彼は死を睫前《しょうぜん》に手にしたのであろう。「もりもりもりあがる雲へ歩む」。この層雲誌最後の句は、山頭火の解放の賛歌だったのではないか。

普段はそんなことは少ないが、時折り訪れる辛く苦しい時には、私は決まったように放哉と山頭火の句集を開いて、ラインマーカーの引いてある句に目を通す。哀しい詩《うた》なのに、私の苦しさはいつの間にか和らぎ癒されている。放哉と山頭火のそんな「効用」を読者と共有してみたいのである。

私には山頭火についての著作がある。平成一〇年一〇月に創刊された文春新書の最初の数点の一冊、『種田山頭火の死生』である。版も改められ多くの読者を得て幸せだったが、現在では廃刊になっている。旧稿を思い切って書き改めた。

なお、放哉の句、書簡、雑記などについては、全一巻の『尾崎放哉全集』(荻原井泉水監修、井上三喜夫編纂、彌生書房刊)によった。放哉の書簡には、傍点や傍線などが多用されているが、活字にすると煩瑣な感が否めない。本書ではこれらは省略した。山頭火については、昭和五四年から平成二年にわたって春陽堂書店から刊行された、山頭火自身による一四冊の句集、日記、書簡集に依拠したことを付記しておく。

執筆の過程でお世話になった方々は多い。小豆島での放哉の八カ月間の生活を支えた井上一二の縁に繋がる、井上泰好さんの知遇を得たことは幸運であった。筑摩書房の長年の畏友湯原法史さんからのお申し越しで執筆を開始したのだが、どうにか約束を果たせてほうと息をついている。

平成二七年　春闌

渡辺利夫

尾崎放哉年譜

明治一八年（一八八五）一歳。一月二〇日、鳥取県巴美郡吉方町（現在の鳥取市吉方町）にて出生。名前は秀雄。父信三、三五歳、母仲《なか》、二九歳。父は鳥取地方裁判所書記。長男の直諒は六歳で死去。姉に並、六歳。

明治二四年（一八九一）六歳。立志尋常小学校（四年制）入学。

明治二八年（一八九五）一〇歳。鳥取高等小学校（四年制）に進学。

明治三〇年（一八九七）一二歳。鳥取高等小学校第二学年修了。学制改革により鳥取尋常中学校に入学。姉の並が山口秀美を養子に迎える。秀美が同地で耳鼻咽喉科医院を開業。

明治三二年（一八九九）一四歳。鳥取県立第一中学校第三学年。俳句を始める。父信三、鳥取地方裁判所書記長を退任。

明治三三年（一九〇〇）一五歳。鳥取県立第一中学校第四学年。

明治三四年（一九〇一）一六歳。鳥取県立第一中学校第五学年。

明治三五年（一九〇二）一七歳。三月、鳥取県立第一中学校卒業。九月、第一高等学校法科入学。一年上級に荻原藤吉（俳号井泉水）。

明治三六年（一九〇三）一八歳。一高俳句会に出席、句作。一高俳句会には鳴雪、虚子、碧梧桐が招かれる。漕艇に熱中。

明治三八年（一九〇五）二〇歳。三月、第一高

等学校卒業。九月、東京帝国大学法学部入学。本郷千駄木林町に難波誠四郎、二村光三などと共に下宿、自炊。下宿を「鉄耕塾」と名付ける。

明治三九年（一九〇六）二一歳。『ホトトギス』に出句。澤芳衛に結婚を申し入れるも、芳衛の兄の静夫に反対され果たせず。酒癖深まる。

　冬ざれに黄《き》な土《つち》吐けり古戦場

　煮凝《にこごり》や彷彿《ほうふつ》として物の味

明治四〇年（一九〇七）二二歳。放哉の号を用いる。『国民新聞』に投句。

　春水や泥深く居る烏貝《からすがい》

明治四二年（一九〇九）二四歳。九月、東京帝国大学法科大学政治学科卒業（追試験）。

明治四三年（一九一〇）二五歳。東洋生命保険株式会社に就職、契約課に配属。

明治四四年（一九一一）二六歳。一月、鳥取市の坂根寿《とし》の次女、馨と結婚。馨、一九歳。小石川で新婚生活。四月、井泉水により『層雲』創刊。

大正三年（一九一四）二九歳。東洋生命保険株式会社大阪支店次長として赴任。人間関係に悩み、厭世の気分を深めて酒に溺れる。

大正四年（一九一五）三〇歳。東洋生命保険株式会社東京本社に帰任、契約課長を拝命。下渋谷羽根沢に居住。

　常夏の真赤な二時の陽の底冷ゆる

大正五年（一九一六）三一歳。層雲同人。

葱《ねぎ》青々と寒雨《かんう》つゞくかな
浜つたひ来て妻とへだたれる

大正六年（一九一七）三二歳。

たき火せる父に霜柱はかたし
窓あけて居る朝の女にしゞみ売

大正七年（一九一八）三三歳。

妻が留守の障子ぽつとり暮れたり
女乞食の大きな乳房かな
仏の灯ぢつとして凍る夜ぞ
妻を叱りてぞ暑き陽に出で行く

大正八年（一九一九）三四歳。

病める人に花の色色をゑらむ
マツチつかぬ夕風の涼しさに話す

大正一〇年（一九二一）三六歳。一〇月、酒癖の悪さを理由に東洋生命保険株式会社契約課長の職を解かれ降格、辞職にいたる。鳥取に帰る。

大正一一年（一九二二）三七歳。四月、朝鮮火災海上保険株式会社支配人として京城に赴任。下渋谷の家を処分。京城府新町四番地に居住。馨やや遅れて京城着。五月、母の仲死去。葬儀には馨を出席させる。一〇月、左肋膜炎を病み、一週間臥床。

白きものうごめく停車場の夜あけにて
暮るれば教会の空ひろう鳴る鐘
オンドル冷ゆる朝あけの電話鳴るかな

焚火ごう〳〵事ともせずに氷る大地
石に腰かけて冷え行くよ背骨

大正一二年（一九二三）三八歳。五、六月頃、再び酒癖の悪さを理由に、朝鮮火災海上保険株式会社を免職。七月末、再起を期して満州に赴く。長春市敷島通りの小原楓宅に仮寓。八月末、左湿性肋膜炎により満鉄病院に二カ月間入院。九月一日、関東大震災の報に驚愕する。その後、大学同窓の二村光三の伝手により満鉄ハルビン事務所で嘱託として働く。肺結核の増悪により、一〇月頃、大連より帰国。長崎市の従弟、宮崎義雄宅に仮寓。一一月二三日、京都市左京区鹿ヶ谷の一燈園に入園。

松の実ほつほつたべる燈下ぞ児無き夫婦ぞ
春日の中に泥厚く塗りて家つくる
土くれのやうに雀居り青草も無し

支那語で馬車をよぶ月の夜うれしく
小供等たくさん連れて海渡る女よ

大正一三年（一九二四）三九歳。一燈園を去り京都智恩院塔頭常称院の寺男となる。四月三日、荻原井泉水が常称院に放哉を訪問、数年ぶりに会う。またもや酒癖の悪態により常称院を追われる。六月五日に神戸の須磨寺の大師堂の寺男として移る。妻の馨は大阪市東洋紡績四貫島工場女子工員寮の寮母の仕事をみつけ、女子工員に裁縫、生け花などをも教える。

夕べひよいと出た一本足の雀よ
空に白い陽を置き火葬場の太い煙突
蛇が殺されて居る炎天をまたいで通る
何か求むる心海へ放つ
鐘ついて去る鐘の余韻の中
わが足の格好の古足袋ぬぎすてる

大正一四年（一九二五）四〇歳。三月、須磨寺の内紛により同寺を辞し、一燈園に戻る。五月中旬、福井県小浜町の常高寺の寺男となる。七月、同寺を去り、すぐ後に京都三哲の龍岸寺の寺男。しかし、ここをも去って井泉水の京都での寓居「橋畔亭」にて同居。八月一三日、香川県小豆郡土庄町淵崎村の井上一二を訪ねる。二〇日、西光寺住職杉本宥玄の計らいにより、土庄町の王子山蓮華院西光寺奥之院の南郷庵の庵主となり、ここに居住。句作に専念し厖大な数の句を紡ぐ。一〇月末より、高熱、咳、痰、便秘などで苦しめられる。一二、宥玄、井泉水、層雲同人の飯尾星城子、島丁哉、山口旅人ならびに隣家の漁師南堀の妻シゲや石屋の岡田元次郎の世話を受け生活をつづける。九月初旬より「入庵食記」の執筆を始め、死の直前まで記述。九月から一〇月にかけて「入庵雑記」を書き、これが『層雲』の翌年新年号から五月号まで掲載される。

こんなよい月を一人で見て寝る
灰の中から針一つ拾ひ出し話す人もなく
大空のました帽子かぶらず
漬物桶に塩ふれと母は産んだか
わがからだ焚火にうらおもてあぶる
鳩に豆やる児が鳩にうづめらる
海がまつ青な昼の床屋にはいる
雪の戸をあけてしめた女の顔
なんにもない机の引き出しをあけて見る

大正一五年（一九二六、一二月二五日に昭和と改元）四一歳。一月三一日、土庄の医師木下から癒着性肋膜炎合併症、湿性咽喉カタルとの診断を受ける。二月一七日より山口旅人から送られるカルシウム液注射を始め、死の直前までこれを行う。三月初めより食欲著しく減退、急速に衰える。一八日には「腰が抜ける」。身体の衰弱はいかんともし難く、四月七日、午後八時頃、南郷庵にて瞑目。

夕靄《ゆうもや》溜《た》まらせて塩浜人居る
渚白い足出し
咳き入る日輪くらむ
わが肩につかまつて居る人に眼がない
火の無い火鉢が見えて居る寝床だ
爪切つたゆびが十本ある
やせたからだを窓に置き船の汽笛
月夜の葦が折れとる
入れものが無い両手で受ける
ゆうべ底がぬけた柄杓《ひしやく》で朝
どつさり春の終りの雪ふり
霜とけ鳥光る

種田山頭火年譜

明治一五年（一八八二）一歳。一二月三日、山口県佐波郡西佐波令村（現在の山口県防府市八王子）にて出生。名前は正一。父竹次郎、二六歳、母フサ、二二歳。長男。姉に一歳年長のフク。祖母ツル。当時の種田家は大種田といわれた地主。

明治一八年（一八八五）三歳。一月、妹シズ出生。後にシズは佐波郡右田村の町田米四郎に嫁した姉フクの早世の後、米四郎の後妻となる。

明治二〇年（一八八七）五歳。一月、弟二郎、出生。二郎は七歳の時に佐波郡華城村の有富九郎治の養嗣子となり、後に有富家から義絶、熊本の兄正一の家での寄宿を経て、大正七年六月、岩国愛宕山中にて縊死。

明治二二年（一八八九）七歳。四月、佐波村立松崎尋常高等小学校尋常科に入学。末弟信一、出生。父、佐波郡助役。

明治二五年（一八九二）一〇歳。三月、母フサ、自宅の井戸へ投身自殺。享年三二歳。以後、子供は祖母ツルにより養育さる。父は傾く家産を顧みず地方政治に奔走、複数の妾を抱えて遊蕩をつづける。

明治二六年（一八九三）一一歳。四月、松崎尋常高等小学校高等科に進級。

明治二七年（一八九四）一二歳。一〇月、弟信一、死去。

明治二九年（一八九六）一四歳。三月、松崎尋常高等小学校高等科第三年級修了。四月、三田尻私立周陽学舎（三年制中学、現防府高等学校）第一年級入学。

明治三二年（一八九九）一七歳。七月、周陽学校（周陽学舎を改称）第三年級を首席で卒業。四月、山口県立山口尋常中学校第四年級に編入。

明治三四年（一九〇一）一九歳。三月、県立山口尋常中学校卒業。開通した山陽線で上京。私立東京専門学校高等学校予科に入学。

明治三五年（一九〇二）二〇歳。五月、姉フク、死去。七月、東京専門学校高等学校予科卒業。九月、早稲田大学大学部文学科に入学。酒癖始まる。

明治三七年（一九〇四）二二歳。抑鬱的感情に耐えられず「神経衰弱症」を診断され、早稲田大学を退学、帰郷。種田家の屋敷一部売却さる。

明治三九年（一九〇六）二四歳。父、家業に失敗。活路を求めて山口県吉敷郡大道村の酒蔵を買収して酒造業を開始。一家ここに移り住む。父の仕事を手伝う。

明治四一年（一九〇八）二六歳。種田家の家産のすべてが売却される。

明治四二年（一九〇九）二七歳。八月、山口県佐波郡和田村佐藤光之輔の長女、咲野と結婚。咲野、二一歳。

明治四三年（一九一〇）二八歳。八月、長男健、出生。酒癖一段と深まる。

明治四四年（一九一一）二九歳。郷土の文芸誌

『青年』同人となり、定型句やツルゲーネフの翻訳などを発表。四月、井泉水により『層雲』創刊。

吾妹子《わぎもこ》の肌なまめかしなつの蝶

大正二年（一九一三）三一歳。荻原井泉水に師事。層雲同人となり、同誌に投稿を開始。山頭火の号を使う。

窓に迫る巨船あり河豚《ふぐ》鍋の宿

大正三年（一九一四）三二歳。一〇月、山口県を訪れた井泉水と邂逅。防府俳壇の中心的存在となる。

今日も事なし凩《こがらし》に酒量るのみ
野良猫が影のごと眠りえぬ我に

大正四年（一九一五）三三歳。種田酒造の経営危機深まる。

闇をひた〳〵押し寄する波のかぎりなし
大蜘蛛しづかに網張れり朝焼の中

大正五年（一九一六）三四歳。層雲選者となる。種田家破産。父、行方不明。五月、兼崎地橙孫を頼って妻子と共に熊本市下通町一丁目に転じる。同所で古本屋「雅楽多」を営む。

さゝやかな店をひらきぬ桐青し
雪かぎりなしぬかづけば雪ふりしきる

大正六年（一九一七）三五歳。

わが路遠く山に入る山のみどりかな
いさかへる夫婦に夜蜘蛛さがりけり

大正七年（一九一八）三六歳。六月一八日、弟二郎、岩国愛宕山中にて縊死。岩国へ急行。一二月、祖母ツル死去。

　たまさかに飲む酒の音さびしかり
　酔ひざめのこころに触れて散る葉なり

大正八年（一九一九）三七歳。木村緑平との親交始まる。一〇月、熊本での生活に倦み、上京、東京市下戸塚に下宿。東京市セメント試験場での臨時雇で日銭を稼ぐ。

　けふのはじまりの汽笛長う鳴るかな

大正九年（一九二〇）三八歳。三月、麴町区隼町の双葉館へ転居。七月に本郷区湯島の下宿に転じる。一一月、咲野との戸籍上の離婚を余儀なくされる。同月、東京市役所臨時雇を拝命、一ツ橋図書館に勤務。

　雪ふる中をかへりきて妻へ手紙かく
　霧ぼうぼうとうごめくは皆人なりし

大正一〇年（一九二一）三九歳。五月八日、父、死去。六月三〇日、正式に東京市役所事務員となり、一ツ橋図書館勤務を継続。

　生き残つた虫の一つは灯をめぐる
　ほころび縫ふ身に沁みて夜の雨

大正一一年（一九二二）四〇歳。抑鬱的感情はなはだしく「神経衰弱症」の診断を受く。一二月に一ツ橋図書館を退職。

　月澄むほどにわれとわが影踏みしめる
　ま夜なかひとり飯あたゝめつ涙をこぼす

大正一二年（一九二三）四一歳。九月、関東大

震災に遭遇。熊本への帰路、同行の芥川、京都にて腸チフスで急死。熊本市で仮寓。

大正一三年（一九二四）四二歳。一二月、酒乱の果てに自殺を企て熊本市公会堂前を走る市街電車に立ちはだかり、これを急停止させる。危うく助けられて後、熊本市東坪井町の曹洞宗報恩寺にて、住職望月義庵の導きにより禅門に入る。

大正一四年（一九二五）四三歳。二月、報恩寺にて望月義庵を導師に出家得度、座禅修行。三月五日、熊本県鹿本郡植木町味取の曹洞宗瑞泉寺、通称味取観音の堂守となる。近在托鉢。

松はみな枝垂れて南無観世音
松風に明け暮れの鐘撞いて

大正一五年（一九二六、一二月に昭和に改元）四四歳。四月一〇日、味取観音堂を出て放浪の旅へ。解すべくもない惑いに身を焦がして、宮崎、大分などを行乞行脚。

木の葉散る歩きつめる
しとどに濡れてこれは道しるべの石

昭和二年（一九二七）四五歳。山陽、山陰、四国を行乞遍歴。

ほろほろ酔うて木の葉ふる
木の芽草の芽あるきつづける
しぐるるや死なないでゐる

昭和三年（一九二八）四六歳。四国八十八ヶ所霊場を遍路。七月、小豆島に渡り、醬油醸造業を営む素封家の層雲同人井上一二、西光寺住職杉本宥玄を訪ね、両氏の導きにより尾崎放哉の菩提寺西光寺の墓所山に詣でる。

へうへう《ひょうひょう》として水を味ふ
だまつて今日の草鞋穿く
まつすぐな道でさみしい

昭和四年（一九二九）四七歳。山陽、山陰、北九州を行乞放浪。三月、熊本「雅楽多」に戻り、八月まで滞在。その後、九州を遍歴。一一月、阿蘇内牧温泉で井泉水を迎え層雲同人と会す。

雪がふるふる雪見てをれば
また見ることもない山が遠ざかる
涸れきつた川を渡る

昭和五年（一九三〇）四八歳。「雅楽多」に滞在。四月、長男健、秋田鉱山専門学校に入学。「雅楽多」での定住に耐えられず、九月、九州を巡る捨身懸命の旅に出る。一二月、熊本に戻り、市内春竹琴平町に仮寓。

どうしようもないわたしが歩いてゐる
酔ふてこほろぎと寝てゐたよ
生き残つたからだ掻いてゐる

昭和六年（一九三一）四九歳。一二月、安住を厭い、九州西北部の旅へ。

いつまでも旅することの爪をきる
ふるさとは遠くして木の芽
笠も漏りだしたか
秋風の石を拾ふ
ふりかへらない道をいそぐ

昭和七年（一九三二）五〇歳。一月、木村緑平を訪れ、その後、九州西北部を行乞。六月より八月まで山口県の川棚温泉に滞在、同地で結庵を企図するも失敗。六月、第一句集『鉢の子』発刊。九月二〇日、層雲同人の国森樹明の支援により山口県小郡町矢足村に結庵。「其中庵」と名付ける。

うつむいて石ころばかり
おとはしぐれか
雨ふるふるさとははだしであるく
あるけばきんぽうげすわればきんぽうげ
ふるさとの夢から覚めてふるさとの雨
父によう似た声が出てくる旅はかなしい

昭和八年（一九三三）五一歳。一一月、井泉水を其中庵に招く。久保白船、大山澄太など多数出席。一二月、第二句集『草木塔』を発刊。

なみだこぼれてゐる、なんのなみだぞ
雪へ雪ふるしづけさにをる
わかれてきた道がまつすぐ
かうしてここにわたしのかげ
ぬいてもぬいても草の執着をぬく

昭和九年（一九三四）五二歳。二月、福岡行乞。三月、広島、京都、名古屋を経て木曾路より飯田へと東上。四月一五日、飯田にて急性肺炎、当地で入院の後、四月末、其中庵に帰る。五月一日、息子健、其中庵に見舞う。

ふくらふ《ふくろう》はふくらふでわたしはわたしでねむれない
この道しかない春の雪ふる

昭和一〇年（一九三五）五三歳。庵住の日々。二月、第三句集『山行水行』を発刊。八月、六日、カルモチンの多量服用により自殺を図るも未遂。一二月、死処を求めて東上の旅に出奔。

死ねる薬を掌に、かゞやく青葉
なんぼう考へてもおんなじことの落葉ふみあるく

昭和一一年（一九三六）五四歳。二月、第四句集『雑草風景』発刊。三月、門司より海路にて神戸へ。近畿、東海、東京、甲州路、信濃路を経て、柏原、鶴岡、仙台、平泉を回り、福井永平寺に五日間参籠。七月二二日、其中庵に帰る。

なにやらかなしく水のんで去る
はてしなくさみだるる空がみちのく
法堂《はっとう》あけはなつ明けはなたれてゐる

昭和一二年（一九三七）五五歳。五月、九州行乞。飯塚にて息子健に会い、「雅楽多」に一時戻る。八月、第五句集『柿の葉』発刊。一一月、山口県湯田温泉にて泥酔、無銭飲食の咎により山口警察署に拘留。息子健から電報為替が届く。

秋風、行きたい方へ行けるところまで
酔へばあさましく酔はねばさびしく

昭和一三年（一九三八）五六歳。一一月、其中庵の傷みひどく庵居を諦め、山口県湯田温泉に転居。一二月息子健が満鉄に入社、渡満。

さすらひの果てはいづくぞ衣がへ
誰にも逢はない山のてふてふ《ちょうちょう》
うまれた家はあとかたもないほうたる
うどん供へて、母よ、わたくしもいただきまする
春風のどこでも死ねるからだであるく
山のなか山が見えない霧のなか行く
死ねない手がふる鈴をふる

昭和一四年（一九三九）五七歳。一月、第六句集『孤寒』発刊。三月末に東上の旅へ。近畿、東海、木曾路を旅し、伊那で畏敬する江戸末期の俳人井上井月の墓参を果たす。五月、湯田温泉に戻る。一〇月一日、広島宇品から松山へ。野村朱鱗洞の墓参の後、四国遍路の旅。再度の放哉墓参を思い立ち小豆島に渡る。一一月、松山道後に寄宿。一二月より松山市御幸町御幸寺境内「一草庵」に庵居。

べう〳〵《びょうびょう》うちよせてわれをうつ
しぐれて人が海を見てゐる
われあさましく酒をたべつつわれを罵る
死をひしひしと水のうまさかな
なむあみだぶつなむあみだぶつみあかしまたたく

昭和一五年（一九四〇）五八歳。四月、一代句集『草木塔』（第二句集と同名）発刊。七月、第七句集『鴉』を発刊。死を予感し、一代句集を句友に呈すべく中国、四国、九州を回る。六月三日、帰庵。一〇月一〇日午後、泥酔の果てに倒れる。一一日午後四時頃、絶命。心臓麻痺と診断。

六十にして落ちつけないこゝろ海をわたる
膝に酒のこぼるるに逢ひたうなる
水音のたえずして御仏とあり
やつぱり一人がよろしい雑草
死んでしまへば、雑草雨ふる
こしかたゆくすゑ雪あかりする
蚊帳の中の私にまで月の明るく

＊本書は「ちくま文庫」のために書き下ろされた作品である。
＊本書中に、今日から見ると差別的あるいは差別的ととられかねない表現がありますが、歴史的背景および主人公が故人であるという事情により、原文どおりといたしました。

山頭火句集　種田山頭火／村上護編／小崎侃・画

自選句集「草木塔」を中心に、その境涯を象徴する随筆も精選収録し、〝行乞流転〟の俳人の全容を伝える一巻選集！（村上護）

尾崎放哉全句集　村上護編

「咳をしても一人」などの感銘深い句で名高い自由律の俳人・放哉。放浪の旅の果て、小豆島で破滅型の人生を終えるまでの全句業。（村上護）

笑う子規　正岡子規＋天野祐吉＋南伸坊

「弘法は何と書きしぞ筆始」「猫老て鼠もとらず置火燵」。天野さんのユニークなコメント、南さんの豪快な絵を添えて贈る愉快な子規句集。（関川夏央）

正岡子規　ちくま日本文学

松蘿玉液抄　墨汁一滴抄　病牀六尺抄　車上所見　死後　歌よみに与うる書　俳句問答　古池の句の弁　短歌　俳句　他（天野祐吉）

絶滅寸前季語辞典　夏井いつき

「従兄煮」「蚊帳」「夜這星」「竈猫」……季節感が失われ、風習が廃れて消えていく季語たちに、新しい命を吹き込む読み物辞典。（茨木和生）

絶滅危急季語辞典　夏井いつき

「ぎぎ・ぐぐ」「われから」「子持花椰菜」「大根祝う」……消えゆく季語に新たな命を吹き込む読み物辞典。超絶季語続出の第二弾。（古谷徹）

一人で始める短歌入門　枡野浩一

「かんたん短歌の作り方」の続篇。CHINTAIのCM「いい部屋みつかっ短歌」の応募作を題材に短歌を指南。毎週10首、10週でマスター！

かんたん短歌の作り方　枡野浩一

自分の考えをいつもの言葉遣いで分かりやすく表現する——それがかんたん短歌。でも簡単じゃない！（佐々木あらら）

新編 ぼくは12歳　岡真史

12歳で自ら命を断った少年は、死の直前まで詩を書き綴っていた。——新たに読者と両親との感動の往復書簡を収録した決定版。（高史明）

生きることの意味　高《コ》史《サ》明《ミョン》

さまざまな衝突の中で死を考えるようになった一朝鮮人少年。彼をささえた人間のやさしさを通して、生きることの意味を考える。（鶴見俊輔）

君の可能性　斎藤喜博
人間は誰でも無限の可能性を内に秘めている。どうしたらその可能性が開かれるのか。多くの事実によってその道筋を示す本。（佐藤学）

まちがったっていいじゃないか　森毅
人間、ニブイのも才能だ！　まちがったらやり直せばいい。少年のころを振り返り、若い読者に肩の力をぬかせてくれる人生論。（赤木かん子）

やくざと日本人　猪野健治
やくざは、なぜ生まれたのか？　戦国末期の遊侠無頼から山口組まで、やくざの歴史、社会とのかかわりを、わかりやすく論じる。（鈴木邦男）

霞が関「解体」戦争　猪瀬直樹
無駄や弊害ばかりの出先機関や公益法人はもういらない――地方分権改革推進委員会を舞台として、官僚を相手に繰り広げた妥協なき闘いの壮絶な記録。

増補　日本凡人伝　猪瀬直樹
化粧品会社の調香師、鉄道ダイヤを組むスジ屋――知っているようで知らない非凡な人生に、独特のインタビュー形式で迫る。著者出世作の増補決定版。

東京骨灰紀行　小沢信男
両国、谷中、千住……アスファルトの下、累々と埋もれる無数の骨灰をめぐり、忘れられた江戸・東京の記憶を掘り起こす鎮魂行。（黒川創）

時代小説盛衰史（上）　大村彦次郎
中里介山「大菩薩峠」から司馬遼太郎の登場まで、時代小説の栄枯盛衰を豊富なエピソードと味わい深い語り口で描く。大衆文学研究賞・長谷川伸賞受賞。

時代小説盛衰史（下）　大村彦次郎
名作誕生の背景や秘話、大きな役割を果たした挿絵画家や、作家と苦楽を共にした編集者など、作品にまつわる人間像を掘り起こした好著。（坂崎重盛）

文壇挽歌物語　大村彦次郎
太陽族の登場で幕をあけた昭和三十年代。編集者の目から見た戦後文壇史の舞台裏。『文壇うたかた物語』『文壇栄華物語』に続く〈文壇三部作〉完結編。

ヨーロッパに消えたサムライたち　太田尚樹
伊達政宗の特命を受けたサムライたちが大航海の果てに見たものは？　謎と驚きに満ちた支倉常長遣欧使節団の全貌に迫る歴史ノンフィクション。

誘拐の知らせ　G・ガルシア＝マルケス　旦敬介 訳

コロンビアで起こった連続誘拐事件。その背後では、麻薬密輸組織と政府との暗闘が繰り広げられていた！ ノーベル賞作家がえぐる、社会の暗部。

昭和維新の朝《あした》　工藤美代子

宮中歌会始に招かれた齋藤史の父は、二・二六事件に深く関わった将官だった。ひと組の父と娘の歩みを通して昭和史の真実を描き出す。（鳥居民）

あぶく銭師たちよ！　佐野眞一

昭和末期、バブルに跳梁した怪しき人々。リクルートの江副浩正、地上げ屋の早坂太吉、〝大殺界〟の細木数子など6人の実像と錬金術に迫る！

完本 カリスマ（上・下）　佐野眞一

闇市から出発し、日本最大の流通帝国ダイエーを築き上げた「戦後最大の成功経営者」中内功。戦後日本の盛衰と運命を共にした男の一生をたどる。

宮本常一が見た日本　佐野眞一

戦前から高度経済成長期にかけて日本中を歩き、人々の生活を記録した民俗学者、宮本常一。そのまなざしと思想、行動を追う。（橋口譲二）

新 忘れられた日本人　佐野眞一

佐野眞一がその数十年におよぶ取材で出会った、無私の人、悪党、そして怪人たち。時代の波間に消えて行った忘れえぬ人々を描き出す。（後藤正治）

游俠奇談　子母澤寛

飯岡助五郎、笹川繁蔵、国定忠治、清水次郎長……正史に残らない俠客達の跡を取材し、実像に迫る、游俠研究の先駆的傑作。（松島榮一／高橋敏）

武士の娘　杉本鉞子　大岩美代 訳

明治維新期に越後の家に生れ、厳格なしつけと礼儀作法を身につけた少女が開化期の息吹にふれて渡米、近代的女性となるまでの傑作自伝。

田中清玄自伝　田中清玄　大須賀瑞夫

戦前は武装共産党の指導者、戦後は国際石油戦争に関わるなど、激動の昭和を侍の末裔として多彩な人脈を操りながら駆け抜けた男の「夢と真実」。

「戦艦大和」の最期、それから　千早耿一郎

『戦艦大和ノ最期』の執筆や出版の経緯を解き明かし、日本銀行行員・キリスト者として生きた著者吉田満の戦後の航跡をたどる。（藤原作弥）

昭和史残日録 1926―45　半藤一利
昭和天皇即位から敗戦まで……激動の歴史の中で飛び出した名言・珍言。その背景のエピソードと記憶すべき日付を集大成した日めくり昭和史。

昭和史残日録 戦後篇　半藤一利
昭和史の記憶に残すべき日々を記録した好評のシリーズ、戦後篇。天皇のマッカーサー訪問からベトナム戦争終結までを詳細に追う。

山県有朋　半藤一利
長州の奇兵隊を出発点に明治政府の頂点にたった山県有朋。彼が作り上げた大日本帝国の仕組みとは？「幕末史」と「昭和史」をつなぐ怪物の生涯。

荷風さんの昭和　半藤一利
破滅へと向かう昭和前期。永井荷風は驚くべき適確さで世間の不穏な風を読み取っていた。時代風景の中に文豪の日常を描出した傑作。　（吉野俊彦）

誘拐　本田靖春
戦後最大の誘拐事件。残された被害者家族の絶望、犯人を生んだ貧困、刑事達の執念を描くノンフィクションの金字塔！　（佐野眞一）

疵　本田靖春
戦後の渋谷を制覇したインテリヤクザ安藤組の大幹部、力道山よりも喧嘩が強いといわれた男……。伝説に彩られた男の実像を追う。　（野村進）

東條英機と天皇の時代　保阪正康
日本の現代史上、避けて通ることのできない存在である東條英機。軍人から戦争指導者へ、そして極東裁判に至る生涯を通して、昭和期日本の実像に迫る。

孫文の辛亥革命を助けた日本人　保阪正康
百年前、辛亥革命に協力し、アジア解放の夢に一身を賭した日本人がいた。彼らの義に殉じた生涯を、激動の時代を背景に描く。　（清水美和）

数学に魅せられた明治人の生涯　保阪正康
数学の才能に富んだ一庶民が日清・日露、太平洋戦争と激動の時代を懸命に生き抜く姿を通して、近代日本の哀歓と功罪を描くノンフィクション・ノベル。

史観宰相論　松本清張
大久保、伊藤、西園寺、近衛、吉田などの為政者たちを俎上に載せ、その功罪を論じて、現代に求められるべき指導者の条件を考える。

ヒトラーのウィーン　中島義道

最も美しいものと最も醜いものが同居する都市ウィーンで、二十世紀最大の「怪物」はどのような青春を送り、そして挫折したのか。（加藤尚武）

人生を〈半分〉降りる　中島義道

哲学的に生きるには〈半隠遁〉というスタイルを貫くしかない。「清貧」とは異なるその意味と方法を、自身の体験を素材に解き明かす。（中野翠）

哲学の道場　中島義道

哲学は難解で危険なものだ。しかし、世の中にはこれを必要とする人たちがいる。――死の不条理への問いを中心に、哲学の神髄を伝える。（小浜逸郎）

私の幸福論　福田恆存

この世は不平等だ。何と言おうと！　しかしあなたは幸福にならなければ……。平易な言葉で生きることの意味を説く刺激的な書。（中野翠）

あんな作家 こんな作家 どんな作家　阿川佐和子

聞き上手の著者が松本清張、吉行淳之介、田辺聖子、藤沢周平ら57人に取材した。その鮮やかな手口に思わず作家は胸の内を吐露。（清水義範）

男は語る　阿川佐和子

ある時は心臓を高鳴らせ、ある時はうろたえながら、12人の魅力あふれる作家の核心にアガワが迫る。「聞く力」の原点となる、初めてのインタビュー集。

不良定年　嵐山光三郎

定年を迎えた者たちよ。まずは自分がすでに不良品であることを自覚し、不良精神を抱け。実践者・嵐山光三郎がぶんぶんうなる。（大村彦次郎）

「下り坂」繁盛記　嵐山光三郎

人の一生は、「下り坂」をどう楽しむかにかかっている。真の喜びや快感は「下り坂」にあるのだ。あちこちにガタがきても、愉快な毎日が待っている。

一本の茎の上に　茨木のり子

「人間の顔は一本の茎の上に咲き出た一瞬の花である」表題作をはじめ、敬愛する山之口貘等について綴った香気漂うエッセイ集。（金裕鴻）

屋上がえり　石田千

屋上があるととりあえずのぼってみたくなる。百貨店、病院、古書店、母校……広い視界の中で想いを紡ぐ不思議な味のエッセイ集。（大竹聡）

そば打ちの哲学　石川文康
そばを打ち、食すとき、知性と身体と感覚は交錯し、人生の風景が映し出される——この魅惑的な世界を楽しむためのユニークな入門書。（四方洋）

ぼくは散歩と雑学がすき　植草甚一
1970年、遠かったアメリカ。その風俗、映画、本、音楽から政治までをフレッシュな感性と膨大な知識、貪欲な好奇心で描き出す代表エッセイ集。

いつも夢中になったり飽きてしまったり　植草甚一
男子の憧れJ・J氏。欧米の小説やジャズ、ロックへの造詣、ニューヨークや東京の街歩き。今なお新鮮さを失わない感性で綴られる入門書的エッセイ集。

こんなコラムばかり新聞や雑誌に書いていた　植草甚一
ヴィレッジ・ヴォイスから筒井康隆まで夜を徹して読書三昧。大評判だった中間小説研究も収録したJ・J式ブックガイドで「本の読み方」を大公開！

雨降りだからミステリーでも勉強しよう　植草甚一
1950～60年代の欧米のミステリー作品の圧倒的で貴重な情報が詰まった一冊。独特の語り口で書かれた文章は何度読み返しても新しい発見がある。

貧乏は幸せのはじまり　岡崎武志
著名人の極貧エピソードからユーモア溢れる生活の知恵まで、幸せな人生を送るための「貧乏」のススメ！　巻末に荻原魚雷氏との爆笑貧乏対談を収録。

下町酒場巡礼　大川渉／平岡海人／宮前栄
木の丸いす、黒光りした柱や天井など、昔のままの裏町場末の居酒屋。魅力的な主人やおかみさんのいる個性ある酒場の探訪記録。（種村季弘）

心にのこる言葉　小野寺健
海外の小説や評論から取った短い言葉を含蓄ある解説とともに紹介するエッセイ集。名句と人生をめぐるベストセラーをオリジナル編集。

本と怠け者　荻原魚雷
日々の暮らしと古本を語り、古書に独特の輝きを与えた「ちくま」好評連載「魚雷の眼」を、一冊にまとめた文庫オリジナルエッセイ集。（岡崎武志）

『羊の歌』余聞　加藤周一　鷲巣力編
独特な思考のスタイルと印象的な文体はどのように作られたのだろうか。その視点から多くのエッセイを渉猟して整理し、創造の過程を辿る。（鷲巣力）

人とこの世界　開高健

開高健が、自ら選んだ強烈な個性の持ち主たちと相対する。対話や作品論、人物描写を混和して描き出した「文章による肖像画集」。（佐野眞一）

書斎のポ・ト・フ　開高健／谷沢永一／向井敏

博覧強記の幼馴染三人が、庖丁さばきも鮮やかに古今東西の文学を料理しつくす。談論風発・快刀乱麻の驚きの文学鼎談。（山崎正和）

増補　遅読のすすめ　山村修

読書は速度か？　分量か？　ゆっくりでなければ得られない「効能」が読書にはある。名書評家「狐」による読書術。単行本未収録書評を増補。（佐久間文子）

〈狐〉が選んだ入門書　山村修

〈狐〉のペンネームで知られた著者が、言葉・古典文芸・歴史・思想史・美術の各分野から五点ずつ選び、意外性に満ちた世界を解き明かす。（加藤弘一）

向田邦子との二十年　久世光彦

あの人は、あり過ぎるくらいあった始末におえない胸の中のものを誰にだって、一言も口にしない人だった。時を共有した二人の世界。（新井信）

将棋エッセイコレクション　後藤元気編

プロ棋士、作家、観戦記者からウェブ上での書き手まで――「言葉」によって、将棋をより広く、深く、鮮やかに楽しむ可能性を開くための名編を収録。

私の猫たち許してほしい　佐野洋子

少女時代を過ごした北京。リトグラフを学んだベルリン。猫との奇妙なふれあい。著者のおいたちと日常をオムニバス風につづる。（高橋直子）

アカシア・からたち・麦畑　佐野洋子

ふり返ってみたいような、ふり返りたくないような小さかった時。甘美でつらかったあの頃が時のむこうで色鮮やかな細密画のように光っている。

私はそうは思わない　佐野洋子

佐野洋子は過激だ。ふつうの人が思うようには思わない。大胆で意表をついたまっすぐな発言をする。だから読後が気持ちいい。（群ようこ）

友だちは無駄である　佐野洋子

でもその無駄がいいのよ。つまらないことや無駄なことって、たくさんあればあるほど魅力なのよね。一味違った友情論。（亀和田武）

神も仏もありませぬ　佐野洋子
還暦……もう人生おりたかった。でも春のきざしの蕗の薹に感動する自分がいる。意味なく生きても人は幸せなのだ。第3回小林秀雄賞受賞。（長嶋康郎）

問題があります　佐野洋子
中国で迎えた終戦の記憶から極貧の美大生時代、読まずにいられない本の話など。単行本未収録作品を追加した、愛と笑いのエッセイ集。（長嶋有）

寄り添って老後　沢村貞子
長年連れ添った夫婦が老いと向き合い毎日を心豊かに暮らすには――。浅草生まれの女優・沢村貞子さんの晩年のエッセイ集。（森まゆみ）

わたしの脇役人生　沢村貞子
脇役女優として生きてきた著者が、歯に衣着せぬ、それでいて人情味あふれる感性で綴ったエッセイ集。一つの魅力的な老後の生き方。（寺田農）

老いの楽しみ　沢村貞子
八十歳を過ぎ、女優引退を決めた著者が、日々の思いを綴る。齢にさからわず、「なみ」に、気楽に、と過ごす時間に楽しみを見出す。（山崎洋子）

色を奏でる　志村ふくみ・文　井上隆雄・写真
色と糸と織――それぞれに思いを深めて織り続ける染織家にして人間国宝の著者の、エッセイと鮮かな写真が織りなす豊醇な世界。オールカラー。

語りかける花　志村ふくみ
染織の道を歩む中で、ものに触れ、ものの奥に入って見届けようという意志と、志を同じくする表現者たちへの思いを綴る。（藤田千恵子）

与太郎戦記　春風亭柳昇
昭和19年、入隊三年目の秋本青年に動員令下る！行き先は中国大陸。出撃から玉砕未遂で終戦までの顛末を軽妙に描いた名著。（鶴見俊輔）

ちよう、はたり　志村ふくみ
「物を創るとは汚すことだ」。自戒を持ちつつ、機へ向かうときの沸き立つような気持ち。日本の色への強い思いなどを綴る。（山口智子）

与太郎戦記ああ戦友　春風亭柳昇
『与太郎戦記』シリーズ第三作。復員した秋本青年は、落語家になることを決意。個性豊かな芸人仲間や戦友たちとの交流を描く。（松本尚久）

遠い朝の本たち　須賀敦子

一人の少女が成長する過程で出会い、愛しんだ文学作品の数々を、記憶に深く残る人びとの想い出とともに描くエッセイ。（末盛千枝子）

鈴木清順エッセイ・コレクション　鈴木清順　四方田犬彦編

耽美的な映像をつくる映画監督鈴木清順は、達観のエッセイの名手でもあった。映画論、人生論など、その精髄の数々。（四方田犬彦）

辺界の輝き　五木寛之　沖浦和光

サンカ、家船、遊芸民、香具師など、差別されながら漂泊に生きた人々が残したものとは？　白熱する対論の中から、日本文化の深層が見えてくる。

仏教のこころ　五木寛之

人々が仏教に求めているものとは何か、仏教はそれにどう答えてくれるのか。著者の考えをまとめた文章に、河合隼雄、玄侑宗久との対談を加えた一冊。

自力と他力　五木寛之

俗にいう「他力本願」とは正反対の思想が、真の「他力」である。真の絶望を自覚した時に、人はこの感覚に出会うのだ。

サンカの民と被差別の世界　五木寛之

歴史の基層に埋もれた、忘れられた日本を掘り起こす。漂泊に生きた海の民・山の民。身分制で賤民とされた人々。彼らが現在に問いかけるものとは。

隠れ念仏と隠し念仏　五木寛之

九州には、弾圧に耐えて守り抜かれた「隠れ念仏」があり、東北には、秘密結社のような信仰「隠し念仏」がある。知られざる日本人の信仰を探る。

宗教都市と前衛都市　五木寛之

商都大阪の底に潜む強い信仰心。国際色豊かなエネルギーが流れ込み続ける京都。現代にも息づく西の都の歴史。「隠された日本」シリーズ第三弾。

わが引揚港からニライカナイへ　五木寛之

玄洋社、そして引揚者の悲惨な歴史とは？　アジアとの往還の地・博多と、日本の原郷・沖縄。二つの土地を訪ね、作家自身の戦争体験を歴史に刻み込む。

日本幻論
漂泊者のこころ　五木寛之

幻の隠岐共和国、柳田國男と南方熊楠、人間としての蓮如像等々、非・常民文化の水脈を探り、五木文学の原点を語った衝撃の幻論集。（中沢新一）

サムライとヤクザ　氏家幹人

「男らしさ」はどこから来たのか？　戦国の世から徳川の泰平の世へ移る中で生まれる武士道神話・任俠神話を検証する「男」の江戸時代史。

「幕末」に殺された女たち　菊地明

黒船来航で幕を開けた激動の時代に、心ならずも命を落としていった22人の女性たちを通して描く、もうひとつの幕末維新史。文庫オリジナル。

小説　永井荷風　小島政二郎

荷風を熱愛し、「十のうち九までは礼讃の誠を連ねた中に、ホンの一つ」批判を加えたことで終生の恨みをかってしまった作家の傑作評伝。（加藤典洋）

江戸へようこそ　杉浦日向子

江戸人と遊ぼう！　北斎も、源内もみ〜んな江戸のワタシラだ。江戸人に共鳴する現代の浮世絵師が、イキイキ語る江戸の楽しみ方。（泉麻人）

大江戸観光　杉浦日向子

はとバスにでも乗った気分で江戸旅行に出かけてみましょう。歌舞伎、浮世絵、狐狸妖怪、かげま……。名ガイドがご案内します。（井上章一）

春画のからくり　田中優子

春画では、女性の裸だけが描かれることはなく、男女の絡みが描かれる。男女が共に楽しんだであろう性表現に凝らされた趣向とは。図版多数。

江戸百夢　田中優子

世界の都市を含みこむ「るつぼ」江戸の百の図像（手拭いから彫刻まで）を縦横無尽に読み解く。平成12年度芸術選奨文部科学大臣賞、サントリー学芸賞受賞。

張形と江戸女　田中優子

江戸時代、張形は女たち自身が選び、楽しむものだった。江戸の大らかな性を春画から読み解く。図版追加。カラー口絵4頁。（白倉敬彦）

カムイ伝講義　田中優子

白土三平の名作漫画『カムイ伝』を通して、江戸の社会構造を新視点で読み解く。現代の階層社会の問題が見えると同時に、エコロジカルな未来も見える。

戦前の生活　武田知弘

軍国主義、封建的、質素倹約で貧乏だったなんてウソ。意外で驚きなトピックが満載。夢と希望に溢れ、ゴシップに満ちた戦前の日本へようこそ。

文豪たちの大喧嘩　谷沢永一

好戦的で厄介者の論争家、鷗外。標的とされた暢気な逍遥。独立闊歩の若き批評家、樗牛。文学論争を通して、その意外な横顔を描く。（鷲田小彌太）

国定忠治の時代　高橋敏

忠治が生きた幕末という大きな歴史の転換点を、民衆の読み書き能力や知的ネットワークといった社会史的視点から読み解いた意欲作。（青木美智男）

暴力の日本史　南條範夫

上からの暴力は歴史を通じて常に残忍に人々を苦しめてきた。それに対する庶民の暴力はいかに興り敗れてきたか。残酷物の名手が描く。（石川忠司）

現代語訳 文明論之概略　福澤諭吉　齋藤孝＝訳

「文明」の本質と時代の課題を、鋭い知性で捉え、巧みな文体で説く。福澤諭吉の最高傑作にして近代日本を代表する重要著作が現代語でよみがえる。

闇屋になりそこねた哲学者　木田元

原爆投下を目撃した海軍兵学校帰りの少年は、ハイデガーとの出会いによって哲学を志す。自伝の形を借りたユニークな哲学入門。（与那原恵）

経済小説名作選　城山三郎選　日本ペンクラブ編

【収録作家】葉山嘉樹、横光利一、源氏鶏太、城山三郎、開高健、深田祐介、木野工、井上武彦、黒井千次、山田智彦。時代精神を描く10作品。（佐高信）

なめくじ艦隊　古今亭志ん生

〝空襲から逃れたい〟、〝向こうには酒がいっぱいある〟という理由で満州行きを決意。存分に自我を発揮して自由に生きた落語家の半生。（矢野誠一）

びんぼう自慢　古今亭志ん生　小島貞二編・解説

「貧乏はするものじゃありません。味わうものですな」その生き方が落語そのものと言われた志ん生が自らの人生を語り尽くす名著の復活。

詩ってなんだろう　谷川俊太郎

谷川さんはどう考えているのだろう。その道筋にそって詩を集め、選び、配列し、詩とは何かを考えるおもとを示しました。（華恵）

詩めくり　谷川俊太郎

1月1日から毎日1篇ずつ1年間書かれた短詩、日めくりならぬ詩めくり。季節感にとらわれない、自由な詩の世界への入り口は366通り。（天野祐吉）

ちくま文庫

放哉《ほうさい》と山頭火《さんとうか》 死《し》を生《い》きる

二〇一五年六月 十 日 第一刷発行
二〇二〇年八月二十五日 第五刷発行

著 者 渡辺利夫（わたなべ・としお）

発行者 喜入冬子
発行所 株式会社 筑摩書房
東京都台東区蔵前二―五―三 〒一一一―八七五五
電話番号 〇三―五六八七―二六〇一（代表）
装幀者 安野光雅
印刷所 星野精版印刷株式会社
製本所 株式会社積信堂

ISBN978-4-480-43277-3 C0192